宁肯

——

著

城与年

北 京 出 版 集 团

北京十月文艺出版社

序 | 宁肯心灵还乡时

孟繁华

　　宁肯长在北京，就是北京人。但宁肯的小说一直没有写北京；宁肯的另一个特点是只写长篇，不写中、短篇。但是现在不一样了，宁肯的《城与年》系列，都是写北京城的，而且都是中、短篇小说。这个变化显然是宁肯的有意为之。在我看来，北京城肯定是越来越难写了。这不只是说老舍、林海音、刘绍棠、陈建功、史铁生、刘恒、王朔、石一枫等文坛长幼名宿有各式各样写北京的方式方法，而且也将北京生活的各个方面、各种人物、各种灵魂写得琳琅满目、活色生香。在一个无缝插针的地方重建一个新的小说王国，其艰难可想而知。但是，宁肯还是带着他的小芹、五一子、黑雀儿、黑梦、四儿、大鼻净、小永、大烟儿、文庆等一干人马，走向了北京，当然也是中国的历史纵深处。

　　宁肯写的是北京城南。那里的场景让人情不自禁地想起林海音的《城南旧事》。不同的是，小英子的天真、善良被一群懵懂、无知和混乱的少年所取代。这是二十世纪七十年代的北京。在时间的维度上，这是一个在"皱褶"里的北京。它极少被提及，更遑论书写了，虽然我们知道其中的原因。但更重要的是，这一时间在历史的链条中不能不明不白地遗失了。如果亲历过的作家不去书写，以后就不会有人以亲历的方式去书写。宁肯显然意识到了问题的严重性。于是，他将心灵重返故里的创作内容，果断地推后了四十多年。

四十多年前的历史和生活，今天的作家会有怎样的记忆，他将为我们提炼出什么样的"硬核"知识，他记忆中的那些细节会本质地反映那个时代吗？他会复活我们共同的记忆吗？这是我们对作家的期待和追问，当然也隐含了我们的自我拷问。在我看来，宁肯笔下的历史生活和人物，向我们展示了这样几个与文化政治相关的问题——

　　首先是人性的荒寒。《防空洞》开始写孩子们在院子里挖防空洞的戏仿，本来是孩子时代性的游戏，但是，黑雀儿从学习班出来后不一样了。他要大干一场，要挖真的地道。于是，院子当中被挖开一条黑色的口子，这时，时代的荒诞性便如期而至。热火朝天的劳动场面伴随着老戏匣子里电影录音剪辑《地道战》，一个时代的生活剪影就这样塑造出来了。小说主要写张占楼和黑雀儿"杠上了"，黑雀儿虽然打架斗殴，但知道人民内部矛盾和"敌我矛盾"。张占楼有历史污点，曾在傅作义的铁路局工作过，是留用人员。黑雀儿一吓唬张占楼，张占楼一家全都筛了糠。但黑雀儿只和张占楼一个人过不去，当张占楼老婆独眼祈氏、女儿张晨书在众目睽睽下跪下时，黑雀儿说："三奶奶，我是胡说八道，吓唬三爷爷呢，起来，您快起来，我是真的胡说八道。"黑雀儿用力挽起三奶奶，眼圈儿都红了，"您把我三爷爷拉回去吧，别让他管这事儿了，苏修老要突然袭击咱们，不光是扔炸弹，主要是扔原子弹，还有氢弹，原子弹冲击波一来房子就全倒了，没地儿躲没地儿藏，真的说不准什么时候就扔下来，您拉他回去，我真是吓唬他，突然袭击就几分钟的事，家门口有个洞还是好。真的，我们'学习班'都放过片子。"黑雀儿对三奶奶好，是因为他爹头几年吊打黑雀儿满院子没一家吱声，只有瞎了一只眼的三奶奶劝过。张占楼毕竟因历史污点心虚，他被拽走时缓过点神来甩了一句："黑雀儿，你早晚遭报应。"黑雀儿笑："我×，我还怕报应？我就是报应。"黑雀儿的浑不论只一句话便形象全出。在《火车》中，善良的小芹因为有零花钱，"每次出门远行小芹都会给我们买冰棍儿，去时一根回来一根，还买过汽水呢。汽水一毛五分钱一瓶，当然不是每人一瓶，五六个人一瓶，你一口我一口分着喝，喝着喝着我们就打起来"。回家后姥姥骂小芹，小芹没有反抗的办法，刚回家只好又跑到大街上。"我们毫无同情心，没有一次到街上看看小芹。"不可理喻的姥姥以及家长、孩子等人与人之间的关系莫名其妙。这种关系就是一个时代的缩影。但是，因到了火车上，这些孩子又是另外一种状况，尽管他们生活贫困又贫乏，但他们谈论的都是天大的话题——

随便上到一辆尾车上，像以往一样，像一种固定的仪式，所有人的头习惯地凑到一起。

"海外来人了。"

"第三次世界大战就要打起来了。"

"联合国军已经登陆。"

对孩子来说，这种大而无当的话题是没有任何营养的，以至于当火车开走，男孩子可以跳车，女孩子小芹被火车拉走的事情，他们都没有告诉小芹的姥姥，姥姥三个月之后死去了。没有同情心，缺乏人性，在孩子相处的过程中被表达得格外触目惊心。一年多以后，小芹回北京时，他们已是满口脏话，传统文明就这样在孩子的口语中被彻底颠覆了。更令人震惊的是小芹因抄了一整本《少女之心》，被警察带走了。小说让人感动的还是四十年之后——

> 虽然院子早已不存在。费尽了周折。有一天终于打通小芹父亲的电话。小芹的父亲不知道我是谁，我具体描述了当年的自己，然后听到了小芹母亲的声音。小芹母亲接过了电话，给了我小芹的号码。
> 这天晚上，我拨通了小芹的电话。

人性通过时间漫长的隧道重临人间，但一切早已物是人非。《探照灯》中，四儿在夜间和小朋友玩耍划破了脸。回家时，"大眼睛的父亲披衣出了被窝，拿着镜子上上下下给四儿照，四儿看见了自己身上也紧张起来，母亲给四儿慢慢上紫药水、红药水，像化妆一样。翻砂工父亲照完镜子，一掌扇过来，四儿应声倒下，一声都没有，好像睡着了。母亲继续上药，像什么也没发生一样，更像化妆"。父亲的凶狠在扇过来的一掌中表现得淋漓尽致。人性的荒寒，不只是说大人、孩子对具体的人与事的情感态度，同时也包括社会对"身份"的态度。《黑雀儿》中的黑雀儿爹，似乎就是一个"身份不明"的人——

> 黑雀儿爹并不因拉氧气瓶多挣一分钱，这也和职业板爷计

件不同。虽然是临时工——工资本可不固定——他却像正式工一样，工资是固定的。所谓正式工即国家的人，理论上还是国家的主人，主人怎么能计件工资？黑雀儿爹不是正式工自然也不是主人，干着主人的活，却可以随时被辞退。而主人是铁饭碗，没有辞退一说，因为理论上说不通。但临时工不同，上午说辞了你下午就得走，这点甚至还不如走资派、历史反革命、反动学术权威。

但是，黑雀儿爹到哪里去讲理呢？同是在北京厂甸一带生活，《城南旧事》中小英子眼中的人与事，无论大人还是孩子，以及心理层面的善与爱，与《防空洞》、《火车》和《探照灯》中的大人孩子们，竟是如此的不同。

其次是物质生活的贫困和精神生活的贫乏，这是《火车》的日常生活中呈现出来的。小说的讲述者是一个四十年后满头银发雪山似的，身体短小如藕节的侏儒。他不是生活的主角，他只是一个可有可无的参与者和旁观者。我们看到孩子们为了几分钱，几乎费尽心机。小芹的父母在新疆，每月给她五元零花钱，由姥姥掌控。去铁道边游玩她请大家坐车，先是五一子不上车，跟在公交车后面跑，几站地后所有孩子都下了车，就是为了省下几分钱；小芹姥姥——一个不知是有文化还是没文化的老太太，和自己的外孙女算计一两粮票。小芹的零花钱包括早点钱，每天一个油饼，八分钱，另外的七分钱才是零花。粮票可以兑钱，或者也是钱，油饼要是交一两粮票可以省两分钱。为了这一两粮票，小芹跟姥姥打了好长时间;《探照灯》中四儿和大个子两个人吃饭，"糙米饭、馒头、窝头，这些主食和大家都差不多。不同的是四儿有菜，白菜帮子或萝卜条，偶尔里面有几根粉条。大个子的就是腌萝卜、老咸菜，哪怕吃最难吃的糙米饭也如此。四儿有时拨一点白菜帮子粉条给大个子，大个子有时也会干笑，有时则不。大个子屋的火炉子上永远烧着水，吱吱响，有茶和烟——大个子主要就是活在这两样里，牙都完全黑了"。这是这些人物基本的物质生活条件。贫困的物质生活让人没有尊严可言。《黑雀儿》中的黑雀儿爹，"出门见了谁，都点头哈腰眼睛躲躲闪闪，以致他的目光和他的嘴唇给人的印象完全不同，阴晴不定，没人知道是怎么回事，多年来竟也没人察觉他的古怪行为。哪怕拉氧气瓶，最后也是这个来来回回的程序，他趴在牛头把上，眼睛直勾勾的，别人是空车，他拉着破烂儿"。他之所以如此，就是因为他还是一个兼职拾破烂儿的，是生活的重压让他卑微得直不起腰身。黑雀儿一家的物质生活的贫困境况，是小说中最具典型性的。

日常生活的乏味和无聊很难书写。这种乏味和无聊，与西方现代小说和后现代小说完全不同。西方现代小说有一个隐含的对话关系，它们或是反抗，或是解构，都有一个面对的对象，有一个具体的文化指向。但宁肯的小说不是，他要正面书写那个年代的贫乏、空虚，并要通过一个具体的场景或物件形象地表达——

我们一有清晰记忆就赶上了"破四旧"，脑袋像归零一样，当插队的哥哥姐姐带回扑克牌，我们无比惊讶，世界上竟有这种新鲜玩意儿，神奇极了。我们当然玩不上，一向被世界忽略。但这并不妨碍我们创造自己的世界。我们撕了作业本，裁成五十四张同样大的纸，写上红桃、黑桃、方块、梅花和数字，写上大猫，再写上小猫，也成了一副牌。我们玩大百、小百、升级、争上游、憋七，甚至带到火车上玩。我们坐在两边铁椅子上，像开会一样，非常神秘，一点也不觉得那些破纸可笑。发现真正的扑克牌！那堆烂纸立刻被我们扔到窗外，随风飘散。五一子和小芹一头，大烟儿和文庆一头玩起对家，小永和大鼻净围观，替补。五一子让我把门关上。

精神生活的贫乏，可能是宁肯少年时代最深的创伤记忆。在《探照灯》里有这样一段描写："每年一进九月，晚上就有探照灯。四儿数过有三十六根，我们谁也没核实，数不过来，数它干吗？那些探照灯光线明明暗暗，有的很淡，一会儿合起来，一会儿散开，一会儿分组交叉，一会儿整体呈一个几何图形，又简单，又不解，还数它，真是撑的。探照灯一般在九月十五号左右出现，但我们早早就开始仰望星空。真是仰望，个个都很肃穆。我们不知道康德，不知道李白，不知道牛郎织女。就是干看，有时你捅我一下，我捅你一下，捅急了打起来，打完再看。"对"探照灯"——星空的好奇，不是知识性的讨论，也不是与想象力有关的思考。下面这个场景从一个方面写出了孩子脑子里空空如也的生动性：

我们站在当院的小板凳上、小桌上、台阶上、窗台上，高高低低，我不能说是猴山，但和人也真有点区别。有的还上了房，站在了两头高高翘起的屋脊上。站高了也没用，我们对于星星一无所知，对月亮稍好一点，知道嫦娥，猪八戒调戏嫦娥，仅此而已，不甚了了。然而我们有着极大的耐心面对浩渺的星辰，说赤子之心真的不为过，真是赤子。我们耐心等，直到有一天屋脊上的人突然大喊："探照灯出来了！""我看到了！""就在那边！"

《黑雀儿》中有一场黑雀儿追咬蝈蝈的场景——

> 蝈蝈从前青厂跑到后青厂，喊声响彻后青厂，一前一后，穿过顺德馆，又折回前青厂拐到永光寺西街，后面刮风似的跟着"马戏团"的观众。蝈蝈原本就是一厥货，欺软怕硬，外强中干，又肥，跑不快，几次被尖嘴猴腮的黑雀儿追上，无论屁股、肩头、腰咬上一口。黑雀儿几次被击倒，被使劲踢、踩、踹，鼻子、眼睛、嘴都给踩烂了。蝈蝈跑，黑雀儿爬起来追、扑，尖叫……蝈蝈总算跑回了他们院，插上街门。黑雀儿蹲、跳、砸。

没有人劝阻，没有人难过。大家像过节一样欢快无比。一如当年看菜市口杀人一样。地点和情景惟妙惟肖。

最后是《城与年》对直接经验的书写。当下的写作，直接经验越来越少，身体不必挪移，许多事情都迎刃而解，于是间接经验越来越多。因为传播间接经验的方式和手段越来越多。也正因为如此，书写直接经验的作品也越来越弥足珍贵。小说中的生活，特别是少年时代的生活以及精神状况，同样是我亲历的。宁肯本质地写出了那个时代的生活。敢于走进历史深处，是一种"逆向"的写作。现在的情况是，普遍信奉一种"当下主义"的时间观，在这种时间观里，我们失去了很多经验。经验主义要不得，但经验非常重要。过去的时间观是"厚古薄今"，现在是"厚今薄古"。如果坚持今天的时间观，历史将会毫无意义，历史和传统正是通过经验的不断重演形成的，一如本雅明所说，那是一些实践上有用的"传世忠告"。但是，当下主义经验的匮乏，失去的是经验的连续性。在宁肯的小说中，那些忠告不只是文化的，比如《地道战》、《铁道卫士》、安东尼奥尼的《中国》、《曼娜回忆录》(也叫《少女之心》)、《基度山恩仇记》、《第三帝国的兴亡》、《梅花党》、《绿色尸体》、《李宗仁归来》、《长江大桥》等文化符号；同时也是文化政治。文化政治是宁肯小说最重要的元素。对中国来说，历史和现代的文学，文化政治一直没有缺席，而且是最重要的表达部分。宁肯深受这一文化传统的影响，他的小说——过去的长篇，今天的中、短篇，都有文化政治鲜明的色彩。这也是宁肯小说重要的原因之一。另外就形式而言，《城与年》这个系列究竟是一部小说集还是一部长篇，还很难确定，它们既相互独立又十分完整，叙述者自始至终贯通，形式上起伏跳跃，颇有点古人的"横看成岭侧成峰，远近高低各不同"，一种多视角具有内在紧密联系的跨越短篇、中篇和长篇的文体，应该说是宁肯这个文本的又一个鲜明的特征。它符合中国古典精神，又很现代，无论形式还是内容都混合了一种现在还难以确定的东西。

宁肯在创作上的"还乡"，就是心灵的还乡。过去，他人在北京是"生活在别处"，现在，心灵的游子归来，一头扎进了北京南城的历史，那是他过去的情感和经验，也是与老舍、林海音、刘绍棠、陈建功、刘恒、王朔等人的潜在对话。

目　录

火车

一九七二年意大利人安东尼奥尼拍摄《中国》时，我们院几个孩子走在镜头中。安东尼奥尼并没特别对准他们，只是把他们作为一辆解放牌卡车的背景，车上挤满蓝色人群，我们院的孩子只停留了十几秒钟便走出画面，向城外走去。

　　城墙已经消失了，护城河还在，过了河就是铁路，庄稼地，二道河。二道河是污水，河汊纵横，是我们院孩子抵达最远的地方。他们通常就在铁道上玩。从后来才见到的片子看，他们是五一子、大鼻净、小永、大烟儿、文庆、小芹。小芹是唯一的女孩，但是跟男孩差不多，一个颜色。还有一个人是谁呢？他比别人都矮了一大截，落得有点远，好像不是和前面一伙的。但是没有他一切都无从谈起，四十年后我在镜中看着他，他也老了。别以为侏儒不会老，照样会老，满头银发雪山似的，照耀着短小的藕节似的身体。

他们——当然也可说我们——过了桥。

桥是南城的永定门桥，普通得不能再普通，要不是有简易栏杆，几乎看不出是座桥，桥上也依然铺着柏油反着光。桥边永远有人在打鱼，冬天凿开冰也要打，每天打得上来打不上来鱼都要打，网抬起落下，像钟一样准确。总有含着长烟袋一动不动的老人围观，就是说不管这个城市已走了多少人，总有闲人。街上也还有人，公共汽车空荡荡的，但算不上空驶。偶尔车后面跟着辆自行车，汽车多快，自行车就多快，没任何原因。阳光不错，路面反光，汽车、人、自行车，像在镜子中。

护城河泾渭分明，映着城市、农村、环城铁路，火车慢慢悠悠，汽笛声声，大团的白雾飘过河来，被坚硬的城市吸尽。白雾在田野上要飘很久，这也是我们喜欢河对岸的原因之一。我们在铁路上奔跑，追着白雾。铁路本是麻雀的世界，麻雀起起落落，重复飞翔。我们的奔跑没有重复感，我们只是几个孩子，并且奔跑的原因不明，与食物无关。枕木的排列节奏决定着我们的奔跑，只要踏上枕木，不跑不行，直到有人带头卧下才全都卧下。没人教我们倾听，只是一人俯耳大家就都跟着——好多事都这样，然后竟真的听到了轻轻的震动。尽管就课本学习而言我们是白痴，但本能异常聪明。火车来了，尽管在远方，但是来了，远远地来了，简直有音准。虽然我们不知道音准但已听出来，声音越来越高，越来越密，越来越响，然后我们一哄而散……

火车从来轧不到麻雀，也轧不到我们。

黑色的火车，红色的曲臂，喷着热气，一下将我们吞没，什么

城与年

也不见了，只见红色曲臂那样奇怪地来回转动，好像原地打转，但却在走。我们跟着热气大声呼喊，听不到自己的声音，只看到同伴的口型。火车过去了，我们依然跟着尾车跑，向尾车扔石头，歪戴帽子的押车员不为所动。

我们从没扔过绿皮车，看都看不够，窗口都是陌生人，他们看我们，我们也看他们，我们追着窗口跑，有人扔下东西，一包垃圾，或梨核儿，我们也不在乎。我们太喜欢陌生人，远方的人，每次都追出很远，客车走了看不见了，我们还在铁路上走，不知为什么。有一次走得太远，突然意外地远远发现许多黑皮车，无数平行又交叉的铁轨，闪闪发光，一个我们从未见过的陌生世界。

我们一时不知道这是车站，要是绿皮车我们自然会想到是车站，这么多的黑皮车把我们看傻了，或者不如说更兴奋了。我们猫着腰穿过铁轨，神神秘秘爬上了一列列安静的列车，从此这里成为我们的乐园。我们跳进涂着沥青的车厢，进入闷罐车厢，从火车尾到车头，扳动拉杆，发出"呜——呜——呜"想象中的声音。在方帽形尾车上，我们扶着简易的铁栏，站在押车员常站的地方招手，望远方，模仿那叼着烟的姿势，从里面手扶门边只露半个身子，挥舞帽子。

我们看到了工具箱、大衣、帽子、暖壶、杯子、饭盒、工作服，偶尔发现有的工具箱竟然没上锁，随便就打开了，里面有显然可以拿回家的锤子、改锥、钳子、扳子、轴承，这太让我们兴奋了。我们戴上工帽，穿上工作服，拿着扳子拧这儿拧那儿，好像工作了一样。我们不再是简单的孩子，货车站让我们像竹子拔节一下长了一大截，我们走路都和过去有点不一样，这一点甚至从安东尼奥尼的影片中也可以看出：我们不再是散散漫漫，而是步履匆匆。

那天是周二，下午没课——通常星期二都没课，由于课本的原因，我们头脑简单，但本能并不简单，一吃过中午饭本能就活跃起来。我们在大门洞外等了一会儿小芹，每次差不多都是小芹最后一个出来。烟色条绒上衣，烟色的猴皮筋儿，猴皮筋儿将两条烟色硬辫勒得很紧，整个看去小芹在我们之中是最接近麻雀的，干脆说就是一只鸟。五一子打了个榧子。

我们住在南城中轴线偏西一点，即和平门与宣武门之间，西琉璃厂附近的前青厂胡同，我们院在北京也是数得着的有上百户的大杂院。我们甚至有三个门，正门、旁门以及更远的后门，从我们院前门儿进去后门儿出来，要穿过曲折如迷宫的夹道，一出来差不多就到了宣武门。已经不能说几进几进，三进五进都不止，院中有路，路中有院，有夹道、小巷、角门、垂花门、豁口，有的角门紧闭，里边丁香，亭子，甚至一段小河闪闪发亮。小河没出院就在墙角消失了，好像通着地下暗河。具体到我们这院中院，不到十户，是大杂院中最普通的小院，虽青砖墁地，但是房子低矮，就算正房也比别的院的矮一截，据说是早年间的牲口棚。

我们等小芹倒不因为她是女孩，我们没有什么性别意识，以为所有人几乎都是一样的人。主要是小芹在别的方面和我们不一样，她有零花钱而我们没有。小芹不和父母住，从小和姥姥住我们院，小芹父母住在北京的西城社会路，是中科院的工程师，过去节假日她父母老来我们院，去了干校后来得少多了，听说最近又去了新疆。小芹有一个姐姐在内蒙古插队，还有一个弟弟跟着父母，北京、五七干校、新疆到处跑。关于小芹我们也就知道这些。每月小芹都有固定的零花钱：五块钱呢，我们一年的学杂费才五块，这笔钱由姥姥掌握着，小芹因此恨死姥姥了。

我们从大院里出来，穿过门前的前青厂胡同，这是我们梦游都不会走错的胡同，前面不远过了北柳巷十字路口就是琉璃厂。我们的学校就叫琉璃厂小学，不在街面上，在小胡同内，穿过九道弯、小西南园、铁脖膊胡同都行。过了铁脖膊胡同是荣宝斋，荣宝斋对面是琉璃厂唯一的一座西洋建筑，四层带白廊柱，顶部刻有：一九二二年。老辈人说中国的第一部电影《定军山》就诞生在这座楼前，但这是我们每天的必经之路，对它已经视而不见。直到南新华街与东西琉璃厂交叉的十字路口才稍稍陌生一点：大街对我们这些孩子永远都有些陌生。这里有两趟公共汽车，一趟是14路，一趟是15路。14路在这里的站不叫琉璃厂，叫厂甸。厂甸到永定门一共七站：厂甸、虎坊桥、虎坊路、太平桥、陶然亭、游泳池、永定门。我们无比熟悉这些站牌，倒不是因为坐车而是每次都数着站牌走，一站一站，比坐车还熟悉这些站牌。

只有小芹坐过一次车，坐完就后悔了。小芹在永定门等了我们好久，在桥上吃了三根冰棍儿，喝了两瓶汽水，差一点就坐车回头找我们。那以后小芹每次都跟我们走，但每次五一子都别有用心地鼓动小芹坐车。开始我们还不太明白，后来就一块帮腔，结果终于等到小芹一句话：要坐大家一起坐。不用说，小芹请我们坐车。但五一子还有么蛾子。小芹自然统一买票，五一子偏要让把钱给他，说他自己上车买。小芹给了五一子一毛，这样我们都要自己买，小芹也没说什么，给了我们每人一毛。七站地七分，售票员要找三分，找回的三分说好了要还给小芹。我们都上了车，五一子最后一个，没想到车门刚要关上，五一子突然跳下车。五一子说他不坐车了，他跑着。我们立刻明白了。五一子像匹小马奔跑起来，一直在我们后面，车快他也快，车慢他也慢，有时他变得只是一小点了，但路口到了，五一子又追上来，甚至超过我们。那时每一分钱对我们都是宝贵的，因为就算一分钱我们兜里都没有，小芹没想到快到第四站时我们每人花了四分钱买了票，到太平桥纷纷下车。

小芹也下了车。

五一子傻了眼，问我们为什么下车。我们都不说话。我们坐了四站花了四分钱，省了三分钱。小芹先没理五一子，先朝瘦得跟刀螂似的大烟儿要，大烟儿给了小芹三分，小芹不干，让把钱都拿出来。大烟儿看五一子，磨蹭半天，嘟嘟囔囔，说后面三站他也跑，意思是三分钱他可以留下。小芹毫不客气一把夺过大烟儿手里的三分钱，大烟儿心虚没躲，看五一子。大家都看五一子。接下来是大鼻净、小永、文庆，小芹只是伸手话都不说，他们张开手，但没主动送上钱。小芹一一从张开的手心里拿走了钱。到我这儿稍迟疑了一下，我主动把钱放到小芹手里。

小芹朝向五一子，伸出手。

五一子拍拍兜，说钱丢了，可真说得出。

"那我翻了？"小芹说。

"翻吧。"五一子梗着脖子说。

一个女孩子搜一个男孩子的身，我们都没想到。虽已是春天，五一子仍穿着脏得发亮的土黄棉袄，并且是空腔儿的，下面穿了一条单裤。五一子跑了四站地，棉袄系在腰上，光了膀子，像小一号他装卸工的爹。小芹一点不犹豫，翻了五一子腰上的脏棉袄，解下来翻，五一子光着大板儿脊梁，肩头晒得发红。小芹在五一子身上翻了个遍。

我们挺佩服小芹的，主要是我们把钱都交了，也希望小芹翻出钱。

"把他裤子脱了！"大烟儿说。

"藏裤裆里了！"大鼻净说。

我们太了解五一子了。

"我脱了？"五一子主动说。

"脱了。"

"你脱吧。"如果马有流氓的表情，那就是此刻的五一子。

小芹伸手便要去脱，五一子拿出了钱，变魔术一般。

小芹妈妈每月从远方寄来一次生活费，姥姥把给小芹的零花钱换成一毛、五分，分成了三十份，每天视小芹的表现发放一次。哪怕三天一次，两天一次也行。但是不。小芹姥姥不。早晨小芹睡得迷迷糊糊便听见姥姥唠叨，催着快起床，数落昨天小芹的错误、"不是"，鸡毛蒜皮，嗡嗡嗡嗡，小芹堵上耳朵，姥姥给扒开。姥姥也真会挑时间，平常小芹根本不听，吃饭都端着碗到邻居家吃，我们院倒是也兴这个。或者姥姥说一句小芹顶一句。小芹同姥姥的关系就跟中苏关系似的，一直都十分紧张。上学都快迟到了，姥姥还没完没了，越说越气，钱捏在手里不放，有时小芹忍无可忍背起书包就走了，姥姥便追上去把早点钱攥给小芹；最气时不追，早点钱也不给了。第二天姥姥继续数落昨天的事，讲得不算太长便给了钱。小芹拿到钱，问昨天的呢？姥姥没办法，要是吵起来小芹会把钱放下便走，继续不吃早点。这种事不是没有过。

小芹的零花钱包括早点钱，每天一个油饼，八分钱，另外的七分钱才是零花。粮票可以兑钱，或者也是钱，油饼要是交一两粮票可以省两分钱。为了这一两粮票，小芹跟姥姥打了好长时间，粮票按月定量供应，每人一份，每月都有粮店的人到院里来发。"发粮票喽！"一嗓子就行，全院人都出来了，拿着户口本，就等着这天呢！小芹姥姥死活不给属于小芹的这一两粮票，"买粮食都用了，哪儿有你的粮票，你都吃了"。小芹不服，"我早晨也得吃呀，粮票包不包括早晨，你要说不包括我就不要"。"不包括。""包括。"小芹给妈妈写信，讲理，控诉，妈妈寄来了全国粮票，问题才算解决。我们院谁家都没有全国粮票，看着可是新鲜了，全国粮票也叫全国统一粮票，到哪儿都能花，比一般粮票大，硬挺挺的像新钱票一样。但我们还是希望小芹把全国粮票花掉，别攒着，换成钱，攒几张就行了。每次出门远行小芹都会给我们买冰棍儿，去时一根回来一根，还买过汽水呢。汽水一毛五分钱一瓶，当然不是每人一瓶，五六个人一瓶，你一口我一口分着喝，喝着喝着我们就打起来。这时就算五一子是我们的头儿我们也照样会跟他急，扑上去撕咬，只有小芹能像有电棒一样将五一子分开。小芹姥姥最恨的就是五一子，最瞧不上的也是五一子，老太太总能一眼就看穿五一子，每次我们筋疲力尽从铁路回来，小芹的姥姥都像定时炸弹，是我们预料之中的。"你们还回来？怎么不让火车撞死！"

我们四散奔逃，五一子更是缩头乌龟。说起小芹姥姥我们都不怕，但一见小芹姥姥还是怕，就像说起炸弹不怕，一响可就另外一回事了，我们都像着了弹片被炸飞了一样，跟电影上的鬼子似的。倒是小芹充耳不闻，像没看见一样，从姥姥身边走过。她们家门敞着，弹簧都被临时卸掉，只等看着我们进院。小芹也不客气，进了屋使劲把屋门拉上，拉上弹簧，就差插上门。小芹姥姥本来冲着我们，立刻停了，无比愤怒地拉开门，哐当卸了弹簧敞开房门，跺着脚将小芹和我们一起骂。小芹躺炕上堵耳朵，有时一跃而起，摔门而出，跟长征似的好不容易回来，重新走到街上。

我们毫无同情心，没有一次到街上看看小芹。我们都在挨家长骂，那么大声，我们听得出这也是让小芹姥姥听的。小芹姥姥在我们那片是个很特殊的老太太，既不像有文化的老太太，也不像没文化的老太太，更不像是有着工程师女儿和女婿的老太太，瘦，脸上皮包骨，抽长烟袋，黑牙。出身不好，头几年还挨过斗，可是我们院邪行，一直没怎么有社会上比如工厂机关学校那一套，红卫兵的哥哥姐姐倒是闹过一段，但很快都给轰乡下去了。说不迷信那也就是嘴上说，事实在那儿摆着，我们院大人就是这心理。

我们院也就小芹不怕她姥姥，每次从铁道回来零花钱至少停三天，就是那七分钱不给了，只给早点钱。上铁道是大错，小芹也不争，而且没了零花钱小芹也有办法，早点不吃了，省了，就像五一子、大烟儿、小永——我们都不吃早点，就没吃早点的习惯。这当然是农村人的习惯，但我们院大多以前都是农村人，还保留着许多农村人的习惯。我就不一一列举了，还是说小芹，习惯了早点的小芹没了早点非常挂相，中午放学回来狼吞虎咽，一点吃相没有——吃相历来是老太太教育的话题。

"是不是没吃早点？"

"吃了。"

"撒谎。"

小芹姥姥跟踪了小芹，戳破了小芹的谎言。

"我的早点钱，我愿吃就吃，不愿吃就不吃，你管得着吗？有本事别让我吃早点，别给我早点钱……就不滚，我妈的钱我干吗滚？"

"我是你姥姥！"

"你不是我妈。"

我们走在细长铁轨上，伸出两手，排成一线，晃晃悠悠，不时弯腰捡起一块砾石扔向远方。铁轨与枕木是天然的一对，像一对老人。铁路已太老了，连石头都老了，带着深深的油泥污渍。但比起这座城市它依然是现代的，钢铁世界。信号灯闪耀，路轨反光，在这盛大而又迷幻的货车站，还有这几个孩子，安东尼奥尼拍不到这里不等于这里不存在。它一定会存在。我们轻车熟路地穿过纵横交错的铁轨、道岔，划过弯曲的扇面打开的钢铁之光。在红色信号灯处我们低下头猫下腰，不像麻雀，麻雀做不到这点，避开扳道工，来到了货车丛中。这里是一个无人的世界，大多是黑色车，也有个别好久不开的绿皮车。这里是我们的街道，我们的王国，我们的胡同，随便上到一辆尾车上，像以往一样，像一种固定的仪式，所有人的头习惯地凑到一起。

"海外来人了。"

"第三次世界大战就要打起来了。"

"联合国军已经登陆。"

《铁道卫士》印象深刻，已深入我们的骨髓，五一子扮演方化，那手势我们太熟悉了，眼睛直直的。接下来的次序不固定，有点乱，大鼻净与大烟儿总是抢话："可我那二百垧地？"大家一起喊："给你弄个师长旅长干干，不比你那二百垧地强？！"大家笑得前仰后合。

小芹从不参与，看着我们，这时她的确是女孩。直到有一次五一子给了小芹一支烟，是的，五一子已开始卷大炮，偷他爹的。五一子给小芹卷了一支，小芹叼起来，大鼻净一副谄媚的样子给点上。别说，这时候小芹表情还真有几分女特务的样子，特别是小芹自行把硬辫子松开，头发弄得松松垮垮。我们都看傻了，有种非常陌生的东西，我们觉得好看，但谁也没说。

说不出来。我们的表情像镜子一样，小芹肯定看到自己。我们围着桌子。尾车空间不大，两边各一张铁凳子，中间是铁架做的桌子，两边的铁窗相对。靠里有个铁炉子，烟筒伸到车顶外。一般火车其实有两股烟，一股是白烟，一股是黑烟。浓浓的黑烟就从这里飘出车顶冒着，比白烟更长久，更让我们心驰神往。有时桌上还会有马灯、信号灯、信号旗，随便放着简单的行车记录，以及搪瓷缸子、饭盒、水壶、圆珠笔。椅子下面是工具箱，工具箱上面卷放着被子、大衣，都脏得要命，和煤堆在一起。我们拿着信号灯照来照去，不敢拿到外面。信号旗拿外面没问题，可以在尾车栏杆处乱晃，不会被发现。从一辆尾车到另一辆尾车，总是乱串，我们不会停留在一辆尾车上。那天发现了一副扑克牌。扑克牌又脏又破，满是油污，但仍让我们兴奋不已，就像玩惯假枪见到了真枪。

我们一有清晰记忆就赶上了"破四旧"，脑袋像归零一样，当插队的哥哥姐姐带回扑克牌，我们无比惊讶，世界上竟有这种新鲜玩意儿，神奇极了。我们当然玩不上，一向被世界忽略。但这并不妨碍我们创造自己的世界。我们撕了作业本，裁成五十四张同样大的纸，写上红桃、黑桃、方块、梅花和数字，写上大猫，再写上小猫，也成了一副牌。我们玩大百、小百、升级、争上游、憋七，甚至带到火车上玩。我们坐在两边铁椅子上，像开会一样，非常神秘，一点也不觉得那些破纸可笑。发现真正的扑克牌！那堆烂纸立刻被我们扔到窗外，随风飘散。五一子和小芹一头，大烟儿和文庆一头玩起对家，小永和大鼻净围观，替补。五一子让我把门关上。这不用说，我负责警戒，从来如此。

汽笛声声——远处总有，尽管这次是我们的车发出的，但七十多节的车厢距离太远了，因此任何汽笛声可忽略不计，我们都习惯了。就算屁股底下"哐当"一声火车动了，通常也不太慌张。稍不同的是那天我把门锁上了，这也不打紧，还有窗户，我去开门，大家纷纷跳窗而出，以前就算开着门也有人成心跳窗。小芹和五一子收牌，收了最后几张五一子翻身跳窗。铁门打开了，毫无疑问小芹会跟着我，这都不用说。车很慢，我下到铁台阶最后一节一跃跳下。当然摔在了地上，我太小了。果然小芹跟着我出来了，到了栏杆处，却没下台阶，迟迟没跳。我们追，喊"快跳，快跳"，几乎拉到了小芹的手，小芹却没动。小永摔倒了，大烟儿也摔倒了，在枕木和砟石上。

小芹扔下了扑克牌，我们每个人都捡到了，一边追一边捡，一边捡一边追。我这个罪魁祸首落在最后，远远追着，也捡到了一张。我不能说扑克牌是罪魁祸首，而是一种命运，哪怕它经常用来算命，但我也恨死了扑克牌，我觉得我就是扑克牌。我们散散落落停下了，五一子从我们手中一一收走了牌。五十四张，一张不少。小芹没有一次扔下，一张一张扔下，不然我们也不会追那么远。火车消失了，我们又追了好一阵。

牌与小芹都重要，这是真的。的确，在迷茫中，牌仍然是一种快乐，一种无法言状的东西。一年以后我们见到了小芹，无论牌和小芹，都已被成长太快的我们忘记。当然，牌要早得多，很快那副本来就很烂的牌被我们彻底玩烂，变成了碎片。确切地说，我们见到小芹是一年零五个月之后，也就是在那个春天过去后又过了一春一秋，小芹来到我们院，在午后的阳光中打开尘封已久的门。院里老人的匣子正在批判《中国》，义正词严。居然抹黑中国，却又不明白那个叫安东尼奥尼的怎么来到中国的？谁请他来的？这部纪录片就是这样和我们有着扯不清的费解的关系。以往的批判都是鲜明的，极易理解，唯独这次像个天外来客。大家都已经上了中学，除我之外。五一子、文庆、大鼻净甚至都已开始上初二，所有人都长高了半头一头，除了我。

我们几乎已不认识小芹，但一看就知道是小芹。小芹也不认识我们，从我们身边走过，旁若无人。我们正在防空盖上打乒乓球，星期二，下午没课，就如小芹消失那天。小芹也一样，长个了，不再是辫子而是短发，脖子显得有点长，对一切都不陌生，熟视无睹，好像从没消失过。她们家的门锁显然锈住，她开了半天也没开开。我想下去帮她，开个锁什么的我手到擒来，是我的强项，可那时我正在房上玩扑克牌的碎片，是我自己的拼图。还是她自己开开了，一股灰尘飞出来，她毫无感觉迎着进了屋，掸都没掸一下。但进去后把弹簧顺手卸下，打开门放空气。她不是不敏感。她穿了一件稍短的瘦削红黑格子上衣，下身国防绿裤子，遮住脚面，背着军挎，自行车后座夹着一个棕色有拉锁的手提包。车是八成新永久二六，支在门口。说不出她从哪儿来，不像外地，也不像北京。

小芹失踪后，她爸妈连着来了两次，一次为小芹，一次是前来奔丧，相隔不到三个月，从新疆来可不是容易的事。让我们惊讶的是，这两次小芹父母穿的都是军装，领章帽徽，四个兜儿。彼时全民皆绿，但真的国防绿很少，有也只是两个兜儿，下面空空如也。四个兜儿可不一样，馒头扣都比两个兜儿大一号，这些我们分得可清了。而且四个兜儿的神秘在于连级到军级都一样，连毛主席都穿得一样。不过小芹父母来自偏远的新疆，我们的惊讶有点打折扣，要是在北京可不得了。另外两人都戴着白眼镜，像兄妹，连神态都像，和解放军简直无关。所以关于小芹我们还是那句话：她没和我们在一起，那天我们去铁道没有她，不知她去哪儿了，和我们对小芹姥姥说的一样。谎言有个奇妙的作用，一旦说出，特别是集体说出，就会连自己都相信，会变成石头，我们因此从没怀念过小芹，一分钟都没想到过报案或找铁路上的人报告，收走扑克牌之后，五一子便提出小芹没和我们在一起，我们不知道小芹去哪儿的谎言。我们的恐惧，我们心里的石头，一下落了地，于是一致赞同。小芹在这一刻真正消失了。我们统一了口径，攻守同盟，五一子使劲扔出一颗铁路上的砾石，挥舞着好像一下长大的拳头说谁要是说出去，绝不放过，会整死他。

"对，"我们随声附和，"整死他！"好像说的不是我们自己，一路上大家越来越高兴，越来越振奋。小芹姥姥定时炸弹的巨响让我们第一次觉得可笑，全不当回事，也没有四散奔逃。小芹姥姥骨碌骨碌转动皮包骨的眼睛，不相信我们所说，我们的异口同声事实上反而暴露了我们在撒谎，街坊四邻其实也都听出来了。

"好啊，你们说小芹是不是给火车撞死了？是不是？是不是？我告诉你们，小芹被撞死了你们谁也别想跑，都得给我偿命！"这当然是气话，恶狠狠的话，威胁的话，但并不老让人相信的话。这么说痛快，不过验证了自己过去所教训的。但是当小芹真的没出现，我们的谎言由于不断地重复完善，越来越像真的，越来越具体，越来越无情，小芹姥姥收起了嚣张。

"真没和你们在一块?"

"没有，真的没有，真没有，向毛主席保证没有。"

"我们出门时还看见她，她往另一边走了。"大烟儿说。

"她去菜市口照相馆了。"最可信的文庆说。

"是，是，是。"

成功，是我们最成功的一次，小芹的消失甚至成为我们的高兴之源。直到小芹姥姥夜晚撕心裂肺的哭号才让我们的心一紧，但也很快就过去了。

"小芹，你个死嘎嘣儿的，你上哪儿去了，你还不给我回来，你说你到底跟他们去没去，是不是撞死了，你去哪儿了呀，我怎么向你妈交代呀……我不活了……你快回来吧……回来吧……"

一夜哭号，寻死觅活，非常恐怖，但直到三个月后才死去。

不是残酷，不，这是事实。

三个月后，小芹父亲再次问到小芹，找了我们每个人，并保证不把我们讲的说出去。他们本来就是做保密工作的，让人特别可信，可我们也在保密呀。我不知道别人说出没有，反正我没说。我相信大家都没说。如果说上一次小芹父母来，我们还能看到他们白色眼镜片后面的那种怀疑，那种静默让我们的心还怦怦跳，那么三个月后，我们在他们的眼睛里什么也没见到，特别干净，因为我们干净。

小芹插队的姐姐也回来了，还有新疆黢黑的弟弟，全家人都带着外地人的面色，边疆诚实的风霜。新疆的风霜和内蒙古的还不同，新疆的面孔更暗一些，连男孩的都显旧，反倒是靠东北的内蒙古的面孔上，风霜十分鲜亮，那区别好像秋梨与苹果。全家人一样的是：都没什么悲伤，我们觉得至少红苹果似的姐姐应当大哭一场，眼圈儿是红的，但是没有。他们处理了房间里的大部分东西，临走上了一把大锁。没必要上那么大的锁，好像科研成果，生锈了很难开的。

要不是小芹旁若无人的样子，我想我们一年半后见到小芹会很惊喜，但她的神态提醒了我们。我们惊讶，但无话可说。而且今非昔比，我们都不是孩子，都长大了甚至有点走样儿。大烟儿像刀螂，大鼻净脸上湿乎乎的面积更大了，小永唇上起了一层茸毛。变化最大的是五一子，更像马了，说不清脸更像还是手臂更像，背部油黑油黑的，好像刷得很亮。总之所有人都有点牲口的特征，何况他们现在都是我哥哥的徒弟，每天晚上跟着我的流氓哥哥举重，劈哑铃，盘杠子，个个表情生涩。

小芹进进出出，收拾屋子，晾被子、毯子、枕头，到水管子处打水，从我们身边走过。我们对小芹慢慢收起好奇，像看陌生人一样。

"够牛逼的。"大鼻净湿乎乎地说。

"那裤子估计是她爸的。"文庆说。

"傻逼，她妈的。"大烟儿内行地说。

"肏，你才傻逼，"文庆说，"我还不知道她妈也是解放军？可你瞧那裤子绝对是她爸的。"

"你们傻逼，国防绿不分男女，都是男式。"

声音就在小芹身后，尽管压低仍会让小芹听见。倒是五一子一直没说什么，像马一样地沉默，马一样的目光凝视着小芹，管接管送。至于我，我在房上，我的样子倒是和下面这些牲口有一种呼应。虽然当初主要因为我锁门才出的事，我的责任最大，但我又是无法怪罪的。我干了什么别人都不奇怪，因此我可以跟小芹打招呼，问这问那，毫无障碍，但我也没动。

倒是院里的爷爷、奶奶、大爷、大妈见了小芹格外惊讶、亲热，问这问那。小芹对他们倒也正常，露出我们熟悉的淡淡的笑容，回答了我们遗忘已久不可思议的问题。回答得十分轻松，小芹到了新疆见到了父母，并且早就见到了。这还不算，不久便又和父母一起回到北京。这些变故早就发生过了，只不过我们一点都不知道。

小芹不用成心，很自然就戳破了我们当初的谎言，我们院大人都知道了小芹原来是和我们在一起的，一起去的铁路，老人们眼珠不动了，多皱困惑的脸与其说是惊讶不如说是麻木，瞪着我们，也瞪着小芹，一动不动。小芹说她一直想去找父母，那天正好就去了。正好我倒没想过，可我一直认为她的确可以跳下来。只是再蠢不过的五一子他们竟然好像没听明白小芹的话，我不知道五一子他们这会儿的聪明劲儿哪去了，逢到真正需要智力时五一子的脸与晒黑的手臂、膀子、大腿没什么区别。

小芹在西城月坛北街铁二中上学，搬到我们院并没转到附近的四十三中，她骑着男式二六车每天早出晚归。她干吗搬回来住谁也不知道，肯定不是为了我们或街坊四邻。她有时回来得早，下午没课中午一吃过饭就回来了，晚上吃剩的。我们胡同好多人也认识小芹，但也像我们一样对她感到特陌生。除了凡人不理，肥大的国防绿裤子、二六车也特扎眼，彼时没中学生骑车上学的。还有军挎，刘胡兰式的短发，和所有人都不一样。肯定有人拍她（拍婆子），只是不知道什么人能拍她。反正我觉得我们这片人都没戏，也就朝她瞎吼一嗓子。

他们都觉得五一子有戏，毕竟他俩过去关系不错，便鼓动五一子。但五一子一见小芹就脸红，真的像马一样出汗。和谎言无关，小芹事实上也并没特在乎，五一子就是有一种畏惧，正如对小芹当初扒他裤子的畏惧。连五一子都不敢，大鼻净、大烟儿、小永更不敢，大家干脆完全放弃，就像完全不认识小芹。

有一天我敲开了小芹的门，我早可以这么做。与别人无关。那天我和猫、鸽子相隔不远坐在房上，她推着二六车进院，不知怎么向上瞥了一眼，并没与我相视便过去了。通常谁进院也不向上看，谁都是低头看门道、脚下，或平视，反而是我可以看任何人。她中午之后回我们院多在周日，有时周六。偶尔星期一，星期三，这两天全天都有课。而那天是星期三，所有人都上学去了，她的红黑格瘦削上衣划破阳光，瞥了我一眼后穿过防空洞盖、小厨房过道，屋门口支上车，没锁车，掏出钥匙开门。她的短发真的不是圈子式，很阳光的。

当然，她见了我还是很惊讶，如同我对她房间的惊讶：房间竟然如此简单。

"有事吗？"

"没事。"

我到她的腰部，她的惊讶有拒绝的内容，但是随着俯视地打量，慢慢缓解下来，一贯的表情消失了。我的惊讶稍长一点，四下看了一下，房间只一张桌子，一把椅子，几块铺板，一点生活用品。以前的八仙桌、太师椅、自鸣钟、大黑柜都没了。四壁空空，桌上有课本、笔、作业本、书包，几本没皮的不知什么书。只有墙上的主席像，窗台上的石膏像是过去的。

"你不上学了？"她先问了我个问题。

"我想知道，"我没回答她的问题，而是单刀直入，"你有三个月时间没找到你爸妈，到哪儿去了？怎么找到了新疆你爸妈？还有，你那天说正好，真是正好吗？"

停了会儿，我说："我不会对别人说的。"

憋了太长时间，尽管我的问题多，但我觉得她应该回答我，因为她应该相信我，凭我每天坐在房上。结果，事实的确不简单，她看到铁门锁了，希望把大家都拉走，结果都跳了车，从窗子跳出的。

"你希望我不跳车吗？"我问。

"不希望。"很干脆。

她不想跳。爱拉哪儿拉哪儿，她当时就是这种感觉。她承认以前想过藏在尾车去新疆，但也就是想想。

"可你明明说那天就想去。"

"就那么一说。"

"真的不怪我？"我问。

她没说话。我讲了那天为什么锁门，关上门很好玩。你们玩真的牌，关上门好像开会学习。也真怕有人来，好不容易有一副真牌。我并没把门锁死，很快就打开了。

“你要打不开我就跳窗户了。”她认真地说。

“为什么？不愿我在？”

我们有一句没一句聊着，都没有坐，靠在空荡荡的墙壁上。上面是毛主席去安源像，我离得远，她顶到了。对面是落满灰的石膏像。外面封死的窗台上，里面可以放东西。

“你一个人在车上不害怕？”

她没回答，将我赶走了。她这人很没准儿，不知哪句话就惹着她了。我们聊得还行，甚至有点像朋友，但她依然对我们的“友情”没任何顾忌。另一次同样的场景，还是靠在空墙上，她回答了我上次的问题。她说她一点都不怕。我觉得她没说实话。她说她觉得火车说不定会把她拉到新疆她爸妈那儿。这感觉不错，干吗要赶我走呢？

她睡着了。火车半夜停了，上来一个人。一个提着信号灯的人把她照醒了。这是个煤矿小站，押车员是个好人，答应帮她找车去新疆。她的运气可真不错，一上来就碰上了好人。我们这些常在铁路上玩的人对押车员并不陌生，大多脏兮兮的，叼着烟，歪戴帽子。不过我还是愿意相信她的话，碰到了好人。外地和北京可能不一样。

小站叫阳泉，已是山西地界，我们对山西不陌生，院里好几个插队的哥哥姐姐都在山西，我们甚至还听说过阳泉。押车员是位大叔，小芹坐的是拉煤的车，拉煤的车一般都不去新疆，押车大叔说只有拉石油的车才会从新疆过来过去，得等拉石油的车。再有就是坐客车。新疆可是远了，什么车到新疆都得一个星期。坐客车要很多钱，最好还是拉石油的车。大叔有办法，铁路上有很多朋友。

"那你怎么那么长时间才到新疆?"我忍无可忍。

油罐车不是天天有,她在大叔家等。

"你住他家了?"我吃惊地问。

"是呀,怎么了?"

居然没把我赶走,我有点庆幸。小芹的脸上写着一切费解的不可思议的东西,一些即使不真真假假也是费解的东西。阳泉站在一条大沟里,四周是黄土,押车大叔还不住在大沟里,住在另一条支岔的沟里,人家不多,散散落落着一些窑洞。窑洞我觉得很正常,院里插队的人也有住窑洞的,听说冬暖夏凉,毛主席都住过窑洞。押车的个子不高,戴着一顶新的蓝帽子,那帽子蓝得就算在北京的大街上也难找。但我对那么蓝的帽子感觉并不好,有点不祥之感。小芹讲话就有不祥之感这个特点。小芹说大叔有口音,但是能听懂,有老婆、孩子。

我一下放心了,什么都相信了。

我一高兴,小芹又把我赶出去。

押车员的老婆是个盲人,但他女儿的眼睛明亮。女儿十一岁了,没上过学,是妈妈的眼睛,帮妈妈干家务活。女孩想上学,有本、铅笔,自己有时写写画画。小芹说她还教了女孩写字、认字、画画,画青蛙和小鸟。小芹在窑洞住了一个多月,没等到新疆的油罐车,每天帮盲女人和小妹编草编。这哪是小芹干的活,可小芹不仅干了,还干得非常麻利,出活,荆条没了还到塬上去割荆条。盲女人和小妹妹与她一条心,三个人加劲干,小芹说着说着眼睛红了,把我赶走了。

编草编挣车票钱？即使不是胡说八道也差不多。说好的油罐车呢？两个月都没一趟？就算攒车票钱，一个运煤小站怎么可能有客车？如果一切都是子虚乌有，押车员是个大坏蛋，小芹怎么不跑呢？押车员来来去去，小芹完全可趁他不在家逃跑。但是好像没有，她竟然还叫他大叔。我在房上和众多麻雀在一起的时候，怎么也想不明白。真有盲人老婆？我用小石子投猫，猫连躲都不躲，毫无反应，躺在房脊上睡大觉。投向鸽子，鸽子飞走了，又飞回来。再投。我站起来，大黄猫才懒洋洋伸了个懒腰，跳下屋脊，走了。

另外，就算一切都是真的，问题是再怎么说也三个月呢，她怎么过的？但我再怎么单刀直入也没用，被赶出来多少次也没用。她说了能说的，自相矛盾，她说押车大叔在另一个城市把她送上火车，这是对的，但另一个城市是什么概念？忽然想到她为什么总是穿肥大男式的国防绿裤子？几乎没见她换过，能感到腿在里边旷荡，一阵风刮过来时就像旗子裹住了旗杆。安全是安全，但不也很扎眼吗？这一片的顽主都比较土鳖，不敢怎么样，铁二中那边就难说了，听说铁二中有许多响当当的顽主，我总是在房上不由得想象小芹在铁二中操场走过的样子：昂首挺胸，短发一动不动。

有一次我问小芹想她姥姥不，按理这事完全犯不着将我赶走，我不过是靠在墙上没话找话，结果她将我"请"了出去，就是揪住耳朵，拉开房门，一下将我甩了出去。我的耳朵几乎掉下来。这样的"请"当然不是第一次，而且主要很顺手，稍一俯身即可。但这次与往次不一样，往次通常都很慢，慢慢牵着我送出屋，这次很快。她太恨她那无法言说的姥姥了，过了那么久还是那么恨，完全是雷，不能碰这话题。我从没偷窥的毛病，但那次的哭声——"呜呜"的深长的大哭，让我踮起脚看到雨一样的她。

她想姥姥？

我从没见过那么混乱的脸。她有太多的谜。

我在房顶上看着太阳落山。越过海浪般的房顶，北京真的是可以看见山的，而不仅仅是随口一说。那时的北京西边只有工会大楼、民族饭店、民族宫几座高层建筑，站我们院房顶一马平川都看得见，像在海上看见个别轮船一样。发出金色哨音的鸽子不断掠过前方，整个房顶都是金色，哨音让我抬头，猫也在抬头，像我一样慢慢摆头，我的眼睛毫无内容，但猫不同，永远是警觉的，你能从它的眼睛里看到什么。

警察的出现最初反映在猫眼睛中，大黄猫一动不动，跳了两下又不动了。我其实并不特别意外，真正让人意外的是小芹的"罪行"。

不是警察来找到的小芹，而是小芹带着警察来到我们院。一共三个蓝制服警察，长得都一样。一个就够了，不知干吗要三个？小芹垂着头，短发有些乱，挡住了部分眼睛。没戴手铐，两手仍交在前面。此前在哨音中我已听见摩托车声，当然不知上面坐着小芹。哨音由远及近，掠过屋脊，摩托车突然停下，还"突突"响了一会儿。我立刻随着猫越过房脊跨到临街一边，两个警察押着小芹已进院，还有一个警察锁车。车是挎斗摩托，俗称挎子，就是后来在"二战"影片里常见的黑色的那种。

三个着装完全相同的警察随小芹进了屋，很快出来了一个，在外面警戒，也像"二战"电影。打火机"啪"的一声点烟，很帅，长长地朝我们院上空吐了口烟，看见我立刻警觉地摸什么，随后撇了下嘴角。我们院男女老少都出来了，没人敢靠前，吱一声，问声怎么回事，倒也都不是特别意外。没多一会儿小芹出来了，头更低了，并且戴上了手铐。

《曼娜回忆录》或者也叫《少女之心》被搜出来了。这个让我非常意外，怎么也想不到，我觉得也不该，她做出什么我都理解，唯独这事不可思议，抄什么不行，怎么抄的是这个手抄本？自然没有不知道这个手抄本的，即使我这个已放弃学业的整天在房上的灵长类都知道。我记得马脸的五一子还拿来过两页，来到房上和大鼻净、大烟儿、文庆、小永围在一起神神秘秘地看、念，忽高忽低，高时都向后动一下。五一子特别主动地招呼我过去，肯定是想冒坏，我太了解他。当我听到大烟儿读"表哥的××进入了我的××"时，我的脸都绿了，我从没听到过那样的术语，力量也就更大，更惊人。五一子看着我哈哈大笑，并低头看我的裆。那破破烂烂的两页纸不是作业本，是信纸，有红线格的那种。

小芹抄的是全本，家里竟然还有一本。

铁二中看来就是不一样，我们这片就是几张纸，大家瞎抄来抄去，要抓得有好多人抓起来，但好像一直没什么大事。抄整本就不同了。小芹留给我最后的印象就是她戴着手铐低头走的样子，永远停在了这一刻。而且这次还不像上次，小芹出事后她们家的房子易主，房管所调配来了新的住家，一对在琉璃厂荣宝斋工作的老夫妇，膝下一女，据说是抱的。我们以为老头与小芹家有点关系，结果一点关系没有。关于小芹的传言也是瞎传，有的说小芹给判了三年，有的说五年，也有的说是强劳，反正都差不多。我们之中有人骂五一子脓包，说小芹不定被人铆过多少次，五一子早该对小芹下手，如何如何。我觉得就算小芹像人们说的那样，五一子也没戏。小芹和小芹家与我们院完全断了音信，这次我们倒没很快忘了小芹，好长时间都兴奋地谈论，分析得很细，都和性有关。但时间抹去了一切，时间层层叠叠，时间太长了，想不到四十年后我还活着，镜中的白发完全像雪山一样，或者我就是雪山。

这事没想到没完，小芹的父母现在竟然都是院士，照片都在百度百科上。小芹父母都还是白边儿眼镜，加上白发，一看竟是那么亲切，感觉就是我们院的人，虽然院子早已不存在。费尽了周折，有一天终于打通小芹父亲的电话。小芹的父亲不知道我是谁，我具体描述了当年的自己，然后听到了小芹母亲的声音。小芹母亲接过了电话，给了我小芹的号码。

这天晚上，我拨通了小芹的电话。

黑雀儿

烈日，弓着身子，屁股撅起，一上一下，黑雀儿爹是蹬三轮的。常常拉的货太重坐着蹬不动就得抬起屁股蹬，黑雀儿爹脖子前倾，青筋凸起，腿肚子一鼓一鼓，里面像有块砖，这时可见肌肉与骨骼运动，异常清晰。要是再赶上大上坡，撅屁股都不行，就得下车拽，像拽马那样。一般车左边有个生铁把手，上面缠着发乌的白布，夏天吸汗，冬天不沾手又相当于缰绳。三轮车和自行车不同，有上下两层把，类似牛头，俗称牛头把。实在蹬累了，比如回家路上，就常趴在上面的把上边蹬边休息，好像下面的身体不是自己的。彼时眼一动不动，直勾勾的，迎面同行过来，努一下嘴儿就过去了，看都不看一眼。夏景天儿都光着板儿脊梁没什么区别，冬景天儿就不一样了，各式棉袄、大氅、棉猴、棉大衣、军大衣五花八门，且往往还都缀着补丁，梯田似的补丁，补丁上摞补丁。有人再破了就不补了，北风一吹棉花一会儿飞出一朵一会儿飞出一朵，雪花似的。

黑雀儿爹就是"飞雪"中的一个，甚至头上的棉帽子破了也不再补，棉花爱飞不飞。不过总算有过补丁，说明家里还是有女人的，只是黑雀儿爹身上补又不补的，外人不知道原因，我们院，我们那片的人，都知道那补衣的女人是疯子，不但不奇怪，反觉得疯女人还能补补就真算不错了。

黑雀儿的爹每次出车回来，准会拉着一些破烂儿，不遮不掩，就那么大敞亮开着。您倒是掩上点，不，黑雀儿爹不，不说招摇过市，也真像他的性格，够固执的。通常谁都知道一行有一行的规矩，这么一来，你到底是蹬三轮的还是捡破烂儿的？黑雀儿的爹将两者混淆起来。黑雀儿家门口长年堆着各种各样的风干的破烂儿，花脸儿疯娘坐在破烂儿堆里，看上去和破烂儿属于一种，只是破烂儿不会骂街而她会，或骂或说或唱："这么好的天儿，下雪花儿，这么好的媳妇，光脚巴丫儿……×你娘！"红口白牙，披头散发，通常骂起人来开始声还小，一旦骂起来越骂越凶越骂越冲动，失控，顿足捶胸，浑身颤抖，跳着脚儿，好似有加速装置："×你娘，×你娘，×豁了，×烂了！×你娘！×你娘！×豁了！×烂了！"骂得两眼上翻，几至窒息。然后突然就雨过天晴自说自话："哟，是大进儿呀，屋里坐屋里坐，俺不咧俺不咧，俺是找来顺晴的，顺晴呀，顺晴她不在，嗯，她不在，她和小栾儿出去了……这么好的天儿，下雪花儿，这么好的媳妇，光脚巴丫儿……天上的锁龙王母娘娘栽，地下的黄河老龙王开，杨六郎把守三关口，韩湘子他出家就一去不回来……×你娘！×你娘，×豁了，×烂了，×豁了，×烂了……"

黑雀儿有个弟弟（我），身高不足一米，大脑袋，小身子，四肢像藕，除厚嘴唇有点像黑雀儿爹，不像这家任何人。或者干脆不像人，但也不像猩猩，约在两者之间。疯娘骂院里任何人、外来的陌生人，但从不骂家人，从没骂过黑雀儿、黑雀儿爹、黑雀儿的四个姐姐。但是骂我，好像我是陌生人，永远的陌生人，哪怕我像黑雀儿一样喊她娘。

"娘，娘，娘！"我有时大喊。

她有时认，更多时不认。

黑雀儿爹壮，木，沉默，浑厚的胸大肌和有力的臂膀似乎是他对一切无动于衷的资本。他有别的资本吗？本来脸就黑，再日晒雨淋，比别的同行更有一种沉重的黑，不是古铜色，与通常的枣红马还不同，马有光泽。确切地说，他更像骡子，因为骡子没有光泽。嘴唇很厚，后来因为非洲人送来了杧果，到处是非洲战友的招贴画，原来很确切的"骡子"外号消失了，改为了非洲的"刚果"。人们总是赶时髦，抓住一点不及其余，事实上除了嘴唇很非洲，别的毫无相似之处。而最不像的是他的眼睛，一条缝，刀裁一样，绝对的蒙古人种。黑雀儿爹完全不关心外号有多少以及变化，骡子、刚果、牲口，甚至"椰林怒火"，凡此种种，爱叫什么叫什么，谁爱叫谁叫。另外，喝凉水，车筐放着搪瓷缸，到哪儿随便接点凉水一饮而尽。他在一家区级医院做勤杂，蹬一辆三轮拉氧气、药品、器械，食堂采购，清洁厕所，打扫卫生。如救护车忙不过来，偶尔要拉病人或死者、家属，满满一车人。就是说他不是街道三轮社的职业板爷，他自己也不承认，他不做拉砖、拉钢筋、拉大沙包、拉冰块、拉蒸馏水的重体力活，除了拉氧气，他跟职业的板爷没法儿比。不过只此拉氧气一项，他又技压大部分板爷。不是什么人都能拉得了氧气的，又要夯力又要心细，那属于危险品。氧气瓶呈蓝色，像炮弹或导弹，装车或卸车时，一不小心就会失去平衡——就像惊马一样。彼时黑雀儿爹会以厚嘴唇的力量拦住惊马、压下三轮车。每次拉两枚，无法坐着蹬，只能撅着屁股，脖子前倾。遇到上坡时，蒙古人的眼睛瞪得如同牛眼，几乎具有两个大陆的力量。

但黑雀儿爹并不因拉氧气瓶多挣一分钱，这也和职业板爷计件不同。虽然是临时工——工资本可不固定——他却像正式工一样，工资是固定的。所谓正式工即国家的人，理论上还是国家的主人，主人怎么能计件工资？黑雀儿爹不是正式工自然也不是主人，干着主人的活，却可以随时被辞退。而主人是铁饭碗，没有辞退一说，因为理论上说不通。但临时工不同，上午说辞了你下午就得走，这点甚至还不如走资派、历史反革命、反动学术权威。

当然，刚果是不会被辞退的。一个人干好几个人的活，见谁都笑，哪怕眼睛并没笑厚嘴唇也是笑的，谁会辞退他？相反很多人一直都在呼吁给黑雀儿爹转正，就连医院领导也多次向上面呼吁，因为区级医院没这个权力。医院是事业单位，干部编制，干部没转正这么一说。但因工作需要，有些事业单位便出现了"以工代干"，问题在于一个"勤杂""以工代干"？几乎没有，事情一直拖了下来。我们的爹也真是不顺，二十世纪五十年代初，他凭着和我们院张占楼的一点远亲关系，拖家带口从乡下来到北京，一直没当上正式的工人，本来在良乡轮胎厂已很有希望，但一九六〇年工厂下马，大量乡下人返乡，我们的爹因拖家带口留在了北京，本来可去三轮车联社，但却去区级医院做了勤杂。他礼貌有加，看上去是个粗壮之人，事实上还读过一点私塾呢，识文断字，土站上捡报纸还会低头看上一会儿，这些习惯全传给了我。

　　那所区级医院分别坐落在骡马市和虎坊桥两处，骡马市的只是一个小门脸儿，前面是个药店，后面有个小院做诊室。虎坊桥院区比较正规，门诊、病房、化验、透视、抽血、手术室、食堂、库房、太平间，一应俱全。黑雀儿爹是两个院区的勤杂，两头跑，一早先到骡马市忙活一通，然后到虎坊桥，下班前再回骡马市忙一通。正常地从骡马市回家，黑雀儿爹不是这样，从骡马市这儿下了班要再回虎坊桥。因为两地垃圾的破烂儿全权由他清运，拉到外面的土站倒掉，清运时他会挑出一些可卖的，但不希望院里人知道，于是每天先把虎坊桥的破烂儿拉到外面，分拣出拉回家的在街角存放起来；在骡马市事先也是这样，待拉上骡马市的破烂儿再到虎坊桥拉上那里的。每天下班都这样来来回回，多此一举。出门见了谁，都点头哈腰眼睛躲躲闪闪，以致他的目光和他的嘴唇给人的印象完全不同，阴晴不定，没人知道是怎么回事，多年来竟也没人察觉他的古怪行为。哪怕拉氧气瓶，最后也是这个来来回回的程序，他趴在牛头把上，眼睛直勾勾的，别人是空车，他拉着破烂儿。他不该上那点私塾，还不如不识字，完全不必那么复杂。

如果不是晚上的行为，如果仅仅是黄昏，黑雀儿爹的确不算严格意义上捡破烂儿的。事实上他从医院拉回的东西让人羡慕，那些医疗破烂儿具有日常见不到的专业性，有条件能占到公家便宜是一种本事，单凭这点，我们的爹不仅不能与普通板爷相提并论，地位甚至看上去高于我们院多数人，如果不是临时工，真就是如此。我们的爹不知道会不会想这些，反正每天下班一吃完饭便蹬着三轮车，拉着黑雀儿、疯娘、黑梦，浩浩荡荡前往胡同各个土站，比起在医院简直就是一种放纵。

每天土站倒脏土有时间限制，晚上八点到十点之间，十点后拉脏土的那种长斗卡车来清运，因此白天胡同里是见不到脏土的。土站通常在较大胡同口的路灯之下，这里卡车好掉头。通常脏土会摊到整个马路上，由于主要是烧透的土煤灰，昏黄灯光下看上去一派金黄，并不觉得脏，之所以不叫"垃圾站"而叫"土站"并非没有原因，主要各家各户还真没什么垃圾，主要是烧过的煤球或蜂窝煤。煤球一般烧不透，里面会有一个煤核儿，剥掉外面的灰还可以再烧。所谓"捡破烂儿"更主要就是捡煤核儿，因此"捡破烂的"通常也叫"捡煤核儿的"。捡了煤核儿不仅省了买煤，自家烧不了的还可以送给街坊四邻，当然不是白送，礼尚往来，这是不用说的。

除了我们家，也还有别人家捡破烂儿，但像黑雀儿爹这么专业、招摇，蹬着三轮浩浩荡荡拉着黑雀儿、疯娘、黑梦，连说带唱，奇形怪状，走街串巷，莅临于各个路灯底下的土站，在我们那片儿绝对独一无二，后面总是跟着一帮一帮人，类似跟着围观马戏团。只是有人观赏没任何掌声，没有本应具有的"狂欢"。当然也有另一种东西，那就是将手里东西扔出去。

"冲啊。"

"杀呀。"

"包子，给……给……"像《地道战》的人民战争。

煤灰、烂菜叶、黄瓜头、烂西红柿飞过疯娘，落在我身上，也有的落在疯娘身上，但更多时是我。我的名气超过疯娘，毕竟疯娘还属于人的范畴，再疯也不像我。马戏团已消失多年，我们院的孩子好多都不知道什么是马戏团，但上年纪的人都知道，知道马戏团在公园或街角搭起帐篷，小丑、动物、杂技、魔术轮番上场，地上的人如醉如痴，站起来尖叫，狂欢，这些记忆的反光只是在成人无动于衷的脸上偶尔呈现。

我不知道黑雀儿爹或疯娘有没有类似记忆，应该没有。黑雀儿、黑梦更不会有。但到下面的"马戏团"却十分习惯投掷与呼喊，仿佛天经地义。我们就是人们生活的一部分，也是自身的一部分。越有东西飞，疯娘就唱得越欢，免费瞎陶醉，与东西无关，偶尔东西落到她身上也只是稍止一下。事实上，疯娘更像是给我的伴唱，人们投给疯娘的更多是象征的，手下留着情，对黑梦就不一样了，又准又狠，极其坚决，甚至和对待敌人都不一样。很难说投向什么。我过去的外号叫"猩猩"，后来我们院最有文化的人张占楼给我起了"黑梦"这个名字，一下就叫开了，那不是一般的有文化。

三轮车移动中，投掷有时会落在黑雀儿身上、黑雀儿爹身上，不过到了土站就非常准了，不仅能准确落在黑梦的大脑袋上，甚至落到仿佛非这家人的我的大眼睛上。我的眼睛既不像疯娘也不像刚果，谁都不像，只像自己，因此总是成为更准确的攻击对象。在没有欢乐的街上，我一个人甚至已足够撑起整个"马戏团"，特别当灯光从上面高高的电线杆子照射下来，孩子们伏于四周，金灿灿的煤球土站就像天然的露天舞台，疯娘披头散发伴唱，一个有着梦眼睛的怪物，黑梦那种对"人"的天然的威胁无疑是主角。人们边喊边扔：

"妖怪！妖怪！妖怪！"

"疯子！疯子！疯子！"

声音在墙角或胡同口，通常只露出半个脑袋，如此幼稚的声音当然是七八岁至多十一二岁的孩子，更大的孩子离得也远一些。也有十五六岁的大孩子躲在墙后。本不必要。或许是自我神秘，或许是吓小孩子。应该说这些都是老实孩子，好孩子是多数，即使他们投掷也非常不准，不过象征性的。事情当然不会这么简单，一些孩子全没一点隐藏意识，完全站出来，有时只是因为投掷才站得稍远一些，太近了没意思。不管怎样，一切都是正常的，站得多近多远都是正常的，都在"马戏"范围。

不正常的是，有人从不投掷，不屑投掷，也没有任何潜在的舞台意识。没有任何界限，一出现便直接来到土站中央，面对黑梦，挡住了人们的视线。这样的孩子不多，往往一两个，叼着烟，身体三道弯儿，再也长不直。冰冻三尺，非一日之寒。头发也比别人长，像身体一样有型。炉灰刚倒下时还很热，剥去外面的灰，里面的黑核儿更热，简直烫手。炉灰都是一盆一盆倒，倒在地上一堆一堆，小山一样，还冒白烟，热气烘烘。

黑梦、黑雀儿蹲或坐在地上，每拿起一个煤球不得不一边剥外层灰，一边快速颠来颠去，装进袋子。三道弯儿叼着烟，一上来便吸引了所有明处暗处闪闪发亮的目光，殊不知倒也更像马戏。三道弯儿是这几个土站的一霸，绰号"蝈蝈"，初中二年级，年龄不大，一身赘肉，肚子尤大，但五官还带着稚气，嘴上不是胡子却有一层茸毛，类似小雀黄口转黑而尚未完成。哪儿哪儿都肉嘟嘟的，浑身上下都有一种一致的东西。只用嘴叼着烟，两手空空，晃晃悠悠到了黑梦跟前，像以往一样，习惯动作，仰起黑梦的下巴。黑梦从不反抗，让怎么仰就怎么仰，观众也早已习惯。仰起，转动，再仰起，大角度地对着路灯，让黑梦龇牙，吐舌头，好看得更清楚。

"拍胸脯。"蝈蝈说。

"啃。"蝈蝈拿着白菜疙瘩。

"啃黄瓜头。"

黑梦一一照做，虽是重复，毫无新鲜感，但人们还是看得津津有味。据说马戏也是这样，从来不怕重复。蝈蝈又拿一截劈柴让黑梦啃，黑梦啃了一下躲避，被揭开嘴，露出牙花，劈柴伸进嘴里。

黑雀儿视而不见。厚嘴唇的爹视而不见。倒是疯娘见啃劈柴，笑唱："杨六郎把守三关口，韩湘子他出家就一去不回来……"

"嘭!"有人用链子枪射击。

"谁打的? 找死呢?"蝈蝈侧过身，朝着打枪的方向吼。

但手没离开黑梦下巴，黑梦被托得几乎离开地面，胳膊不由自主像虫子一样地活动。对，我就是这样。黑梦更使劲地龇牙，吐舌头，以此抗议。蝈蝈这时既不像大人也不像孩子，叼着烟，威胁打链子枪的人，那样子倒好像黑梦更像是人。下面一派寂静，没第二枪。

除了链子枪，过去向黑梦射击的还有弹弓、玻璃管。附近有个玻璃管厂时有玻璃管流出，拇指粗，一米长的玻璃管一头填装上胶泥团成的圆球，然后使劲用嘴一吹，能射出七八米远，特别适合命中头部。无危险，射大脑袋上又好看。链子枪最接近真枪，有撞针、火药、扳机，发射火柴棍，除了眼也不能真伤人，还可发出清脆的声音和火药的味道。刚才应是走火，火柴棍不知射哪儿去了。黑雀儿也被吓一跳，稍停，继续捡煤核儿，刚果根本就没听见，搓着热煤球，烫得颠来颠去，像一种魔术。倒是疯娘突然跳起脚儿来，冲空气大骂，冲火药味大骂，不知枪声碰了她哪根筋。蝈蝈不理会疯娘，继续缠着黑梦，向黑梦要烟盒儿，有的都拿出来。烟盒是土站最常见的东西，许多孩子也都捡，不如黑梦一家捡得多。黑梦拿出袋子里所有烟盒，包括黑雀儿捡的、黑雀儿的爹捡的、疯娘捡的。

"观众"的投掷射击极偶尔也会针对黑雀儿和黑雀儿的爹。黑雀儿也奋起反击过，跳起来扔煤核儿、白菜疙瘩，黑梦也会趁机乱扔东西。这是雄壮的刚果绝对禁止的，这时他的厚嘴唇多浑厚手就有多严厉，多不可思议——往往几乎是顺手，一个大耳贴子就扇得黑雀儿能转好几个圈，踹黑梦，黑梦抱着腿在地上打滚儿。刚果打起孩子有时甚至会失控，好像来了兴致，有时将黑雀儿和黑梦两手抓在一起打，一手抓一个，绰绰有余。像另一种疯。但有时倒惊醒了疯娘。疯娘会像风一样扑向浑厚的刚果，抓、咬，刚果常常一时手足无措，以致"观众"哄堂大笑，疯狂地将东西乱扔，口哨四起。没有一句标语口号，是最纯粹的娱乐，但有别于文化人类学。

在我们院儿也一样，孩子之间发生冲突，刚果不论三七二十一先揪住我或黑雀儿打一顿，不能喊屈，一喊他更兴奋，甚至癫痫起来，那样我们就算是彻底倒霉了。所以只能无声，降低他兴奋的可能性。打子女是他的一种病，不光打儿子也打女儿，打我们的四个姐姐，从小就打。与"棒打出孝子"无关，与人类学无关，与动物学无关。黑雀儿的当然也是我的大姐早已嫁人，自嫁出再没回过家。另三个姐姐都插队去了，两个去了东北，一个去了云南，去东北的是"双棒儿"，即双胞胎，也基本不回来。只有单飞云南的姐姐每年雁子似的回来一次，让黑雀儿算是还有一个姐姐。

黑雀儿是瘦猴儿，脖子瘦得就两根大筋，不吸气都很嶙峋，一吸气整个人跟透明的似的，有时就是这样吸气故意吓人。女孩子尖叫逃走，他甚至跟在后面，女孩一回头，再来一次。有一阵他总屙长长的虫子，还吐过虫子，吐到半截吐不出来，挂在嘴上，追着人跑，引起一片惊叫。扯出了虫子还是一样到处追人，与其说吓唬人不如说恶心人。谁都屙过虫子，但从嘴里吐出来还极少。当然，这是他小时候的事，上了中学后虫子没了，但还是那么瘦，豆芽菜似的。幸亏脑袋不大，有点尖，尖嘴猴腮的，换了我的大脑袋，脖子大概禁不住。除了眼一条线，刀裁一样，他哪儿都不像刚果。

黑雀儿比我大两岁，在我十三岁、他十五岁那年，也就是不再吐虫子之后的两年，突然开始咬人。我不知道是不是和不吐虫子有关。小孩子急了咬人是常有的事，没准在你手背咬上一口，但黑雀儿已经不是小孩。有人说和疯娘有关。黑雀儿咬起人来是有点疯，浑身颤抖，并且最大的特点就是一咬上就不撒嘴，怎么打都不撒。在这个意义上我不认为和疯娘有关，因为黑雀儿看上去有股疯劲，其实很冷静：怎么都不撒嘴其实是一种冷静的表现，甚至深思熟虑的表现。

事情发生在那天晚上，谁也没想到。"马戏团"一如既往，虽了无新意，也还是百看不厌：比如蝈蝈转动我的脑袋。尖叫声和哨声一开始都没什么激情，稀稀落落，蝈蝈拿手电筒照我的狰狞脸，才掀起高潮。那是一只用自动铅笔管做成的小手电，头儿上是一只小灯泡，外挂一节三号电池，照我的时候就像医生检查病人一样。

"犯照儿哈？照什么照？"蝈蝈朝黑雀儿脸上吐了口烟。

黑雀儿低下头去。每次都这样。这次也是，继续搓着煤核儿。但那天之后又抬起来。"照"和"看"的确有点不同，下面的观众看不出来，但蝈蝈看出来了，放开狰狞的黑梦，戳了一下黑雀儿的脑门儿。

"你丫站起来。"

蝈蝈用脚尖挑黑雀儿的下巴，刚果雄浑的身体一如既往跑过来，但一看就是非掠食动物：憨笑，点头哈腰，转脸又像掠食动物——顺手看都没看就给了黑雀儿一耳贴子，非常准，黑雀儿应声倒地。这种身手要是给蝈蝈一下一样趴下，但跨着科属，根本不可能，一如大象不可能攻击鬣狗。以往，黑雀儿无声，像灰尘一样，蝈蝈骂几句瓢着嘴也就离开了，谁都没想到这次蝈蝈转身之际，黑雀儿弹起，非常准确，一口咬住蝈蝈肥滚滚的胳膊。

不是冲动，完全不是。

咬上后身体弓起来，尖尖的头摇、颤，边咬边吸，手指都嵌进肉里。蝈蝈发出的那种惨叫与黑雀儿那种深思熟虑的噬咬正好成正比。想甩掉黑雀儿几乎不可能，一块肉咬掉了见到骨头直到咬住骨头。蝈蝈踢、拽，怎么都弄不开，好不容易弄开了掉了块肉又被立刻咬上。蝈蝈号啕，这时变回了本来的半大孩子，一时看着傻了的刚果。刚果怎么拽黑雀儿都拽不开，扇黑雀儿也扇不开。刚果一把抱住黑雀儿但连着蝈蝈，黑雀儿疯了，咬了厚嘴唇的爹一大口，刚果也破天荒叫了一声，松了手，血立刻流出。

蝈蝈借此逃脱，黑雀儿追，喊：

"我咬死你！"

"我咬死你！"

"我咬死你！"

蝈蝈从前青厂跑到后青厂，喊声响彻后青厂，一前一后，穿过顺德馆，又折回前青厂拐到永光寺西街，后面刮风似的跟着"马戏团"的观众。蝈蝈原本就是一厌货，欺软怕硬，外强中干，又肥，跑不快，几次被尖嘴猴腮的黑雀儿追上，无论屁股、肩头、腰咬上一口。黑雀儿几次被击倒，被使劲踢、踩、踹，鼻子、眼睛、嘴都给踩烂了。蝈蝈跑，黑雀儿爬起来追、扑，尖叫……蝈蝈总算跑回了他们院，插上街门。黑雀儿蹿、跳、砸。

"我咬死你！"

"我咬死你！"

这满脸是血满嘴烂烘烘的号声，在那个闷热的夜晚响彻我们前青厂、后青厂、永光寺西街、椿树夹道，是我们那片儿后来最可怕的记忆之一。就算更多人没看到没听到，因为毕竟是晚上，但反而恰恰是这更多的人后来传得更邪乎，说那不是人的声音，也不是动物的声音，说就算是宰了他那妖怪弟弟黑梦也发不出那种声音，我不知道这是高抬我还是贬低我。

黑雀儿那次一夜成名，一咬成名。

但在刚果看来，却是大逆不道，咬蝈蝈还单说，正像"一种疯狂守护着思想"，主要是黑雀儿还咬了爹，这是刚果万没想到的。客观地说，如果黑雀儿有盘算，也是没将刚果盘算在内的，完全没意识到，事实上他事后也不记得咬了爹。说实话我也忘了这事，我一直紧张地跟着黑雀儿，毕竟事情涉及我，起因在我，至少"照"的时候我是导火索，我必须跟着。黑雀儿被打倒在地时，我朝蝈蝈也抢了几下王八拳，并且也趁机咬了蝈蝈几口，某种意义上，也可以说后来我们是共同战斗的。当然，我是微不足道的，而且也真下不了那狠嘴，在这点上我实际上进化得太彻底了。

刚果的胳膊竟然缠了绷带，透着是在医院工作，但这不是要表现的，主要这是标志，一望而知，什么也不用说。这倒一下提醒了我们，黑雀儿一下像死狗一样瘫地上，本来也快支撑不住了。

"你还敢咬我？反了你！"刚果就像法官似的。

刚果毕竟是读过一点私塾的——再说一遍，或者还不如不读——不然或许瞧黑雀儿这副战场归来的样子，不应该像以往再吊起来。但是不，吊起，更得吊起来。黑雀儿被捆时浑身的伤渗出血，特别是嘴和牙还都是红的。之前疯娘给黑雀儿胡乱抹了一些紫药水，抹得跟紫花瓜似的。她只是胡乱倒了些在手上，然后抹，以致她的整个手都是紫金色。还弄了自己一脸一身，金光闪闪，使她看上去反倒像拿皮带的刚果的助手。当然，黑雀儿一旦被绳子拉起，疯娘便整个身体蜷缩成一团，在家里，疯娘是绝不敢反抗刚果的，除了在土站。

　　按理我也该被吊起，但刚果不知道我后来也动了手。我蜷缩在炕上的另一个角，与疯娘相对，没有发抖，也不惊奇，只是注视。厚嘴唇的刚果面对在空中颤悠的黑雀儿，一脚踩在长条凳子上，一手拿着皮带。还好，皮带已不再颤悠，这点和电影里还不同，电影里颤悠的皮带是很吓人的。

　　家长吊孩子倒是不新鲜，很普遍。吊起来，一是出于权威、权力；二是为了防范。两者并重，不然捆那么多道绳子干吗？电影有太多的类似场面也确有道理。但黑梦的注视还不全是因为电影，多少是与在动物园常见的那种眼神有关，换句话说黑梦像是看着铁栏：刚果背后是一张掉漆、露裂缝但依然威武的八仙桌，桌的标配应是一边一把同样黑色的太师椅，但这张吱妞响的八仙桌没有，两边是板凳，像生产队的凳子，不协调。黄灯泡比土站上空的灯泡还暗，基本只照着空中的黑雀儿，以致他成为房间最亮的部分。

　　因为亮，还真像英雄，一点声音没有，好像已浇过许多次水，睡着了。实际眼一直瞪着。眼凸，充血，青筋蹦跳，甚至他的眼睛都正放着战争电影。只是这次明显和以前不同，甚至有一种安详，咬人风暴过后既是一种安详，同时也有一种咬过刚果的麻木。什么都干了，到头了。但对刚果来说，一切刚刚开始，甚至说有点兴奋。

"你还敢咬我？"刚果端起一小盅薄荷，话不多，一晚上就这一句，说了没有两百遍也有一百五十遍。板爷大都喝酒，但黑雀儿爹不喝，滴酒不沾，没有酒后失控一说。也不抽烟。没任何不良嗜好。唯一喜欢薄荷，信奉"二分钱薄荷治百病"，的确他还真没病。

"你敢咬我？"喝一小口，小盅往桌上又一戳。

黑梦和疯娘后来都睡着了。一觉醒来，黑梦有了某种孩子气——实际上仍在梦中——对着喝薄荷的厚嘴唇的刚果："爹，他不是故意咬您的，他咬错了。"说得很直接，是平时绝对说不出的。刚说完，疯娘也像是梦中的行为，本就是靠着墙睡的，一下出溜下来，在地上爬，好像返祖一样，爬到了刚果面前，什么也不说，就是磕头，磕头如捣蒜。黑梦朝尿盆尿了泡尿，响声清脆，因为疯娘的爬行，黑梦真的醒了，目光又恢复到睡前的样子，完全忘了刚才说了什么。当屋的地是土地，没有地砖或水泥，是很干的大地，所以疯娘虽磕得很使劲，但声音很闷，听上去像哑剧一样。刚果一只手薅起疯娘对襟的小脖领子，轻而易举或轻车熟路将其放回原炕角。

"你还敢咬我？"盯着黑雀儿。

黑梦再次睡去。

关于那个夜晚刚果何时放下黑雀儿，疯娘是否又爬起来，因为沉入很深的睡眠，我一点也不知道。我醒来时，天已大亮，刚果不在，出车了。黑雀儿像以往一样在黑梦的身边酣睡，非常深，像死了一样。除了嘴结着深色血痂，身上其他伤痕都变浅了。没有痛苦，只是沉睡，嶙峋肘骨甚至显出某种结实。疯娘坐在敞开的门槛上啃窝头，骂、说、唱，寻常场景。也许因为昨天一幕幕场景太疯狂了，黑梦一觉醒来，世界好像什么也没发生，好像在重新看，比起疯狂，安静是多么好，虽然一切如更早的旧日，一切如旧。

窝头是昨天疯娘蒸的，疯娘一般还做饭，但也常不做，要等刚果晚上回来现做。通常一天就晚上做一顿饭，窝头、咸菜、鸡米饭、熬萝卜之类，总是多做出一些留待第二天中午吃。黑雀儿、黑梦兄弟从没吃早点的习惯，也搭上起得晚，一爬起来就得赶紧去学校。黑梦上五年级，黑雀儿上初三，但两人并没差三年，只是我九岁才上小学。黑雀儿睡得这么香，又有伤，肯定不会上学了，不过黑雀儿上不上学和黑梦也没关系，别指望黑雀儿带着黑梦一起上学。黑梦出了家门，路上前后都是院里上学的孩子，仨一群俩一伙，成群结队，五一子、文庆、大鼻净、大烟儿、小永、小芹，说说笑笑，打打闹闹，推推搡搡，喊："给他一大哄哟，噢吼！"或唱："你们家茅房一排排，你们家尿盆一摞摞……哎嘿，哎嘿……老五叔，指航程，七姑走向车子营，车子营哎哎……"黑梦远远跟着唱。我们院孩子从不会给黑梦一大哄，尽管黑梦有着最根本的被"一大哄"的理由。但是附近的孩子就不同了，特别是更远一点的孩子，见了黑梦还是非常新鲜，起哄，投掷，拦住去路，问这问那，将书包抢过来往天上一扔，课本、作业扬得到处都是。这些从我上一年级起就司空见惯，习以为常。最早我曾渴望与黑雀儿一起走，有个呵护，但黑雀儿一天也没和我一起上过学，好几年我们是在一个小学上学，完全一路。黑雀儿上了中学，我们也还是一路，四十三中与琉璃厂小学斜对着门。因为我们上学时间一样，起得也一致，一个爬起来另一个也会立刻爬起来，常常两人前后脚出门——黑雀儿总是命令我停下，但我有时会发疯似的快跑，有时不可避免，黑雀儿会远远看见黑梦被人包围，黑雀儿绕开，走别的胡同。

黑雀儿之咬完全是一种内部的成长，那种成长就像根须钻出岩石的过程。他不会使用器械，他的深思熟虑、内部成长与器械无关。他不会拿着刀子或叉子追着别人跑——尽管这是"后来居上者"通常的做法。他就没往这儿想。不使用器械，使他羸弱的身体很容易被打飞，飞上一会儿，被踩倒在地，可能被踩死。但别让他起来，起来他就会猖猖，猛扑，咬上就不撒嘴，会第二次、第三次，不死就永远咬下去，就等在那人的院门口，等在街角、学校门口，满脸青紫，嘴老是烂烘烘的，十分吓人。如果说咬是一种动物性，每次抱着必死之心的黑雀儿已超出动物性，动物是不会这么执拗的。有人说黑雀儿得了狂犬病，这个比较接近，可城市没有一只犬何来狂犬病？人们不管这些，确信黑雀儿染上了这种传说中最疯狂最可怕的传染病。那么，被黑雀儿咬了，是否也会像黑雀儿一样最后狂吠追人？这个说法太吓人了。除非某个玩闹的一刀结果了黑雀儿，但所有的顽主、亡命徒大都是蝈蝈这种外强中干类，虚张声

　　　　　　　　　　　　　　　　城与年

势的。

蝈蝈求和了、讨饶了，黑雀儿罢手。

黑雀儿也不要求别的，就是能在土站宁静地捡破烂儿，前青厂、后青厂、永光寺西街属于蝈蝈的范围都安静下来，不再围观、投掷、尖叫。但我们那片儿不只这几条胡同，还有琉璃厂、校场口、南北柳巷、香炉营、海柏胡同，这些地方还和以前一样。比如海柏胡同，那是一条很长的胡同，东起北极巷，西至茶食胡同、宣武门，比一般胡同都宽、整饬。再早，这胡同住过不少名人，据说孔子第六十四代孙孔尚任，清初大文人朱彝尊等都在这胡同有宅院，那些院子多古槐、紫藤、海棠、亭台。什么都有延续传承，虽历兴衰际遇，有家底儿的还是有家底儿。因此，现在这条胡同住的人也和我们那片儿多有不同，不是说这地方文明，而是有些东西更狠。

海柏胡同的人当然也听说了黑雀儿咬人、狂犬病的事，但他们那片儿的孩子不信邪，不当回事。"马戏团"到了那里还是被围观、投掷、射击，如果仅此而已，没有蝈蝈那样跳上"台"的人，黑雀儿也不知道咬谁，但人所共知的是，那儿有个比蝈蝈更厉害的胡继军，蝈蝈也不过是他的手下，蝈蝈是傻狂，胡继军很阴。胡继军不是天天在，但遭遇胡继军又是必然的，黑雀儿清楚。

所有人都有外号，顽主就更甭说。那是一个外号时代，不知怎么形成的，反正都不叫真名字，学校这样，社会也一样。但胡继军没有，他名头很大但一直就是本来的名字，不知是不是和胡继军他爸在公安十三处有关。应该没关，但十三处的就是不一样。胡继军他们院门口常停着一辆挎斗摩托，俗称"挎子"，在我们那片儿很是扎眼。没人有机动车，就算不是自家的是公家的，开的人也极少。胡继军他爸是个魁伟之人，戴着少有的风镜，大盖帽，一身藏蓝、领章、帽徽，帽徽很特别，和解放军的五星还不一样。胡继军穿的与别人的国防绿不同，一件旷荡的他爸的警蓝上衣低调、神秘，市面上没有，馒头扣更是一种身份证明。叼着烟，不费吹灰之力就折了黑雀儿三根肋骨，还不是把式，纯属内部掌握的格斗，且会留下好多年后、天一阴就隐痛的内伤。胡继军虽然身上有管儿插，但连摸一下都没摸，不过就是一种标识。自然更不会用板砖，就像通常所说的"花了你丫的"。黑雀儿外表几乎看不出什么，但谁都看得出，一溜歪斜的黑雀儿伤得不轻。但黑雀儿还是扑，被击倒，满地打滚，爬起来扑，站不稳还要扑。胡继军没辙，只得后退，离开，不愿走得太快，黑雀儿爬，追，喘，狺狺，虽然一口都没咬到胡继军，但还是张着尖尖的嘴。胡继军跑起来，黑雀儿跑起来，我也跑起来，最后见到前者关上了高台阶的院门。

黑雀儿回到家不容易，表面上不如蝈蝈打得血丝呼啦，但总趔趔趄趄欲倒不倒的，一进家门就手捂肋骨坐墙脚了，大口喘息，狺狺，不让吓破胆的刚果过来。刚果还真止了步，浑厚的身躯完全覆盖了黑雀儿。疯娘扑过来，被刚果提小鸡似的，一下扔到炕里边去。刚果这身手对付谁都绰绰有余，对付一群人甚至胡继军父子也没问题，要是在古代可以"马踏番营"，这是刚果有时喝薄荷喝高兴了，讲岳云岳飞常挂嘴边的一句话。但也真奇了怪了，既和非洲无关，也和评书无关，黑梦也只是胡乱想想而已。

像上次一样，刚果也受了伤，黑雀儿咬的。这次黑雀儿咬不是冲动，也不是咬错，完全有准备，像对胡继军一样狠。如果非要找到黑雀儿身体上的一点优势或超常之处，非他的尖嘴猴腮莫属，特别是那尖嘴稍不留神就兜不住的獠牙。黑雀儿也真是把自己研究透了，估计没少照镜子。咬不着胡继军咬刚果也一样，并且总算痛快了一下。

"你个驴日的！"刚果跺脚，却不敢近前。

可不就是驴日的，他纯是骂自己。他也知道是在骂自己，虽读过私塾，但他骂人的语言实在贫乏，根本不能和街上职业的板爷比。我们那片儿的板爷骂起人来那叫一个花哨，骂到极点能把人骂乐了。刚果明知道自己有牲口特征而且众人皆知，却任何时候都不让人乐，非常枯燥。

"你个驴日的，还回来干啥?!"

近在咫尺，止于咫尺，因为黑雀儿的牙又露了出来。

"找死就别驴日的回来!"

"雀儿！雀儿！我可怜的雀儿，我不活了，王八羔儿×的，把雀儿打成这样，×你娘，×你娘，×豁了，×烂了，×豁了，×烂了!"一骂起人，疯娘就忘了黑雀儿，或者什么都忘了。

要是光骂大街刚果一般不管，听惯了，充耳不闻。况且有时骂大街的确有原因，以前刚果吊打我和黑雀儿时，也常这样有人扒我们家窗户，外面许多颗小脑袋挤来挤去。但这次和以前不同，这次是黑雀儿又咬跑了大名鼎鼎的胡继军。胡继军闭门不敢出来，和蝈蝈一样成了缩头乌龟。我从窗帘缝看出这次他们不是看热闹，是看黑雀儿，英雄的黑雀儿。疯娘分辨不出和以往有什么不同，使劲骂，跳着脚地骂，刚果看都不看。

在疯娘的顿足捶胸、浑身痉挛、口吐白沫的骂声中，刚果来到贴南墙的大黑柜前，握住合页铜把手，打开厚重如棺的柜门，拿出一件破棉袄抖了抖（立刻就有一股霉味充满房间），又找出一副大棉手套（那种冬天蹬三轮戴的），到了黑雀儿近前，慢慢穿上棉袄，套上手套。黑雀儿见了这阵势，没再龇牙，猖猖，闭上了眼睛。刚果防护严实，不战而屈人之兵，没挨一口咬便将黑雀儿捆了起来，黑雀儿痛楚地龇牙，没发出任何声音。

黑雀儿慢慢被吊上去，头朝下。

刚果一小口一小口地喝薄荷，很慢，这次倒是没抽，就是吊着，慢慢地喝薄荷，慢得我和疯娘后来都睡着了。黑雀儿大概也睡着了，如果还能睡。突然我一睁眼（不知过了多长时间），刚果和黑雀儿消失了。灯没关，还开着。屋里空荡荡。我觉得是梦，梦中看到此前发生的事：刚果将黑雀儿放下，没解开绳子，而是提着绳子将黑雀儿提到外面，蹬上三轮车走了。

我以为是梦，却是真的。实际是看到了，只是当时半梦半醒。

刚果将黑雀儿送到了医院。

黑雀儿在反修医院躺了一个多月，没死，活过来了，生命力太强了。我们家人有一点超常，就是生命力超强。反修医院坐落在虎坊路一片少有的红砖楼区里，本身却是米色的。黑色铁艺栅栏围着，绿树掩映，有雕塑、喷泉，建筑高大宽阔，并且是一组。门诊楼大厅黑色大理石的地面像镜子一样，楼梯宽阔，病房洁白，窗明几净，对黑雀儿来说，这一切简直就是天堂、外国。只在阿尔巴尼亚电影《勇敢的人们》中看过类似的建筑，好像是地拉那，而那电影里也不过一个恍惚，一掠而过的街景，真正惊骇的是，有女学生游泳不穿连体泳衣，穿了三点式，特别是胸罩，太扎眼了。一掠而过的地拉那街景之后便是那个鲜明的女生，在湖边……本来也算忘了，不知为何在这儿一下跳出来，激动难耐。多想再看一遍那电影，就看那段。我和黑雀儿从没住过院，对医院的认识就是刚果供职的骡马市院区，那个药店般的小医院，连虎坊桥院区都没去过，那昏暗的、三四间房子的小院就是我们对医院的认识。结果到了这么大的医院，简直不知到了哪儿，思绪一下就飘起来。平生第一次坐电梯，有点不敢坐。怎么坐？宽敞的大电梯像一间房子，有铜扶手、镜子，第一次在这么大的镜子里看到全面的可怜的自己。世界太大了，为什么我这么怪诞？但还是新奇得不得了！不知为什么叫"反修医院"，当然是不知道这医院是苏联援建的，原来叫"友谊医院"。

黑雀儿肋骨骨折，内脏出血，视网膜损伤，牙龈破裂，唇腭撕裂，呼吸急促。刚果没将黑雀儿送到自己打杂的医院，送到这么大的先进的医院，总算没白在医院系统工作，没白拉氧气。能想到送医院就已不错了，不然真完了。黑梦后来多次想，如果刚果不在医院工作会怎样？不过等到黑梦在医院见到黑雀儿时，已经过去三周，一切已经大好，黑雀儿又白又胖，成了一个大白胖子，眼睛本来就细，现在变成一条线，黑梦简直不认识了。同样他也看到病房其他病人包括家属对看的惊讶目光。所有人里只有黑雀儿不惊讶，事实上正是这漠然的目光让黑梦认出了黑雀儿。

病房宽敞、明亮、高旷，可以看见窗外树梢上的流云，有四张病床，每个病床旁都有一个和床一样白的茶几，茶几上都或多或少堆着吃的、用的。黑雀儿旁边的茶几上竟有苹果！家里从没见过苹果，只在副食店和节假日的街上见过。刚果这是怎么了？还给黑雀儿买大苹果？黑梦也简直认不出这个厚嘴唇的人了，难道谁在这儿都会变？黑梦想到自己的样子会变吗？像常人一样？要是他出什么事住这里该多好？黑梦都意识不到自己在想入非非。刚果同意黑梦去看黑雀儿，毕竟没分开过这么长时间，黑梦想黑雀儿。但黑梦也没怎么提，事实上只轻描淡写过两次。可能发生了什么事，刚果虽然不说什么但脸上有了点光，然后这天下午突然就拉上他和疯娘去看黑雀儿。

送反修医院真是对的，反修医院的护士竟然报了案，以至于胡继军高大的父亲都来病房看黑雀儿。护士义愤填膺，实在看不过，"这是往死里打，打人都不带吐核儿的，跟他老子学的吧！""你瞧他爸那样儿，傻成什么样，找他们家去呀，起码得让他们家付医药费。""这医药费你付得起吗？你还在医院工作。"护士们真是天使，这儿有天使一点也不奇怪。天使们什么大人物没见过，更不消说什么十三处的。胡继军父亲来了以后一切为之一变，更换了主治医生，甚至护士，病房（还是不得了）从六人房换到了四人房。这一切黑雀儿没感觉。每天都有牛奶、鸡蛋、水果、馒头、花卷、米饭随便吃，顿顿有肉，黑雀儿做梦都想不到。

当然，黑雀儿胖得走样儿主要是因为激素，不过黑雀儿个子长高了应该和激素没关系。还是和伙食还有玩命吃、吃疯了有关，可以想象一个平日窝头、咸菜都不一定能吃饱的人忽然到了天堂，也不过像黑雀儿这样地吃，久旱逢甘霖，身体能不拔节吗？黑梦要是这样吃也会长高的，变长的，黑梦啊。也许不是遗传或突变，就是营养不良，营养会再次导致突变！

疯娘真是认不得黑雀儿了，怎么看都不认得，几乎发作起来要骂街，被黑雀儿制止。黑雀儿抱着娘泪流满面，使劲喊娘，胖得挤成一条线的眼睛能流出眼泪也真奇了。而且流了那么多，仿佛岩石忽然在无缝处流出水。"娘！娘！娘！"（我在心里流泪，羡慕极了）疯娘似醒非醒，似笑非笑，如果不是醒了就是陷入更深的黑暗——反正不再闹了，呆呆看着黑雀儿。疯娘来前换了衣裳，梳洗打扮了一下，露出了往日难见到的真容。花白头发还铰了铰，铰得不整齐，但也比平日整齐。娘的脸其实挺白的，只是没遗传给无论黑梦还是黑雀儿。黑梦不太理解黑雀儿为什么哭，因为疯娘干净了？刚果为何同意带疯娘和黑梦看黑雀儿，是个谜。如果黑雀儿要求也只会求疯娘不会带上黑梦，从他们相视第一眼黑梦就看到了这点。离开时，黑雀儿将一个大黄香蕉苹果塞给了疯娘，又抓了几块糖。疯娘笑，真的像花。黑梦离得远远的，黑雀儿看了一眼黑梦，没叫黑梦过来。刚果叫我过去，我却出了门。

事情并没完，黑雀儿出院后第一件事就是找胡继军。胡继军有一千个理由宰了黑雀儿，但已不可能。尽管胡继军他爸对黑雀儿好得不得了，几次亲自来看，还带着胡继军；尽管不说别的光是吃的就丰盛得令人眼花缭乱，好多都是从未吃过的东西，但黑雀儿还是没有放过胡继军。黑雀儿憋在胡继军家院门口，胡继军不敢回来，或者不敢出去，最终胡继军托人递话讲和，什么条件都行，只要能办到。黑雀儿没条件，就是想见一面。两人见了面，事情就过去了。无论是去过天堂还是地狱的人，出来都有变化，医院这种地方两者兼而有之。

黑雀儿找胡继军，吓死了刚果，刚果不能理解，也不能再打，不能说捆就捆起来，吊起。黑雀儿不仅是个病人，还要吃很多药，人也不一样，好像换了一个人。而更让刚果意想不到的是胡继军说了软话，要和黑雀儿做朋友甚至做兄弟。胡继军家是什么人？不仅全额付了医药费、住院费、伙食费，出院还给了刚果一笔误工费。晚上捡破烂儿改成三个人，说是黑雀儿刚出院，实际不想再带上黑雀儿。倒不是怕惹是生非，主要是不乐意。

但黑雀儿却常在后面跟着，黑梦不告状刚果便佯装不知。出院的第三天，黑梦便大声喊黑雀儿在后面，有种兴奋。疯娘一下也看见了，停止说唱，招呼黑雀儿，挤黑梦为黑雀儿腾地方。刚果的三轮车停下来，刹车踩得特别响，特别难听，像抽了筋似的。

黑雀儿没停下，慢慢走过来。

要是听话就不再往前走了或是回去。

"我没事了。"黑雀儿说，轻飘飘的。

"没事就想作事，是吧？"

"你看哪儿有事?"黑雀儿仰起下巴。

"回去。"

"回去!"突然大吼。

黑雀儿转身,三轮启动,疯娘唱:"这么好的天儿,下雪花儿,这么好的媳妇,光脚巴丫儿……杨六郎把守三关口,韩湘子……"

第二次黑雀儿没再转身,一动不动,刚果启动三轮,吱吱妞妞,特别响,特别难听,响彻胡同上空。胡同空荡荡,路灯昏黄,除了黑雀儿几乎没什么行人。一个个土站空寥寂静,像出了什么事故,没有投掷、喊叫、射击,"剧场"消失了,或者"观众"消失了。即使有个别"观众"也完全隐在暗处,偶有假装走过也不停留。黑雀儿在边上,一动不动,像个幽灵。黑雀儿比过去的主角黑梦和疯娘还引人注目。他从死亡中归来,狂犬。蝈蝈特别是胡继军先后销声臣服,不说蝈蝈、胡继军,光狂犬就已让人闻风丧胆。由于过于寂静无人喝彩,甚至疯娘都不再唱,只剩下劳动:捡煤核儿、破烂儿,只偶尔低吟浅唱:"这么好的天儿,下雪花儿,这么好的媳妇,光脚巴丫儿……"

但是我并不感谢黑雀儿,不喜欢他那股气味。

他不再跟我们出车,但土站还是一样,无论他本人在不在,他的气味无所不在。他名声大噪,并与死亡相关,是死亡战胜了许多东西。我不喜欢的大概就是这种气味。疯娘唱,狂躁,劳动,我和疯娘慢慢习惯了土站的安静与收获。安静很美,从来没觉得安静是美,没有注视也等于没有监视——过去偶尔捡到有点特别的东西不敢喜悦、声张，不敢喜形于色，不然会立刻被人抢了去。前两年清理阶级队伍，我们捡到过金条、金镏子，就是那时被抢，于是学会了不动声色。现在捡了好东西，我在土站中央拿个倒立也没人注意。

破烂儿不简单，生活里有什么，破烂里就有什么；生活里没有的，破烂儿里也有。不定什么人就会把重要的东西丢进破烂儿里，还有秘密。疏忽大意把什么不小心跟着破烂儿一起丢掉，也是时有的事，有些能判断出来，有些不可思议——更多时候是不可思议。就是说，一般人根本意识不到捡破烂儿的人善于思考。因为无法不思考，你总会想这件东西怎么会被扔掉？为什么会被扔掉？有意无意？为何只扔了一只鞋？鞋还挺好的。半张男人照片——明显撕掉了另一半。鞋盒里一只女人的手，吓死，却没报案，我没告诉任何人。其实这些东西都还在其次，不能指望，可遇不可求，我真正想说的是，或者我喜欢土站的原因是，日常捡破烂儿随时地阅读。

昏黄灯光下，煤灰中央，我读烂报纸上的字，香烟上的字，鞋盒子上的字，药瓶、药盒、药膏上的字，罐头上的字，实在无聊会读出声。有一次读避孕药膏上的说明，被刚果一个耳贴子打得眼冒金星，失明好一会儿。读得最多的是皱成一团的烂报纸，有的擦过屁股，血，什么都有，种类并不多，其中有《参考消息》《人民日报》《解放军报》《光明日报》，还有《红旗》杂志。最多的是《参考消息》，别的报纸团儿很难区分出来，《参考消息》不管多皱多碎一眼就能看出来，因为写的都是外国的事，什么路透社、美联社、法新社、塔斯社之类，就觉得路透社特怪，不知道什么叫路透。常常是回到家第二天一早，坐破烂儿堆上接着读，正如疯娘在破烂儿上说唱或骂。极偶然捡到过一本书，黄色竖版繁体字，整个书都卷了边，像一种奇怪的刷子，没头没尾，中间穿了一个大洞。能不思考吗？没在土站生活过的人不会经历生活的另一面，土站垃圾站是真正的思考之地，我无论如何都不明白为什么要在书中钻一个大洞，像铜钱一样，只是内圆外方，反了过来。更不明白为什么钻完了扔掉，也许不是故意的，也许是完全有意的。要是故意的，说不定还有第二本呢。黑梦像发现了宝贝一样一字不落地看完了全书，每一页读到圆洞这儿都是一个深井，既无法迈过去也无法跳下去，反正文言也读不懂，其实圆洞对我是一样的。我甚至修复过这本书，做了封面，重新起了书名，做了目录，文内有若干卷，有小标题，有的小标题被洞吞噬，但都被我成功修复。我没别的特长，只在雕虫小技上特别擅长，不用说，你也看出来这和我的身体是相称的。

被修复的书从卷二开始，到卷十一消失，不知后面还有卷多少。我的雕虫小技特别典型地表现在：尽管修复了整本书，起了书名，补齐了所有黑洞的文字，但一点没读懂该书。书是文言文，许多小标题都是人名，如阿宝、九山王、胡四娘、婴宁、单道士，这些人名读来没问题，但里面就读得幽幽暗暗，迷迷糊糊，像做梦，像阴间，冷飕飕的，经常刮起一阵风将我周围的破烂儿刮得满天都是。我敢保证是书里刮出的风，因为别处没风。我以前不认识繁体字，就是从这本书开始，重新识字认字。这没什么难的，《新华字典》上有繁简对照，我不敢说认识了所有繁体字，但绝对比一般人认识得多，或许多得多。土站是我唯一可以获得书的地方，你在任何地方都不可能获得。只是书真的是太少了，谁没事会扔掉一本书？当然，我还真的得到了第二本中间钻了一个洞的书，显然出自同一人之手。

黑雀儿没想成为顽主。别的亡命徒多是诈、讹、赌，黑雀儿不是，就是不想活了。不是一时冲动、失控，而是非常理性，冷，还有什么比不知死不怕死更理性的？事实是，无论以什么方式、什么样的本能，黑雀儿一旦灭了顽主，他就是顽主。反正别人这么看。别人这么看，他想不成为顽主都不可能，况且他是多么地敏捷，比任何人都敏捷。他的根扎得太深了，闪电般出现，他比谁不更敏感于这闪电？价值？别人怕他——巨大的怕的价值？还有称赞乃至崇拜。恐惧与赞扬包括赞美、阿谀——这对黑雀儿是从未有过、不敢想象的，但是出现了。蝈蝈、胡继军，不单是他们两人的事，也是所有惧怕这两个人的事。自然就有人拜倒在黑雀儿脚下，有人请他出山，甚至不管出于何种原因，胡继军有事都叫上了黑雀儿，两人并肩作战，以至平起平坐，胡继军的名声有多大黑雀儿的就有多大，甚至超过，因为胡继军的野心是有限的，而黑雀儿的野心一旦长上翅膀就是无限的。胡继军的是飘着的，黑雀儿的来自深处或最深处。要说来自死亡，也不为过。

与西城、海淀或部队大院的顽主不同，我们南城的顽主多出自底层百姓，像胡继军这样的家庭凤毛麟角。别看出自底层，我们南城的顽主最早可是曾与红卫兵势不两立，曾菜刀对菜刀，铁锹对铁锹，板带对板带。

据我们那片儿现在已双目失明口齿不清当年的一个老泡说，事情是这样的：一九六六年八月二十三日——时间地点都说得特别清楚——刚成立不久的红卫兵，这天在北京工人体育场召开了一个据说有十万人参加的斗争"小流氓"的大会。大会现场发生了红卫兵殴打"小流氓"的事件，由此双方结下梁子。大会后，北京各中学红卫兵成立了"镇流队"，我们南城的顽主也不示弱，有个叫"西山老大"的老泡针锋相对成立了"红山会"，专门与"镇流队"作对，双方多次大冲突。老泡说红山会里最有名的顽主叫"宣武小浑蛋"，一个人被一大群红卫兵堵在一棵大槐树下，"死时都抱着树不倒"！老泡悠悠地说："'宣武小浑蛋'一死，北京的整个流氓顽主声称'见红卫兵就办'。"这个应该是夸张了，估计有这情绪，把情绪当成事实，说说而已。事实也是，据我所知所谓的南城顽主与红卫兵"势不两立"的事不过昙花一现，时间很短，查史几乎是查不到的。这里面事多了就不细说了，还是说回黑雀儿。

黑雀儿崛起于土站，与红卫兵无关，甚至也与"宣武小混蛋"或"红山会"之类的无关，及至一九六八年，无论红卫兵还是"红山会"一样都被一勺烩了。历史就是这么有办法，尽管一些顽主回京探亲时仍有人朝拜，但毕竟江山不再，新一代顽主"江山代有才人出"，已是历史的"野火烧不尽，春风吹又生"，像荒草一样从废墟上长出来。新一代顽主有自己的特点，就是没有任何传统，石头子儿里蹦出来似的，因为那年月就是"流氓文化"也出现了断层：都是像蝈蝈、胡继军及至黑雀儿这样的生混蛋。北京话里生混蛋的"生"就是没传承的意思。此前我是说一九六六年以前，顽主也是讲义气、讲规矩的，碴架约定了时间、地点，不管对方带多少人，所有问题都在现场解决，讲单打独斗，胜负一出握手言和。蝈蝈、胡继军不是这样，十足地痞流氓，到黑雀儿这就只剩"咬"了。

黑雀儿打遍了我们那片儿的胡同，打到了达智桥、菜市口、宣武门、和平门、西单，越打越大，由武装带、菜刀、插子，到一条充满了想象力和仪式感的七节鞭，后者成为新的传奇。人数最多的一次碴架是在月坛，双方有近二百人，黑雀儿带来了七八十人，其七节鞭十分扎眼，总是一马当先扬鞭就抢，犹如古代，以致对方自行车阵脚大乱，掉头就跑。一个掉头，往往全都跟着，兵败如山倒都在论，何况乌合之众更是如此。黑雀儿就是这样疯——一般总得叫叫板、斗斗嘴，所谓碴架，真打起来的不多，往往会提谁谁谁，双方都认识，就和了。黑雀儿后来也是这样，也是常被提到的人——可一开始黑雀儿不，疯劲上来不管三七二十一。月坛那次，黑雀儿一众竟然一下缴了十几辆锰钢自行车，名声大震。黑雀儿虽坏了传统，但标新立异，复古的打法又不能不说继承了更大的传统。那七节鞭原也是在一次碴架中缴获的，对手虽然有所谓师承，小有些功夫，但更多是装样子，并不敢照要害上使，又架不住黑雀儿亡命徒的打法，鞭便被黑雀儿生夺了去。黑雀儿不但把鞭夺了去，那花架子主儿后来还教黑雀儿练鞭，甚至还带黑雀儿见了他师父。黑雀儿披起将校呢军大衣，衣裳架一样旷了旷荡，不过也因此有股妖气，十分瘆人。

黑雀儿是七一届的初中生，像上一届的七〇届没下乡插队留城了。七二届虽还没正式恢复高中，但从这年改成十年一贯制，小学五年、中学五年，实际恢复了高中，但不这样说，因为当初说了学制要缩短、教育要革命，取消了高中这点是不能变的。由于中学改成五年，七二届、七三届没毕业生，到七四届毕业改成在郊区插队。有的远郊很远，都快到内蒙古了，比如密云、延庆，我要是不退学也得下乡。不知道像我这样的小人儿国要是下了乡能不能成活？还是活在城里好，捡破烂儿也行，活着就行。黑雀儿是幸运的，要是差一年七二届他就得多上两年。黑雀儿分到了石景山钢铁厂，就是后来大名鼎鼎的首钢。炼钢工人是产业工人，工农兵的代表，无处不在的"工农兵"招贴画上就是戴白头盔缠手巾有护镜的炼钢工人，是偶像，不是谁想去就能去的。黑雀儿没想到自己轻易就去了，没想到发出恐吓——简直就是说着玩的——居然奏效。通常以为到了钢厂就是炉前炼钢工人，不是那么回事，更多是不在炉前的。

黑雀儿是钳工，主要是加工零件，手工作业，因为最常在工作台上使用虎钳而得名。实际没这么简单，要錾削、锉削、锯切、划线、钻削、铰削、攻丝、套丝、刮削，大凡机械方法不适宜或不能解决的都需要钳工。所谓"紧车工，慢钳工，溜溜达达是电工"，钳工特点就是慢，上班没出仨月，黑雀儿一点不遮掩就给自己加班打制了一条"十三节鞭"。原来的七节鞭是生铁棍做的，简陋，说是鞭也就是叫起来好听，其实就是条普通锁链。这次正规，鞭身由镖头、握把和中间若干铁节组成，全部镀铬，寒光闪闪，抢起来似车轮飞转，舞起来如钢棍一条。黑雀儿名声在外，尝到甜头，今非昔比，当然不会罢手。平时班儿上一身劳动布工作服，身上都是油，吊儿郎当，迟到早退常有的事，下了班没出厂就换上国防绿裤子、警蓝上衣，都是正宗的，这是玩闹玩到级别的标配，特别是那上衣，没几个人有。冬天，在这基础上加上绿栽绒帽子，死带口罩，三接头皮鞋，黄色将校呢大衣，锰钢车，十三节鞭，陶然亭或什刹海滑冰，大出风头，众星捧月，还时不时到老莫撮一顿。

这一切当然不是一个学徒工所能支撑的，学徒工每月才十六块钱，哪够花。但黑雀儿够，有"佛爷"，俗称吃"佛爷"。不是什么人都能吃上"佛爷"，正经吃上"佛爷"的主儿得玩得比较大，名声比较大，相应地"佛爷"也不是一般的"佛爷"，得有点绝活。因为"佛爷"不光彩，吃"佛爷"也不是什么光彩的事。"佛爷"在公共汽车、商场、电影院掏包，如过街老鼠，一旦被发现人人喊打。顽主毕竟自称江湖好汉，重义气，有人还会武功，比如黑雀儿的七节鞭、十三节鞭就被传得有模有样。"佛爷"与义气无关，纯属下三烂下九流，也正因如此，普通"佛爷"往往会遭一般玩闹敲诈揩油，通常也找不到硬靠山。有些技术高超、号称"一蹭儿没""二指禅"的"佛爷"必找硬靠山，所以不用黑雀儿找，"佛爷"会自动送上门。黑雀儿不用学，到一定份上就什么都懂了，无师自通，只是黑雀儿比别人做得更隐蔽，后来越来越看重自己十三节鞭的名声——已用不着，完全是形式。

黑雀儿磕架的事我见得不多，或者说从没见过，更多是听五一子和大鼻净、大烟儿、文庆、小农子、小四儿他们讲的。他们也不是专对我讲，是一起吹牛聊天时，我在一旁听到的。我喜欢听他们谈论黑雀儿，黑雀儿是他们最常说的话题；更喜欢他们谈论黑雀儿时和我毫无关系。黑雀儿有时也会和疯娘讲一点，那是在他酒后没醉也就是特高兴的时候，比如：他怎么弄到警蓝上衣——我一直认为是胡继军给他弄的，居然另有其人。疯娘一直笑，像朵脏花一样，我从来没见过笑得那么美，简直可以说是谄媚的脏花，就像煤堆上的迎春。不过我和刚果一如既往地麻木，真说不好是刚果还是我更麻木，我可以听别人谈论他却无法听他自己谈论自己，对他的"功成名就"也不感兴趣。刚果喝薄荷的样子比过去更慢，半天一动不动，像个假人。好在黑雀儿很少喝酒，喝多时更少。不喝酒的黑雀儿"功成名就"后变得比以前还要忧郁，我最受不了的就是他的忧郁。可以说，他在所有方面都成功了，不仅是在外面，在家也一样。我可能用词不当，当然好像不是"忧郁"，他"忧郁"个屁，他也配"忧郁"！反正就是那种不可一世又心事重重的样子，看上去和"忧郁"一个意思。

黑雀儿早就不关心"遍插茱萸少一人"的"马戏团"，很少见到他的影儿。有一次，他跟刚果恶狠狠吵几句后几个月没回家，是刚果让黑雀儿别再回这个家，他只当没这个儿子。黑雀儿冷笑，我以为他同意了，但一个秋雨连绵的日子黑雀儿回来了。黑雀儿一回来就宣布禁止捡破烂儿，打了疯娘和我，用一把很长的日本军刺抵住了刚果。不知黑雀儿发生了什么事。

我还从没见过那么长的刺刀，是日本三八大盖上的，我们院孩子在《地道战》《地雷战》的电影里都见过这种长刺刀。刺刀已经很旧了，不知在哪个仓库弄到的。的确，他身上有一股仓库味道。

当然也可能是缴获而来，两种东西都在他身上。日本军刺虽然很旧，有许多搏痕，小弯钩破损，但锋尖很亮，刚果一动都不敢动。三八大盖枪身127.6厘米，刺刀38.7厘米，加起来是166.3厘米，刺刀上都会有一个铁钩子，白刃战中铁钩可以卡住对手的刺刀。这把军刺钩子都钩坏了，可见屡建奇功，现在即使破损，想要钩住刚果的脖领子仍绰绰有余。但黑雀儿不会使用铁钩，他根本就不懂铁钩的作用，我也不懂，只是后来一再回忆往事，查了有关三八大盖的历史资料，才知道了铁钩的特别作用。在不断的回忆中，我想黑雀儿不会真的刺刚果，这只是他一贯的极限唬人手段，如果刚果真的有什么动作，黑雀儿毫无疑问会急中生智用铁钩卡住刚果，就像日本人经常对手无寸铁的农民那么干的。不过从另一方面看，当时的情况是，刚果不会有任何动作，他已经大气不敢出，刀尖就在他刀裁般的眼睛上。今非昔比，黑雀儿已不再是忧郁的黑雀儿，而是不可一世的黑雀儿。

去土站，捡破烂儿，是疯娘多少年的生活内容，一天中最快乐的时光，没有了"观众"，疯娘已很不自在，忽然被禁止去土站，而且以后永远不能去了，疯娘没有扑黑雀儿而是扑到刚果身上，咒骂，撕扯，顿足捶胸。刚果任打任撕，黑雀儿出手凌厉，一把抓过娘，膝盖与左手抵住娘，右手扇娘的耳光，这是从没有发生过的，疯娘瞬间一怔，好像一下醒了，其实更糊涂了。她突然下跪，作揖，磕头如捣蒜，称黑雀儿"玉皇大帝"，刚果很早以前——黑雀儿、黑梦特别小时——讲到过玉皇大帝，刚果的私塾世界对此深信不疑。那么疯子最怕什么？最怕的就是暴力，正如老虎怕电棍一样的，一旦服帖反而会非常可爱。是的，就是从那天开始，我们的疯娘见了黑雀儿就深度地作揖鞠躬。仿佛黑雀儿消失了，她自己也更深地消失，下落不明，眼前不再有儿子，只有玉皇大帝。

但就在黑雀儿扇疯娘时，我不知怎么一下扑了过去，结果黑雀儿好像早有准备，身子一抖，连头都没回，就将我甩了出去。黑梦看上去为疯娘——实际上也是，但更深的原因是为自己。黑梦和疯娘俩唯一的共通之处是土站，深深地眷恋土站，这点和刚果不同，与黑雀儿的差异更不用说。但黑梦也和疯娘一样对反抗毫无准备，否则也不会仓皇扑上去。黑梦像玩笑过后一样清醒了，不得不生平第一次把希望的目光投向刚果，父亲，丈夫——黑梦的目光祈求地承认着父亲，丈夫——代表了疯娘。

刚果夺下刀，骡子一样的巨大身体轻而易举制服了只是邪恶但很单薄的黑雀儿，拧断他的手臂，单手就将黑雀儿提起来，像一年前一样把他吊在房梁上——我脑子里只是瞬间出现这个幻觉。事实正相反，黑梦和疯娘看到的是一张崩溃的脸。特别是厚嘴唇，简直就像供品，诱惑，等着甚至期待被下刀。不过也还算好没流下口水，但无论如何，表现都不如电影里一个老农民面对日本鬼子的刺刀所表现的镇定自若、视死如归。那个农民真棒。当然黑雀儿也确实太邪，与刚果如出一辙的一条线的眼睛相比，他的目光竟是三角形的，说实话，刚果从未有过这种目光，正如非洲大陆的人无论如何都没这目光——那么，黑雀儿的这种目光是哪儿来的？

"我早就想宰了你，"黑雀儿指着刚果，"现在就宰了你，你信吗？"

"我信。"刚果仰头，眼珠低视三角形目光。

不是一条线的眼睛而是厚嘴唇充满了不解，一种原始的不解，猩猩的不解，骡子的不解，几乎返祖，瞬间长出毛。我出生在这个家完全有道理，但当时黑梦和他爹一样呆滞，担心黑雀儿的乌黑的军刺。

应该是一九三七年的或者至少一九四五年的军刺，我想。

"我是你爹。"刚果对着鼻尖下的刺刀。

"你要是我爹，我能宰了你吗？"黑雀儿尖声尖气。

"我怎么不是？"

"×，你丫就一傻逼。"

我听懂了黑雀儿的话，这我俩都懂，刚果不懂。

黑雀儿穿着警蓝上衣，五个棕色馒头扣安静、优雅，毫无历史信息，和国防绿还不一样。黑雀儿一笑，收起日本军刺，在空中翻了几下，接得稳稳的。黑雀儿其实已经不必动刀，但他喜欢夸张，喜欢出人意料的震惊效果，你还没反应过来就已魂飞魄散。他就是有这种诡气，很显然与他最初的咬人有关。他突然把刀递给刚果，让刚果看是不是三八大盖上面的刺刀，用指尖捋了下血槽。刚果不接，黑雀儿攥着刃（极危险）将军刺倒过来，金属刀把对着刚果。刚果还是不接，阴沉，一言不出。黑雀儿说："你看看你看看，看看怕什么，你小时候不是见过？日本人不是烧过咱村吗？是不是这样的刺刀？"

我真担心黑雀儿又火儿了，拿着看看怕什么？

这时黑雀儿已完全像陌生人，像闯入的强盗。

流氓就是这样，让你摸不着底。

×，我要是刚果，一刀宰了他！

不知道黑雀儿手破了没有。

我从来没这么思想活跃，脑海里回荡着两种声音。

好在黑雀儿没生气，把刺刀"当"的一声放在八仙桌上，刚果要是这时拿起刀肯定稳操胜券，那东西就在他手边——我仍期待刚果有所作为，但就像对决的两种动物不在大小，食草的大象与掠食动物不可同日而语，反正刚果至少前世是大象，黑雀儿则类似鬣狗或豺一类，连豹都谈不上。自从《动物世界》开播后，黑梦经常回忆往事，有时禁不住拍手，特别喜欢赵忠祥，黑梦几乎不用出门就成了一个动物研究者，而有些事当初就几乎想到了。黑雀儿研究发现没有一种动物对待子女特别狠的，掠食者不用说，食草动物更没有。反过来有吗？也没有。

黑雀儿放下刀后拿起桌上一小盅薄荷喝了一口，立刻吐了，"呸呸呸呸"吐了好几口，几乎失控："你丫喝的这叫什么呀？这能喝吗？"

黑雀儿是成心，不是不知道难喝，是在别的地方找碴儿。黑雀儿绝顶聪明，在刀锋上混日子的人就像登山者一样，没有不聪明的。"我现在叫你一声爹，你听着我叫你爹，你以后喝水就正经喝水，喝茶就正经喝茶，别喝这破玩意儿了行吗？你要喝茶我给你买，你喝什么茶？"黑雀儿说。

刚果沉默，坐在黑色八仙桌旁的长凳上。

要是坐太师椅上是不是好点？

黑雀儿拿起刺刀，温和地说："知道咱家为什么捡破烂儿吗？

就是你喝这破玩意儿喝的，可着全北京找找，谁没事整天喝他妈薄荷？你不喝这破玩意儿了，也就不用捡破烂儿了。"黑雀儿拿起小盅，手一扬丢进土盆，又拿起搪瓷缸也要扔，被刚果叫住，同意不再喝薄荷。

"×。"黑雀儿。

黑雀儿没扔，拿起薄荷袋，在刚果面前晃了晃，扔进土盆。没想到这次刚果有反应，吸气，长出气，雄厚的胸肌鼓起来缩回去。薄荷的确是他的命根子，他喝了太多，时间比缸和小盅长久，或许连带着还有许多往事。

"我给你换茶，高末儿行吗？"黑雀儿安慰爹。

"我喝了几十年的薄荷！"刚果终于怒吼了。

但那是痛苦的怒吼，如同长鸣，鼻子仰起。

黑雀儿说："你干了几十年还是临时工，什么都没有，连我们他妈看病报销都报不了，你瞧他们俩，像人吗？你说，你像人吗？"黑雀儿很少跟我直接说话，指着我，"你还整天带他们出去，你是不是成心的呀？"

刚果话里有话地说："靠双手吃饭，劳动吃饭，不丢人。"尽管依然嗫嚅，毕竟反驳了，并且说出了连我都理解的话。明摆着，黑雀儿这行头这打扮看上去跟穿了寿衣似的，谁不知道是吃"佛爷"吃来的。

刚果说的是真理。

黑雀儿又将刺刀抛向空中，接了几次，再次刀指刚果。

"我还是想宰了你，把他也宰了。都宰了，你信吗？"

"我不信。"我说。

　　但有些事，实事求是地说黑雀儿做得也不错，一个流氓把家里八百年没换的窗帘换了，把太师椅配上了，尽管两个明显不是一对；买了时新的塑料暖壶、搪瓷茶盘、茶壶、茶碗，当然也买了茶叶。顶棚多处的洞补上了，耗子下不来了，跑来跑去跑了一阵没声了，多年糊着纸条的破裂玻璃给换成新玻璃，当屋土地抹上了水泥成了水泥地。疯娘有了一件新的大方领蓝条绒上衣，一穿上，人整个都变年轻了，像学生穿的，根本不适合花白头发人穿。但疯娘喜欢，穿上就再不脱下来，笑，突然骂起人来更加干脆。变化最大的还是刚果，在我看来刚果的新衣服更像是寿衣，黑雀儿的眼光实在是和一般人不一样，竟然让厚嘴唇的刚果穿起了一身四个兜儿的中山装。中山装深色的还好一点，这身儿竟然是浅灰色的，竟然是明兜，竟然还有一顶同样颜色的圆檐帽子，如此厚的嘴唇，一条线的眼，穿上就跟长眠不醒似的。黑雀儿发誓要解决刚果转正"以工代干"的问题，而要想成为干部就先得有干部的样子，勤杂的样子永远不可能成为干部。问题是浅灰四个明兜的干部的样子也太大了，无法想象灰色中山装的刚果——甚至戴着类似的帽子出现在胡同，蹬着三轮，但就是这样。其实蓝色的卡其就已顶天了，典型的以工代干，街上没一个板爷穿一身蓝中山装的。

　　这个家整个都变了，所有人都是新人，只有黑梦没变——黑梦就像专供回忆过去的。屋里，当然，还有不少属于过去的东西，黑梦只是其中之一。此前黑梦还真找到了第二本同样无头无尾、中间一个洞的书，但那是在另一个土站，这很奇怪。难道还有另一个给书打洞的人？书的样子也完全一样，还是竖版，繁体字，没有标点的文言，难道两个人做着同一件事？或去了两个土站？谁呢？黑梦一天到晚如饥似渴地阅读，查字典，他已经退了学，不再和"人"打交道，只和书打交道，和似是而非的疯娘在一起，又几乎毫无关系。疯娘已完全不认人，只认黑雀儿，也不怎么骂人了，就是成天唱、说，都是她小时的事、小时的戏。饭，每天刚果穿着中山装回来做，每天都像新人，和以前疯娘时做时不做的一样简单至极。黑雀儿很少在家吃饭，多数是三个人的饭。黑梦帮着做，过去帮疯娘，现在帮黑雀儿爹，自然，刷碗、收拾屋子都是黑梦的事。收拾得真不错，干干净净，黑梦也喜欢这个变新的家，也曾希望有新衣——新衣和新的家才相配呀。黑梦想，要是买点布他自己做，事实也是这样，这些年黑梦都是拆了别人穿剩下的，剪裁，自己缝制。也不能完全赖黑雀儿，外面没卖小衣裳的，但要是真买了儿童服，改改也能穿，不是不能——有些思绪在翻书和字典中飘来荡去，若有若无，不是特别认真，或是下意识的。

《新华字典》都翻烂了，比两本残书还烂，以至背下来了。听着疯娘像时光一样地说唱小时候，就像一种遥远伴奏。有一天吃过晚饭，我也不知道黑梦怎么那么自然，他拿起捡破烂儿的布袋往外走。布袋在炕脚，黑梦被喝住，才注意到黑雀儿和厚嘴唇的刚果惊讶的目光。黑雀儿还来不及愤怒，不可思议地惊讶，但是黑梦没止步只是回了下头又走出去。

那天是星期天，黑雀儿一早出去下午回得早，脱下将校呢大毡、皮靴，倒头就睡，好像从前线回来。刚果出去买了肉，准备包饺子，我以为是为黑雀儿去买的，稍后才明白不是。每次包饺子，疯娘都少见地明白一点，立刻动手和面。刚果、疯娘、黑梦三人一起包，直到那天吃完了热气腾腾、其乐融融的饺子。疯娘都少有地明白，给黑雀儿夹饺子，给刚果夹，不让夹也非要夹，脸笑得像一朵真正的花。黑梦收拾完，没任何征兆，拿起了布袋往外走，去了土站。

黑雀儿没追出来，只说了句："别回来了。"

黑梦去了三个土站，捡了煤核儿、烂纸、烟盒，过去捡什么今天就捡什么，轻车熟路，一往情深，如醉如痴。没找到第三本有洞的书，应该不会超出这三个土站。一次当然不行，想都甭想，这是"持之以恒"的事。字典上有这个词。坐在路灯底下，土站中央，小雪飘飘，如饥似渴地读报，一小片一小片地读，一小团一小团地读，读后放在脏布袋里。没有观众，昏暗中的眼睛非常安静。

探照灯

东西生产多了就有残次品，怎么当心也没用，不当心自然更不用说了。孩子多了其实也一样，豁子、斜眼儿、缩脖儿坛子、罗锅儿、走路画圈儿的，都很自然，并不稀奇。即便像我这样的小人儿国（侏儒），祖辈没有任何先例，不也照样生出了？就先不用说我了，现在要说的是我们院的四儿。

四儿本来叫小四儿，被我们简化成了"四儿"。平时喊"四儿"他要是听不见，我们才大声叫："小四儿!""你爸回来了!"四儿最怕他当翻砂工的爸，提他爸就一激灵。四儿耳背，有人认为是天生的，其实不是，虽然生在所谓的三年困难时期，没赶上好时候，但一落生大眼、白净，属于合格产品，要是营养跟上就是优质产品，只是学龄前一次脑震荡落下个耳背的毛病。

不是聋子，远谈不上。就是听不清，老瞎问，小孩子打岔很烦人，又不是七老八十了可以接受。听不清就凑得人家很近，有时凑到了人家鼻尖子底下，显出动物的表情，这时四儿的大眼也成了毛病，有了一个"大眼儿灯"外号。有一次我们院几个孩子在大个子屋门口议论探照灯，不知道探照灯为什么有一根最亮最粗，大鼻净张嘴就说："最大呗！还用说。"大眼儿灯四儿凑到大鼻净鼻子底下："谁他爸？"类似的例子多了。这还罢了，有时他问的问题十分古怪，跟他的大眼儿灯一样不知琢磨什么，譬如会问探照灯可以打飞机吗？哪儿和哪儿，边儿去。

每年一进九月，晚上就有探照灯。四儿数过有三十六根，我们谁也没核实，数不过来，数它干吗？那些探照灯光线明明暗暗，有的很淡，一会儿合起来，一会儿散开，一会儿分组交叉，一会儿整体呈一个几何图形，又简单，又不解，还数它，真是撑的。探照灯一般在九月十五号左右出现，但我们每天早早就开始仰望星空。真是仰望，个个都很肃穆。我们不知道康德，不知道李白，不知道牛郎织女。就是干看，有时你捅我一下，我捅你一下，捅急了打起来，打完再看。

我们站在当院的小板凳上、小桌上、台阶上、窗台上，高高低低，我不能说是猴山，但和人也真有点区别。有的还上了房，站在了两头高高翘起的屋脊上。站高了也没用，我们对于星星一无所知，对月亮稍好一点，知道嫦娥，猪八戒调戏嫦娥，仅此而已，不甚了了。然而我们有着极大的耐心面对浩渺的星辰，说赤子之心真的不为过，真是赤子。我们耐心等，直到有一天屋脊上的人突然大喊：

"探照灯出来了!"

"我看到了!"

"就在那边!"

哪边?我们底下的人什么也看不到,有人急了也去上房,蹬翻了东西,丁零当啷,就跟闹猫似的。

探照灯很怪,并不一起出现在天幕上,而是一根、两根地出,要出好几天,快到十月一日才出齐。但不管怎么说,越来越多,以致后来屋子里也能看到,一不留神就看到外面东晃西晃。开始几天我们最奇怪的是探照灯为什么不一起出来?为什么要晃来晃去?很多奇怪的图案是什么意思?为什么有的特淡特小,有的又特粗特亮?一般探照灯一出现,各个学校单位就开始练队,踢正步,组字,迎国庆,天上也是这样?

我们当然问不了这么多问题,好多都是四儿问的,除了打岔,有些奇怪的问题根本无法回答,真不能理解他怎么想的,简直拱火。没人搭理他,即使偶尔有回答也只一两个字:"是!""不是!"要是三个字"不知道!"就伴随有肢体动作了。

但四儿很快就忘记了被踹,继续问。我们也理解四儿因为听得一知半解、残缺不全而焦躁不安,难以控制——我们整天在一起还不知道,但是真烦,真腻歪,我们觉得他还不如聋了好,别人清净,他自己也清净了。

胡乱研究,我们一致认为最亮的探照灯是因为离得最近。说胡乱研究是因为小芹早有结论、早说过,但我们都听五一子的,什么时候五一子明白了,我们才明白。五一子一明白就有行动,当天晚上我们浩浩荡荡就去了最近的四十三中。我们游入明晃晃的胡同，真的像鱼一样，探照灯照得胡同明晃晃亮闪闪的，在胡同上空清晰地变换出栅栏、伞的形状，胡同如同河流，北极巷、前青厂、琉璃厂西街、九道弯儿都像河，我们在水底游。我们蹚着"水"穿过平时不敢穿的九道弯儿，一个咬着一个，弯弯曲曲，出了九道弯儿就到了四十三中的围墙下，再往东走一点就是四十三中北门。探照灯更粗、更大了，就在我们头顶晃过，真是壮观，像定海神针，我们激动得大声喊叫，说话，含指吹哨，完全忘了四儿也需要这些。结果一看四儿，嘿，人家也忘了我们，一个人自说自话，对着天空，哇啦哇啦，哇啦哇啦，手舞足蹈，四儿急了就是这样。

四十三中和四中、八中没法比，但在我们那片儿还是鹤立鸡群，除此也没地方能放置这么巨大的探照灯。这样一来在平房的世界里，三座品形矗立的旧式教学楼远远高出胡同，青砖坡顶，阁楼拱窗，棕色楼廊，与胡同四合院完全不同。何况楼间还有篮球场，虽然斑斑驳驳，残残破破，但透着不一样的文明。再有足球场，简直湖泊一样，不同的是湖边有树，足球场一览无余，三座岛形的教学楼在胡同里就像高出地面的航母。围墙因此特别长，涉及了无数小胡同，电线杆不计其数。学校有两个大门，北门是正门，南门快到了虎坊桥，是南城最大的一所中学。

没想到门口戒严，不让进，那里堆了一堆人。怎么也没想到探照灯和解放军有什么关系，探照灯不也是组字团体操迎国庆吗？不过一有解放军立刻接受，陡增了神秘。天天见到提高警惕，保卫祖国，要准备打仗的口号，墙上到处都是，但总觉不着边儿，这下近在咫尺。尽管我们不知道探照灯从来就属军队,不知道苏军曾用一百四十架探照灯一字排开,对付德军,炮火之后探照灯骤然打开,德军全傻了,尽管我们完全不知,但此时感到了某种神秘。刺刀无声,寒光闪闪,尤其还戴着钢盔,是野战军,似乎战争就在今晚。更加渴望那墙内,大门内。没办法,只好翻墙。

翻墙从来是中学生的事,不是我们小学生的事,一些四十三中学生不喜欢走门,喜欢顺着电线杆子爬墙,我们琉璃厂小学与四十三中斜对门,经常看到四十三中墙头上摇摇摆摆的人。电线杆子多数离围墙还有一点距离,但也有的好像成心,差不多贴在墙上。尽管如此,我们——文庆、小永、大鼻净、四儿、大烟儿——也只能望墙兴叹。五一子、大鼻净真真假假狗急跳墙了几次都没成功,不到两米就掉下来。谁也没想到就在我们要离开时,四儿挂在了电线杆上。

我们停下来,笑,看着大眼儿灯似的四儿一次次土鳖似的掉下来,哄堂大笑。我们再次准备离开时,不容否认,四儿爬高了一些,这让我们犹豫了一下没走。四儿一边紧紧抱着电线杆一边蹬着墙继续,已不再像土鳖,像甲虫、蜘蛛,甚至越来越稳、越快,超过了墙头,一跳,站在了高高的足有两丈的墙上。

我们急切地在墙底下跟着四儿往前走,高声问四儿看到了什么,看到探照灯没有?四儿当然听不清,大概只能看到我们的口型。事实上,他根本没看我们,一直看着另一边,一定看到了什么。

他血淋淋的,衣服剐破了,脸、胸前、手臂都是划痕,有的在渗血。双腿更是。头两次掉下来时我们就已看得清清楚楚,看到了老电线杆的刺在他身上。他意识不到，好像不知道疼。也许如果他照照镜子会停下来，他的样子非常吓人。他摇摇摆摆，直走到一棵树边上，停下来，这是必然的，无师自通地抱上去，抱着树消失了。

四儿很晚了才一个人回家，一回家就把家人吓坏了。一家人睡在一个大炕上，全都从被窝里瞪着大眼睛看着四儿，特别是上初中的姐姐和刚上学的弟弟，但是包括父母都半天没吭一声。四儿像刚从战场回来，像《邱少云》《上甘岭》《英雄儿女》里的人物。四儿无比兴奋大声说着自己翻墙看到探照灯的经历。大眼睛的父亲披衣出了被窝，拿着镜子上上下下给四儿照，四儿看见了自己身上也紧张起来，母亲给四儿慢慢上紫药水、红药水，像化妆一样。翻砂工父亲照完镜子，一掌扇过来，四儿应声倒下，一声都没有，好像睡着了。母亲继续上药，像什么也没发生一样，更像化妆。

探照灯坐落在操场中心，四儿刚下来就看到那儿围了好些人，四儿不知道那些人都怎么进去的，不像都翻墙进去的。"因为还有女的。"四儿的意思是还有地方能进四十三中。我们想知道探照灯到底是怎么回事，但第二天在大个子门口，四儿没讲几句我们就一哄而散，觉得也没什么就走了，只有我留下来。（我留下再正常不过，我是谁？）

探照灯是个军绿色的大铁罩，罩子放在半圆的铁架上，铁架下面有四个胶皮轮子，五六个解放军坐在不同地方各就各位，各司其职旋转探照灯，就像操作高射炮一样，一模一样。探照灯由三部分组成，灯面、发电的解放牌汽车、连接探照灯和汽车的五米多长的电缆，都是国防绿，汽车顶上还带着野战的网子。

无人倾听。我不算数。四儿找大个子讲探照灯的故事。大个子是个鳏夫，快要死了，奄奄一息。之前，大个子一直是四儿的唯一听众，现在依然是。不仅如此，现在甚至依然会欠起身子回答四儿的问题，有时会被自身的声音击倒，大声喘息。好吧，我就说说我们院的大个子，他是四儿最好的朋友。那时大个子已经脱形，脸只剩下一条儿，眼睛呈粥样，如果不是因为大声喘息，跟死不瞑目一样。平时基本就是死不瞑目的样子，终日瞪着昏黄漏雨，颜色有如古代山水画的顶棚。我们都觉得大个子很老了，总有一百岁了，但他实际不过四十岁，头发还黑而且长，很多的头发都竖着，看上去总好像刮着五六级风。

我们都是孩子，所能知晓明了的事很少，尽管我们以前总泡在大个子屋却并不怎么了解大个子。不知道大个子为什么叫大个子，他一点也不大，实际是个瘦小枯干的人。我们模糊地知道他是个"吃劳保"的人，在远郊的一个保密单位工作。有人说是兵工厂，还有人说是六一八厂生产坦克的，反正不管是什么厂都挺棒的，但他是个废人——吃劳保等于废人，这是所有人都知道的。

大个子住我们大院里院一进口，类似传达室的地方，旁边是水管子，人来人往，洗菜、倒水、洗衣服都在这儿，是个热闹地方。家家都住房紧，唯大个子一人占一间屋子，每每发粮票的、收水电费的、核对户口的一进我们院就进了大个子屋，招呼都不打，早已习惯成自然。街道积极分子读报、开会、学习、发红黄绿蓝传单也一样，一声招呼，院里人就都聚在了大个子的屋里屋外。大个子并不好客，但也从不拒绝，谁爱来谁来，鳏夫家如公共场所。人越多他好像越不存在，占一角，好像在别人家一样。平时还好，星期天或技术员小栾儿一来，他这儿打牌的、下棋的、哼黄歌聊大天的、吐烟圈儿烟棍儿的都停下来，听小栾儿讲点什么。

小栾儿红脸膛，不喝酒也像酒后似的，真喝了简直如火如荼，满脸放光，这与他短鼻梁上的金丝眼镜很不协调。没人知道他和大个子是什么关系，有人说他在七机部工作，但七机部大了，有许多单位。也有人说他跟大个子一个厂子。这是比较一致的看法，只是小栾儿只称自己是大个子的亲戚，什么亲戚谁也不知道。这些倒都无关紧要，重要的是他常来我们院，我们院大人、孩子没有不喜欢他的。他没架子，消息灵通，特别是还会自己攒半导体。好像是尼克松走了之后开始流行一些以前没有的新生事物，像收听广播英语、攒半导体收音机、养热带鱼，但要不是小栾儿，我们院一样也不沾边儿。小栾儿最开始攒的是二极管，接着就改成了三极管，从一个管、两个管、三个管一直到七个管，似乎可以收听整个世界。敌台，听到的就有莫斯科广播电台、美国之音，吓死我们了！不过小栾儿很是机警，一滑而过，不算听敌台。然后是各种奇奇怪怪的音乐，一听就是靡靡之音，像猫叫。也有的非常震撼，像整齐的暴雨一样，又突然宁静。有的更怪，哪儿是音乐，纯粹号叫、嘶叫、摇晃，非常难听，甚至吓人。不，对我们来说根本不是音乐，就是声音，也不是自然界的声音，就是各种各样古怪的不可思议的声音。新奇过后，因为不理解就很快忘记，也不再感兴趣。真正神奇的是小栾儿讲《基度山恩仇记》《第三帝国的兴亡》《梅花党》《绿色尸体》《李宗仁归来》《长江大桥》……紧张得我们大气儿都不敢喘，只有四儿总是问这问那，而且非常固执，不管不顾，我们一次次齐声大喝"住口"！几乎要把四儿扔出去。

四儿也知道招人讨厌，但控制不住自己。然而却不能说四儿的破坏气氛只是孤例，因为我们随后的齐喝完全破坏了故事，相当于捅了桌子。有一次我们终于忍无可忍，几个人一起揪着四儿的耳朵把他揪出去，但是没用，四儿又像耗子那样钻进来，继续发问。小栾儿制止了我们，"住口"——手指一点四儿，声音很轻，继续讲，效果很好。以致每每四儿尚未张口，刚要问，便被小栾儿点住：住口。

"……"

"住口。"

非常轻，幻觉一样，我们想笑但没时间笑，因为每每只像一道轻微的闪电划过，即使最紧张时也不影响故事氛围。如果说四儿是个例外，大个子也是。大个子从来不听任何故事，只是坐那儿抽烟，只要看一眼大个子你就已到了故事之外，就像小栾儿与四儿短暂的互动一样。区别在于：一个是瞬间，如缝隙开合，一个是如《金刚经》上的"如如不动"。当然大个子并不信佛，也不知《金刚经》，可以说我们院没人知道《金刚经》，除了标语哪儿有什么《金刚经》。但大个子事实上做到了《金刚经》所说的。无分别之心。无所得心。无胜负心。无希望心。无生灭心。不，他完全不知道，如同石头有矿物质比如黄金，但石头自己不知道。哪怕讲到专列就要被炸，但专列走走停停，不断叫人上来谈话，躲过了一次次的可能，太紧张了，即使如此，大个子也是如如不动，仿佛正在石化。

大个子的房间像大多数人家一样简单，靠窗是一个大炕，对面一个小炕，中间是活动空间，对着两炕是一张深色长案，案两端略有点翘起，下面是两扇雕花门，门上的铜把手磨得很亮，一头已坏。一把太师椅，原本黑色，已磨出了斑驳的褐色木纹。大个子从不坐太师椅上，永远只坐在小炕那靠长案一端的犄角里。案上乱糟糟的，竹劈儿暖壶，烟笸箩，扫炕笤帚，红太阳石膏像，破了边的茶盘子，茶碗，茶壶，茶壶嘴儿破损，渍着发黑的茶垢，这些每家都差不多。新鲜东西还是来自小栾儿，案上竟然有三个款式新颖的小半导体。有时两个半导体播着同一个台："狱警传，似狼嚎，我迈步出——监——"

人越多，大个子越不像主人，谁刚进来都不用跟大个子打招呼。事情都是双方面的，你越不像主人，房间就越没主人，越是近乎公共场所。

四儿平时就泡在大个子屋里，大声说着什么，并不非要回答，常常刚问完又继续自顾自大声讲下去。别看四儿耳背，听不清什么，他一知半解知道得还真不少，乱七八糟的知识甚至比我们还多。比如我们知道西哈努克、莫尼克公主、宾努亲王，四儿还知道朗诺集团的施里玛达。我们也听过朗诺这个名字，但不知道施里玛达，真不知道四儿从哪儿知道的施里玛达，听着很像是卡车的名字，但四儿说不是卡车是首相。还说朗诺是司令，莫尼克公主是法国人，"你说她怎么是法国人？"四儿问大个子，大个子说西哈努克也是法国人，紧接着干笑。不对，西哈努克是柬埔寨亲王，四儿说。大个子有时也有幽默感，如果答不上来就瞎说。不能说大个子喜欢四儿，干笑或瞎说也不意味着什么。当然，比起对别人已算难得。

四儿也一样，说不上喜欢或不喜欢大个子，反正事实上喜欢我们，喜欢五一子、大烟儿、小栾儿，包括父亲、兄弟姐妹，所有人，甚至于陌生人。非正常人都喜欢正常人，自身很难真正互相喜欢，但是没有选择。四儿除了上学、睡觉，连吃饭都端着碗到大个子屋吃，有时大个子也正在吃。四儿进来的第一件事，不是和大个子说什么、问什么，而是打开半导体，声音放得很大。有时还打开另一个，选好台往大个子那边推推。《新闻和报纸摘要》节目，《沙家浜》《杜鹃山》，合起来那叫一个吵，常有人路过，进来斥责四儿，让他把半导体拧小或关上。谁都知道这么大声是四儿开的，好像屋里只有四儿。极偶然的情况，大个子会在来人走后一一再开开，声音放到最大。

两人的饭都简单，这个鳏夫对食物确切说购物没任何欲望，因此饭食更简单。糙米饭、馒头、窝头，这些主食和大家都差不多。不同的是四儿有菜，白菜帮子或萝卜条，偶尔里面有几根粉条。大个子的就是腌萝卜、老咸菜，哪怕吃最难吃的糙米饭也如此。四儿有时拨一点白菜帮子和粉条给大个子，大个子有时也会干笑，有时则不。大个子屋的火炉子上永远烧着水，吱吱响，有茶和烟——大个子主要就是活在这两样里，牙都完全黑了。

烟不离手。不是抽烟就是在卷烟。卷得很慢。报纸或随便什么纸撕成一条，折一下，在折纸上放上旱烟叶，一头粗一头细，在粗的一头拧上一个捻儿然后捻，捻瓷实之后用嘴一抿粘上，这样一是不易散开，二是细的一头嘬起来不致嘬出烟叶，点之前把捻一掐，齐活。第一口也是蛮舒坦的。最后那口灭了也会再嘬一会儿，周而复始，终和始都是最慢的。

如果不是小栾儿讲故事，或插队回来的人讲故事，总之，如果不是谁讲点什么新鲜事，四儿通常在乱哄哄的屋里主要就是给大个子卷大炮。别人在大炕上下棋玩牌，站地上聊天争吵讲点什么。四儿是离大个子最近的人，却仍不能和大个子说点什么，因为屋里太乱了。四儿一支一支地卷，已经卷得很不错，有模有样，很多卷大炮的都不如四儿卷得好，但大个子从来不抽四儿卷的烟。四儿卷好一支等着大个子，一抽完四儿就举上去，但是没用。大个子慢慢撕纸，折，不可动摇地周而复始。四儿便放下，码好，码得非常整齐，像一排炮弹。也像大个子一样接着卷。如果屋里人少，只有两三个人三四个人下棋玩牌，四儿才会跟大个子大声说点什么，两人好像不在这屋里，而在另一世界。

大个子的烟叶劲儿非常大，是新疆的莫合烟，烟叶呈明黄色，上有黛色斑纹，类似雪豹，是小栾儿送来的。最初五一子、大烟儿偷着学抽烟，就是在大个子这里，每次靠墙，噎得翻白眼，大个子干笑。那时大个子不仅牙黑了，整个脸都变黑了。就是说此前的一切晦涩征兆，要是同这年春天开始的肚子隆起、眼睛粥样相比都不算什么，可忽略不计。尽管事实上早在他是一个废人时死亡的征兆就开始了，那过程非常漫长，那征兆和常人也差不多，看上去和死亡没什么关系。现在则不一样了，紧张的肚子，粥样眼睛，既在膨胀又在融化，所有人都看出了什么，唯有四儿未觉察。

虽然春天就有了苗头，但到了三伏天一切才一览无余。通常一把蒲扇、一条大裤衩就能过一个夏天，胡同的老少爷们儿大抵如此。四儿一样，大个子也一样。问题是大个子已非常不同，他应该穿点什么，盖上点什么。不。不能说大个子是成心，但和成心也差不多，终日躺在正对门靠墙的炕上，门永远开着。常有人顺手把门关上，四儿会开开，四儿不在的话，大个子会艰难地下炕，移到门前把门重新开开，有时还在门口站一会儿。不是展品，是他也不在乎。当然，他没展品概念。

没什么人再到大个子屋，除了大鼻净、文庆、大烟儿一阵风进来，又一阵风出去，发出夸张的尖叫。"爆炸喽，爆炸喽，爆炸喽——"跑远。发粮票的、收水费的、核户口的都到了别人家，读报学习也一样选了别人家。小栾儿照例来，也不复往日荣光。流传着一种荒谬的说法，大个子的大肚子、粥样眼睛与小栾儿有关。完全是胡说迷信，批封建迷信这么多年，到了儿还是迷信。

肚子的确太大了，一眼看到的不是大个子，而是肚子。肚子几乎占据了整个人，四肢和脑袋完全是两回事，与肚子好像毫无关系。肚皮上面似有蓝色河流，一块块岛屿，更小的密如蛛网的细流几乎透明，像蓝色的星球。四儿再给大个子卷烟，大个子已接受。四儿的火柴划着之际，大个子有时会干笑，然后那笑又像火柴一样寂灭。

每次有两个医生给大个子导尿，每次都是两个女的，一个很年轻，一个白帽子下的头发已花白。年轻护士居然一点不怯场，如同死人见多了一样，脱掉大个子的裤衩，摆弄生殖器，准备着器皿，毫不犹豫。生殖器像一截黑咸菜，简直不能说还是生殖器，花白头发的女大夫将管子插到黑萝卜干似的尿道里，大个子竟然很敏感，异常痛苦，眼眶满是泪水。那泪水比肚子还让人不解。

但他很快就幸福了，随着导尿袋黄色的液体汩汩流下，能看到大个子粥样眼睛里迷幻的笑，一种花开般的温柔的笑。医生不会等着，交代点什么便走了，第二天将器皿包括尿袋取走。肚子平了的大个子一下显得那么小，孩子一样，眼睛一眨不眨，烟也不抽了，那样子就好像一个人走了，剩下一堆衣服。

四儿不喜欢大个子有如一堆衣服的样子，还是喜欢肚子山一样的大个子，喜欢布满河流和岛屿的大个子，蓝色星球一样的大个子，这时无论多么吃力、艰难，至少那肚子显得特别有力量，人有时也精神矍铄。说话虽吃力，一旦说出则特别有力，甚至没说出来吞回去都很有力。

"探照灯好大好大，有五六个解放军一起把着，转来转去，就跟把着高射炮一样！跟电影里解放军高炮阵地一样！"四儿对着那北京人"头盖骨"大声说，"头盖骨"一次次挺着星球般危险的一碰就可能爆炸的肚子起身，又一次次被击倒将话咽回，粥目直瞪。

"下面有四个大胶皮轮子，旁边有一辆绿色的大卡车，你知道大卡车干吗的？大卡车是密封的，为探照灯发电的，轰轰隆隆一直响！"四儿连比带画，伤痕累累的手臂，划痕，紫药水的脸颊，伤兵一样。"探照灯离发电的大卡车有几米远，有那么粗的一大根电缆连接，"四儿的观察超过了常人，"四十三中的电不行，必须专门发电，那么大的灯射到天上太亮了，这么大的灯柱里都是蚊子，密密麻麻，密密麻麻，还有扑棱蛾子、金龟子、天牛，什么都能照见，肯定也能照见敌机！可是，可我还是不明白为什么飞机到了北京才被发现？要是在天安门才被照见不就晚了吗？天安门广场有好多礼炮，礼炮能打飞机吗？探照灯能把飞机扫下来吗？"四儿有太多的问题，包括问过的问题，"你们保密工厂是生产坦克的吗？你告诉我是不是？到底是不是？坦克能打飞机吗？不是我们的卫星上天了，卫星上要是装了机枪能打飞机吗？"

"不知道！！！"

大个子使尽最后的力气坐起来，定住，粥目突出，几乎悬空，一动不动。四儿不知道什么是死人，继续大声问，神气活现，连比带画。脸和身上的紫药水闪着紫金，使大个子不像个孩子，但也不像巫、萨满，不知道像什么。大个子坐着瞪着眼死了，要是躺着死了兴许四儿还知道。

"探照灯照不到月亮，我看到好多次探照灯晃过月亮，直冲着月亮，月亮也没更亮一下。"

十二本书

还是春天时，胡同口就出现了卖小毛鸡的，那时农人推着一辆双梁自行车，自行车一边拴着一只大箩筐，满满的小毛鸡仿佛快从箩筐里漾出来。但农人却不吆喝，也许第一次出来还不敢。农人穿得很干净，一张脸红扑扑的，戴兔毛帽子，眼睛清澈如水。当然并非因为这个干净的农民有些沉默，主要是因为两大箩筐里的久违的小生命，以致有戴红袖箍的街道老太太也挤进了人群。农人不招谁不惹谁不声张，一声不吭，就好像箩筐不是自己的，往街边电线杆子一靠。不管挑公母，说什么也不管挑，我们院的病孩子秋良雪白的手与老祖奶遍布黑斑的手交替在筐里晃来晃去，拿不定主意。老祖奶快一百岁了。

　　"我抓的是母鸡！"

　　"是，是，"黑色的老祖奶接过秋良的小鸡，"嗯，嗯，你别说，还真是母鸡。"雪一样的秋良和炭一样的老祖奶挑了四只，因为兴奋，秋良的脸竟有点涨红。秋良用上学的书包兜着小鸡快步往家走，三寸金莲的老祖奶跳舞似的跟着，一边喊："祖宗，祖宗，我的活祖宗，你慢点儿，慢点儿，慢着点儿！"唯恐秋良不慎摔倒，那可麻烦。她才是货真价实的祖宗，是我们那片儿活出来的祖宗，连秋良的爹都得管她叫奶奶，邻近的前后左右的那辈人早死净了，就这个老太太活着。好些年前她的头发就掉光了，这两年又突然长出新发，而且耳不聋眼不花。幸亏老核桃脸倒没舒展开，不然真了不得。

我们院我们胡同我们那片儿家家都买了小毛鸡，刚买回的小毛鸡好像仍恋着箩筐，喜欢扎堆儿，在院里水波一样，一会儿波到这儿一会儿波到那儿，也分不清哪只是谁家的。都一样，还分个什么劲。家家剁菜叶，弄食盆，拌棒子面，好像一下回到很久以前的乡村。也难怪，谁没有老家？谁不来自老家，与乡土有着千丝万缕的联系？上辈人是城里人的都少，更别说上上辈。只是终究城里与乡村不同，有些东西还是断了，比如没过多久小毛鸡死的死炖的炖，消失殆尽。多数都是公鸡，养它作甚？秋良买的四只其实都是公鸡，倒是没炖，都死翘翘了。幸好最后一只死了没多久，别的吆喝声出现了。此前要说有吆喝就只是邮差，偶尔对着大门洞喊："张××拿信！""李××拿戳儿！"声音尖锐嘹亮，类似《红灯记》李玉和坐监、《智取威虎山》杨子荣打虎上山选段。信都是病孩子秋良接，秋良不上学，听见喊声立刻跑出去，平日多数家里没人，秋良一般都是把信用小半块砖头压在人家的窗台上。要是赶上谁家有人，秋良将信交到主人手里时，不算完，每次都要等一会儿，看主人拆信。有时主人告诉他信的内容，有时不，不的话秋良一会儿便走了。

"有旧鞋换洋火！"

那天，是大礼拜，全院人都在，郊区上班的人都回来了，都是一怔。旧鞋换洋火，我们院孩子没有记忆，消失多年了，对于孩子，几年就像几个世纪。虽然听着奇怪，确实让人兴奋，我们立刻都飞跑出去，倒是秋良愣了好一会儿，然后才跑出去。

破家值万贯，旧鞋有的是，都不舍得扔，但是换还是不换呢？都有人敢吆喝了还怕换吗？换，野火烧不尽，春风吹又生，话是这么说，这样的"野草"也是隔了好多年才生出来。来人真的像野草一样，破衣烂衫，一看就是个盲流。谁拿盲流也没办法，这么多年过去还不是一样出现了？交易热火朝天进行，很快麻袋就装满了。洋火紧俏，买洋火要凭本供应。秋良也换了洋火，但不像我们欢蹦乱跳，总在疑疑惑惑的，大概是在想邮差。

平时院里没什么人，安静，空旷，上班的上班，上学的上学，邮差是唯一打破寂静的人，现在又有了吆喝声。再次听到吆喝声是一个星期后，此前隐约可听到别的院的吆喝，秋良想去换，被老祖奶拦住："着什么急，一会儿不就来了，我可不跟着你。"但是没来。秋良一直竖着耳朵聆听，这次非常响亮，千真万确。老祖奶跟在后面，哪儿追得上。

到了大门洞，秋良一下慢下来，不是上次那个，是个生人。秋良停住，像猫一样，很轻。大门口的来人一样破破烂烂，笑得脸很花，龅牙龇着。秋良与来人一个门里一个门外，一明一暗，来人不像城里人也不像农村人。秋良甚至盘问了陌生人几句："你是哪儿的，怎么上次不是你？"

正好老祖奶到了，秋良镇定自若。

老祖奶对一双布鞋只换了一盒洋火很不满，要求再加一盒，不依不饶，"我说你怎么不懂规矩？早先都是换两盒的，你早先换过没有？没有，我得立立规矩。"老祖奶说的早先还不是几年前，是太多年前，上次礼拜天人多容不得老祖奶讲古。一边说着就动了手，直接从来人手里又抢过一盒洋火。

"那鞋好好的，还能穿呢，卖谁都值钱！"

秋良却看不出那双鞋哪儿好，那是一双他小时穿的鞋。老祖奶常常没时间概念，最近总是唠叨过去的吆喝声，收旧衣服的、牙膏皮的、废铜烂铁，可换脸盆、杯子、笤帚、空竹、瓷碗、泥人、洋画儿，说得就像昨天。换过洋火后的秋良有点失落，洋火也不能玩，小孩不准玩火，小孩玩火尿炕，继续听老祖奶讲故事。老掉牙的故事，秋良自己都能讲。

吆喝声更多出现在下午，上午少，从来不在早晨。已经无鞋可换的秋良每次闻声还是跑出去，总比听故事强。来人可能是上次的也可能不是，要是上次的就罢了，新来的，秋良就会问一双鞋换几盒洋火。

"你凭什么只换一盒？早先都是两盒！"

"早先，早先是什么时候？"

"早先就是早先。"

这是一个戴怪帽子的黑脸人，问得秋良不知怎么说。

"秦朝还是汉朝？"来人问。

秋良不知道秦朝、汉朝。秋良如果不辍学该上五年级，但就算上了五年级估计也不知道。我们院还有上初二、初三的都不知道。戴怪帽子的人脸黑得像炭，牙、眼白和红舌头在帽子下闪烁。

"要看什么鞋，要是新鞋可以换三盒。"

"新鞋？新鞋我们还穿呢！"

"那就旧鞋。"

"我没鞋跟你换了，我们家火柴多得用不完。"

"你有什么？"黑脸人露出白牙笑。

"我有闹钟，我现在不上学了，不用了，正好它也不走了。可是我不会跟你换洋火，除非你有别的。"

"闹钟坏了？"来人扶扶帽子说。

"没坏，就是不走了。"

"不走不就是坏了。"

"修修就能走，你有小人儿书吗？"

对每个来人，秋良都会问一下，已不抱希望，随便问问。

秋良有三本小人儿书，看过无数遍，跟老祖奶的故事一样可以倒背如流。三本小人儿书原不是秋良的，是全院人的，都集中在秋良手里。三本一开始就都没头没尾，更谈不上封面，其中一本只有三页，秋良用胶布粘了一个书脊，保护得很好。

"我就说了，"老祖奶瞪着老花镜后面核桃缝儿里被放大的眼睛说，"换洋火的怎么会有小人儿书，没有就没有，还是听我讲故事。这次我给你讲个新的，没讲过的。这还是我奶奶（秋良一听就头大）给我讲的，早先有个叫哪吒的，一落生不是个人，是个大肉蛋……"其实讲无数遍了，但每次都说是新的。

秋良翻小人儿书，但也听着。

秋良不时打断老祖奶，纠正和上次讲得不一样的地方，到后来干脆合上书，瞪着眼睛挑错。老祖奶恼羞成怒，不讲了，但一会儿又自言自语讲起来。老祖奶的孙子，也就是秋良的爹，在远郊上班，每个大礼拜才回来一次，一回来就闷头打家具。妈在床单厂上班，有时给街坊四邻带回处理床单，秋良受到街坊四邻照顾固然是因为有病，同时妈妈带回的处理床单也是重要原因。两个姐姐、一个哥哥，大哥和大姐插队，一个去了山西，一个去了东北兵团。二姐是七一届留城分到向阳鞋厂的，也有时带回处理鞋。平时主要是二姐带秋良看病，到了反修医院即友谊医院除了注射吃药还要输血，很花钱，就连东北兵团的大姐都往家寄钱，山西插队的哥哥寄过花生、菽子、枣。

"有旧鞋换洋火！"

戴怪帽子的黑脸人站在大门口，手里拿着一本小人儿书。早晨已经开始下雪，中午变成了雨。非常细的雨，简直像雾，几乎感觉不到，到了午后真变成雾。不用穿雨衣、打伞，不过来人的帽檐还是湿了。

"你的闹钟呢？"

来人晃着书，雾包围了手和书，"我费了好大劲才找到一本，你可别拿不出闹钟。你家大人让吗？"

小人儿书包了书皮，牛皮纸，但不是新包的，一看就是原来的。来人对半打开小人儿书，还是古装书。秋良飞快跑回家，拉出枣木太师椅站上去，爬上八仙桌，从最里面的有机玻璃框里拿出小闹钟，二话不说往外跑。做活儿的老祖奶呲溜一下动作麻利地下了炕，三寸金莲凌波微步地追秋良。

"怎么着，还真的有什么小人儿书！我看是哪个挨刀的，这不明抢打劫吗？慢点儿，慢点儿，你慢着点儿，我的祖宗！"

闹钟有五六成新，工字牌，全铜机芯，带日历，红色，一边一个银色铃铛。老祖奶追到大门洞时，红色小闹钟已落入黑脸人之手。黑脸人左看右看，转来转去，拧动发条。生米已煮成熟饭。再者答应过秋良，还能不由着这活不长久的可怜的孩子？

"甭看！看什么看！"

老祖奶冲着黑脸人，声音像干木头断裂："这是好闹钟，修修就能走，能换你十本小人儿书，看什么看，看眼里拔不出来！"

老祖奶说十本都少了，小人儿书多少钱？一两毛钱一本。好闹钟要十好几块钱，旧的少说值个五六块。黑脸人却不知收敛，居然弄响了闹钟，贪婪得很，长下巴露出抑制不住的笑容。他满意地把闹钟装进鞋袋子。

"咳，你怎么把这么金贵的闹钟放在破鞋袋里，放在你胸口上，拍拍你的良心，是不是叫狗吃了！"老祖奶跺着小脚。

秋良低头看书，走走停停，回屋里时老祖奶也回来了。老祖奶却一声也没嗔怪秋良，只是一边做活儿，自说自话，自言自语，念念叨叨。再者老祖奶知道说什么也没用了，秋良一看小人儿书就什么也听不见了。秋良迅速看完了第一遍。第二遍就慢多了，老半天头都不抬一下，不翻一页，还不时翻回到彩色封面端详，过会儿去掉书皮，又翻回去。小人儿书叫《双枪将陆文龙》，封面上就是那骑在马上的白袍小将陆文龙。秋良还真知道陆文龙，老祖奶讲岳飞岳云时讲过双枪陆文龙，那可真是个有情有义的大英雄。秋良没想到老祖奶讲的书上还真有，不时看老祖奶一眼。陆文龙本是汉人，他自己不知道，一直以为自己是金兀术的儿子，王佐潜入金营告知陆文龙，他原本是安州节度使陆登的儿子。

"有旧鞋换洋火。"

秋良闻声跑出去，大门洞外，他再次见到戴怪帽子的黑脸人。黑脸人手里的小人儿书金光耀眼，一目了然，彩封，封面上有许多细纹，好久的书了。还是古装小人儿书，没包书皮，但看起来很奇怪，封面上的将士人高马大，金盔银甲，却不是中国人。

"我没东西跟你换了。"秋良全不似上次兴奋。

"看都不想看一眼？"黑脸人晃动着小人儿书。

"可以借给我看吗？我一会儿就看完。"

黑脸人把小人儿书交给秋良，背起麻袋走了。

秋良瞪大眼睛。

"下次还我，要是有了什么好东西，我们换，就不用还了。"

闹钟换小人儿书的事受到除老祖奶外全家人的责怪，连带老祖奶也被妈妈、姐姐和不爱说话的爹斥责。秋良说是老祖奶答应过的，老祖奶有口难辩，因为确实答应过，答应得好好的。老祖奶捶胸顿足大骂自己老糊涂了，该死不死。同样街坊四邻也大多咂舌，小人儿书虽稀罕，可和闹钟就没法比了。人们都这么看，秋良虽不说话，但再次见小人儿书时的冷漠实际是一种自责。

因为这一本要还，秋良看了无数遍，小人儿书叫《堂吉诃德》，秋良看不懂，也不喜欢，但那身影还是几乎刻进了眼睛里。刚拿回时，炕上做活儿的老祖奶警惕地问书怎么来的，秋良也不搭话，问烦了也只是没好气地答一句，"借我的"。

《堂吉诃德》让秋良雪白的眉头一直皱着，要说也不是完全不懂，表面都懂了，只是不理解这个大瘦干儿狼叫什么堂吉诃德的没任何武艺，虽然也拿着长枪，可总被打得丢盔弃甲，又总是逞能，总是抱头鼠窜，简直是个玩笑，是个大傻瓜！最傻的是竟然把转动的"风车"当成敌人，大战"风车"，到底什么意思？那个桑丘呢，像猪八戒，倒比堂吉诃德还聪明一些，堂吉诃德再不济也该比桑丘强吧？完全反了。

"喜欢《堂吉诃德》吗？"戴怪帽子的人问秋良。

秋良不知说什么，读不懂，能说什么？大风降温，非常冷。黑脸人将《堂吉诃德》又塞回到秋良手中，拿出另一本小人儿书交给了秋良，让秋良都拿着。

"我没东西跟你换。"秋良说。

"你不用换，这还看不出来？白给你的。"

"真的?!"

"至少喜欢桑丘·潘沙，对吧？"

"喜欢！桑丘像猪八戒，可是，堂吉诃德怎么那么傻？"

"你别说，桑丘·潘沙还真有点像猪八戒。"黑脸人稍侧了下头说，"你想象力很好，想到猪八戒已经很不错了。堂吉诃德嘛，你觉得好玩吗？好玩就行了，反正他不是坏人，对吧？"

"不是坏人，可是……"

"你的小闹钟我已经修好了，现在我每天听着它唱歌起床。"

"它怎么会唱歌？"秋良不解地问。

"傻瓜，你很聪明，也可怜。"

"你住在哪儿？"秋良对黑脸人产生了严重的好奇。

"车子营，知道车子营吗？"

"知道！"

车子营大名鼎鼎，看了《青松岭》，我们院的孩子都会唱那主题歌"老五叔指航程，七姑走向车子营"，把《青松岭》《杜鹃山》篡改到一起唱，绝对歪才，不歪才怪。车子营是宣武门外校场口路西一条胡同，南邻菜市口，胡同挺宽的，三拐两拐就见到一大片灰色房子，是北京最大的废品站。要不怎么说"大名鼎鼎"？车子营原属于"宣北坊"，明嘉靖帝加筑北京外城，设立"八坊"，正东坊、正西坊、正南坊、正北坊、崇南坊、宣北坊、宣南坊、白纸坊，都在宣武门外。这里稍普及一下老北京的知识，到了清中期宣北坊的车子营胡同发展起许多车马店，各色游民，三教九流，南来北往的人，或暂住或寄居或隐居，致使物物交易活跃，衍生出北京内城最大的旧货市场，后为国营"废品站"。

车子营离我们前青厂周家大院不远，直线距离不足千米，隔几条街便是。我们都去过那儿，那儿什么都有，大凡平时百姓人家有的，铁锅、铁桶、轮胎、自行车、收音机、童车、钟、洗衣盆、火炉子、火筷子、铁锹、锤子、耳机、油毡……应有尽有，都算是废品，或者以废品为名。废物利用，变废为宝。贪污浪费是极大的犯罪，从没过时过，以至于各个小胡同里的废品站一点不比商店少。车子营毕竟更多人不能经常亲临，无论多么严酷，跑腿的自然生出来，像野草一样就生出来……不过几年前的红火和最近的红火不一样，那时许多值钱的东西都堆积如山，光书就是奇观，古书、线装书、外版书、外国书、硬皮书、小人儿书、字帖、辞海、辞源、大字典、画报应有尽有。客观地说，烧掉的还是少数，更多是运到这里，再到造纸厂化纸浆。

戴怪帽子的黑脸人虽住在车子营，但并不专属哪个废品站，他为所有废品站工作，至少名义上如此。小人儿书显然是遗存，存在于某个角落，废品站工作人员谁知道哪儿有一本给了黑脸人。就算如此，仍是大海捞针，而且有的废品站人警惕性特高，加上黑脸人有口音，一听是外地人就会被审问一顿。当然更多人已不管那一套，我行我素。

"我换洋火碰上好东西，也给他们留着。"黑脸人说。

秋良非常好奇，大概也是自己的缘故。

"什么好东西？"

"你的工字牌小闹钟那样的好东西。"

"到底是什么，我见过吗？"

他们站在翌年残冬的飞雪中，一大一小。雪笼罩一切。

"Zippo打火机，你见过吗？"黑脸人吹着雪说，扶了扶鸭舌帽。

现在的秋良虽不知什么是"Zippo"，但已知道黑脸人的怪帽子叫"鸭舌帽"。

"就是打火机,对吗?"秋良说。

"不,是Zippo打火机,Zippo。"

秋良不懂的东西太多,不仅是秋良,我们也都不懂,我们不知道秦朝和汉朝,不知道春秋战国,不知道解放前也有电影,不知道……太多了,因此对太陌生的东西秋良就不问了,没法问,一个陌生的词或者物会引起更多陌生的闻所未闻的词,讲半天还是糊涂,越来越糊里糊涂。比如Zippo1932年诞生于美国,镀铬外罩,不锈钢内衬,防风墙,滑轮,但不管秋良听得懂听不懂,黑脸人每次都讲得兴致勃勃。这次甚至讲到Zippo在"二战"期间的作用——秋良也不知道什么是"二战"——Zippo打火机坚硬的外壳可以抵御任何物质的碰撞,一名美国士兵就是因为Zippo挡住子弹保住了性命。

黑脸人是合肥人——秋良也不知道合肥。

"对了,"黑脸人忽然想起什么,掸了掸眼前的雪花,"小人儿书的事要是有人问起,不要说是跟我换的,最好也不要提废品站,明白吗? 反正别说书是怎么来的,明白了吗?"

"可是,我已经对别人说了。"

"那就别再说了。"

"我不说了。"

"有一个废品站让我把给你的小人儿书交回去,你交吗?"

"不交!"见黑脸人微笑着问,秋良大声说。

"我也不会交。"黑脸人从一个黄帆布小挎包里拿出那个已经修好的银色铃铛的工字牌小闹钟交给秋良，"但是闹钟我得还给你，春天快来了你该上学了，你的病好了，下雪都不怕了。要不然我们再换回去？你把小人儿书都还给我，我把钟给你？"

"不换！"秋良坚决地说。

"那就拿着闹钟。"

孩子的世界简单又直接，总是仨一群，俩一伙儿，分分合合，今儿你和他好了，明儿他又和他好了，甚至策反与背叛的事经常发生，群体孤立、冷落某一两个人的事动不动就来上一次，也是一种有趣的游戏。不过那段有小人儿书的时光这样的事不多，大家有事干，都在秋良家看小人儿书。小人儿书虽小，却不是通常的童话，而是世界，是我们闻所未闻、千姿百态的世界。平时还好，礼拜天特别是大礼拜，随父母在远郊上中小学的孩子也回来了，秋良家成了我们院的少年之家。

胡同里过去的"少年之家"老说要重新开放，却迟迟没开，斑驳的日晒雨淋的封条已让人看上去天经地义，没有感觉，哪怕说里面有好多书也没感觉。唯有秋良家是个小小的窗口，我们不仅自己看，还带来了同学看，同学的同伴，附近的孩子。一本小人儿书总有四五个、五六个人围着看，反反复复地看。雪白的甚至已经有点博学的秋良给大家发书，叮嘱小心：洗干净手，剪掉长指甲，注意鼻涕快流下来了。流鼻涕的人可不少，有的上火也不知道，流的是大黄鼻涕。而多数人都用袖子抹，而袖子会弄湿小人儿书。这是让秋良特别小心的，光这一项，就够秋良忙的。常常地上、桌子旁、里外屋全是人，水泄不通，不得已便让脱鞋上炕，炕上也常常坐满了人。

　　谁也没想到，因为小人儿书，退学的秋良成了主角。如果身体允许的话，秋良还能把从黑脸叔叔那儿听到的、似懂非懂的、千奇百怪的事物讲给大家听，堂吉诃德、神笔马良、海底两万里、环球旅行八十天、司马光砸缸、精卫填海、加加林、Zippo打火机……家人也都没有任何怨言。不仅如此，他们家人也都成了工作人员，连沉默的父亲，都帮助沏茶倒水。老祖奶更是笑逐颜开，不笑还好，笑起来特别吓人。老祖奶在炉子的火盖儿上炒黄豆给所有人吃，黄豆不多，每人只能分上几粒，由秋良来分。炒黄豆也让人非常意外。妈和姐看着秋良有条不紊地工作、讲解，秋良妈有时眼圈儿都有点红。当然大多数人没注意到，一旦忘我看书，谁会注意。秋良的病让大家不太容易理解，不易理解一般有两种结果：让人回避，或让人忘记。两者实际是一回事。

　　每次来新书了，我们都会奔走相告，我们院就像春潮涌动一样。从第一本书带来的意外感，到第二本书的疑惑，到第三本、第四本、第五本……的必然，是我们院孩子记忆中最快乐的一段时光。其中有两本或三本小人儿书，黑脸人送来时正赶上我们不上课，我们都跟着跑了出去，看见了黑脸人，我们中竟然有人知道那是鸭舌帽，早知道早该告诉秋良的。我们看到一个个子不高，长下巴的人，穿着一件旧灰棉袄，一双不合脚的大头鞋，鞋太大了，一看应该是高个人穿的鞋，脸又黑，总之，他给我们一种说不出的乱七八糟的印象。他的眼白和白牙同样给我们很深的印象，最重要的是，我们看见他变戏法似的将小人儿书拿给了秋良，神气活现。秋良和黑脸人窃窃私语，小声交谈，我们都不敢过去。也不知道为什么不敢，反正就是不敢。我们都隐在周围的各个角落，就像待在树杈上或假山上，注视着人类。我们虽然种群庞大，但对人还是充满了敬畏。

老祖奶真是老糊涂了，老迷信，老四旧，竟然说黑脸人不该把钟送回，送钟就是送终。本来我们都哭了，老祖奶一抱怨，我们又都止住了眼泪。

秋良走时雪白如玉，非常安详，就像俗话说的"睡着了"。黑脸人应该一直不知道秋良没能等到春天，还回闹钟后他再没出现。也许来过，喊过，但已没人应答。从那个早秋到初冬，再到第二年的残冬，来人一共给了秋良九本书，加上原来的三本没头没尾的书，共十二本。不久，十二本书分散到我们院的孩子手中，有好几年，一直在流传。甚至流出了我们院，流到了社会上，就像漂流瓶一样。最终，我们院只剩下那本只有两页但仍有书脊的书。

有书脊在，就仍是一本书。

防空洞

早先北京没有大杂院的概念，反正我小时还没有，就算院子再大也有章法。十七八户的院子不用说了，就是我们院上百户人家，院套院大同小异，不过是同构的结果。长长短短的夹道、角门、月亮门、垂花门、影壁，都差不多，有的套院还都有门、门墩，就是没有院门也有个豁口，通常豁口会爬着喇叭花或藤萝，也像是门。枣树最多，其他的有杨柳、榆树，讲究点的有海棠、石榴、丁香。通常正房都有廊子，高高的屋脊两端翘起像明代的官帽，这点清人没有改变，大概改变不了吧。经常有鸽子、麻雀、猫就站在那"帽翅"上，互不相扰。厢房低一点，通常没有飞檐，不过一水儿的瓦棱，一样饱含阳光与青草。秋冬房上的青草变黄照样好看，猫在瓦间衔草，贼头贼脑瞪着鸽子飞过。

　　一场雪后，屋顶就全都白了，白了反倒更能看清院子的格局。

到了春日，残雪让阳光一照，浓浓淡淡像国画。通常院子当间是大青砖的几何图案，有的是太极图，或者花鸟鱼虫图案。由于日久年深，许多砖裂缝儿，缺角，凹凸不平，但因为纯是时间的结果，并不碍眼，仍是一种自然。各屋门前窗下都有生火做饭的炉子，上面通常坐着噼噼作响的铝壶，旁边是煤箱子、拔火罐、竹车、内胎、脸盆、水桶，杂乱无章却也与时间交缠已久，是院中天然的部分。如果是油画，最少不了那些竹车、自行车、旧鞋、车胎细节，更少不了屋门口的炉子。有的炉子围着"L"形铁片，风一吹哗哗响，有的什么也不围，常常这家炉子上的水壶开了，灌热水瓶，那家又吹哨似的开了，各家灌暖瓶的呼声很好听，有点像火车。晚饭家家门口煎炒烹炸，叮叮当当，各占一角，直到"深挖洞"之前一直如此。

挖洞之前，院当间是公共空间，大人晒东西，晾铺板，弹棉花，攒煤球；孩子跳皮筋，玩砍包，爬树，写作业，阳光融融，仿佛永恒的时间。"破四旧"时影壁虽被拆除了，门墩的狮子只剩半张脸，没鼻子，鱼盆砸了，垂花门的老对联被划掉，砖雕砸了，但这些同挖防空洞比还都不算什么。挖防空洞是横下一条心地将自己院子切开，在院当间起掉数百年老砖，给院子豁开一条大口子，这一时间，老北京就像考古发掘现场，彻夜灯火，处处开膛，铁锹飞舞，黄土喷香。

院子豁开的大口子十几米到几十米不等，一丈多深，两人多宽，然后在两侧砌砖，发券覆上拱顶。即做一个木板的圆拱，如半月跨在砖墙上，然后在圆拱顶上随形砌一层立砖，木拱抽出，便形成了洞顶，据说古人的墓室就是这个技术，古已有之。我不知道我们那片儿别人家的院具体是怎么开挖的，反正我们院有点不同，不是由大人而是由我们这些孩子开挖的。上面其实也有规定，院子小的可以挖也可以不挖，我们那个套院不大不小，以老张为首的老顽固坚决不挖，最终我们开始自行其是。

至今我还清楚记得那个暑假中阳光斑驳的早晨，大人都上班去了，我们撬起第一块三百年的方砖，也许是五百年的，这方面我没有什么概念，反正一点也没觉得有什么不妥。由于年深日久，也由于古人的技艺高超，撬第一块砖太难了。砖与砖都关联着，撬一块砖差不多等于撬所有的砖。但什么也难不倒我们。当第一块砖被我们击碎，如同历史被我们撬动：下面居然是一层泛着霉味油腻又黝黑的土，是只有北京才有的土，沉淀了太多的雨水、微生物，类似酒一样的东西。四块砖一起开，我们几乎有点醉，晕晕乎乎的。我们是这土地上的人，与这种土腥佳酿味有着天然的联系，以至于有一种找到我们自己的兴奋。

黑土之后很快见到黄土，越到下面黄土地越新鲜，简直像刚从蒸笼里出来，还热气腾腾的，而它们事实上古老，比我们院子的砖都古老，似乎可以同半坡媲美。但我们那时哪里知道半坡，就连附近的周口店、山顶洞或琉璃河都不知道，我们什么都不知道。我们只知道珍宝岛，突然袭击，原子弹随时可能从天而降，警报一响立刻钻洞。我们知道冲击波，瞬间房子没了，飞起来，而且是连人带房带院子飞上天。从市到街道举行各种级别的防空演习，对空射击隔三岔五就搞一回，大家扶老携幼，背着干粮，有人高喊口号，就像赵玉敏那样。我们为只能钻别人的防空洞愤愤不平。

黝黑、有点像小牲口的五一子是我们这群孩子的头儿，但他最初的想法让我们大失所望。他要给自己挖个洞，别人不管。我们一听就急了，这怎么可以。五一子说洞要挖大了大人不同意，他只能挖自己的。这倒是实情。另外，五一子言外之意是你们有本事也挖一个。这当然是不可能的，除了五一子我们谁都不敢，气人也就在这地方。更气人的是大烟儿，大烟儿一向说话不着调，不招人待见，竟然说别人五一子可以不管，但他得算一个。什么叫"别人可以不管"，他有什么特殊的，他其实最没资格。但大烟儿这么一说事情就这样转移了，本来我们都攻击五一子，这下改为争取挤进五一子可能开放的一两个名额。五一子答应增加两人，大家争来争去，最后倒是不用争的文庆和小芹进入了三人名单。小芹是假小子，但主要是她有零花钱，我们连锁子都没有，包括五一子我们都宠着小芹。文庆白胖，不爱说话，但主意多，我们之中除了五一子就数他有威望。这三个人从来就是一气，其他人都瞎掰，塔儿哄。大烟儿是塔儿哄的代表，但总是不甘埋没，使劲搅和。

"黑梦，黑梦，你不着急？"大烟儿问。

"不着急。"我说。

我不知道大烟儿要说什么。大烟儿的芝麻绿豆眼儿"绿豆"部分一如既往地像刮风一样，建议我跟我哥哥黑雀儿说这事。

"你跟黑雀儿一说，黑雀儿要是发话保准行。"鬼主意在这儿，"这可是我出的主意，你跟他说让咱俩都参加。"

我哥哥黑雀儿要是发话，一百个没问题，五一子敢不听？问题在于黑雀儿是不会发话的，谁不知道我和黑雀儿的关系，大烟儿不靠谱就在这点。况且我哥哥黑雀儿进了"学习班"，什么时候回来都不一定。但大烟儿却说："你怎么这么死硬，不用你哥黑雀儿亲自跟五一子说，你就说是你哥说的，让咱俩都参加，保准行！"我行，大烟儿还真未必行。但我不会这么做。

我从没求过黑雀儿，也从未打过黑雀儿的旗号，而且谁都知道黑雀儿不会为我做什么事。谁都知道，黑雀儿讨厌我这个侏儒弟弟。我们院孩子从来不会因为黑雀儿照顾我什么，相反总是将我排除在外，忽略不计。当然也没人欺负我，偶尔如果我非要坚持，比如跟着大家去铁道玩，也没人拦我。这些大烟儿都清楚，却净说废话。不过我还是愿意帮助大烟儿。不管他出于什么目的，着不着调，他来找我我都喜欢。他贪图我在土站捡破烂儿捡的挺稀罕的烟盒，这我也知道，有时也真给他。反正不管怎么说，大烟儿热情这点还挺动人的，如果我还有朋友，大烟儿还真算，而且是唯一的。

我拿出收集稀有烟盒的一个小木盒子，把一张蓝牡丹一点不犹豫地给了大烟儿，让他送给五一子。我说这个肯定行。五一子跟我要过蓝牡丹，我没给他，我不喜欢五一子。红牡丹常见，蓝牡丹极少，蓝牡丹有一层所有烟盒都没有的釉，又亮又厚，极其华贵。大烟儿的斗眼儿竟然不眨巴了，竟然说不给五一子了，自己留下。我不同意。

"你不想尽快钻地道了？"我是认真的。必须承认大烟儿比我聪明，他并不真的在乎飞机轰炸，原子弹，五一子的防空洞。我甚至有点生气，还傻帽儿似的有点伤心，坚决不同意。大烟儿几乎要哭了。

"给他太可惜了，求你了!"

"不行，你还给我吧。"

大烟儿于是成为五一子的第三个成员。

五一子刨开数百年的院子，这是我们插队的哥哥姐姐都没干过的事。虽然五一子限定了人数，但开挖那天我们还是忍不住都参加了。那是个礼拜四的早晨，简直像是我们的节日，大人们都上班去了，院子成了我们的世界，老头老太管不了我们，跺脚、戳拐棍儿，都没用，晕过去都没用，爷爷奶奶对我们不算一回事儿。几乎所有孩子都参加了：五一子、文庆、小芹、大烟儿、抹利、大鼻净、秋良、小永、死脖子、四儿……当然还有我。地窖挖到一人多深时开始挖"L"形拐弯儿，向里掏。没人教我们，我们都看过《地道战》，看过不知多少遍，百看不厌，满脑子是地道战，不用想电影的情景我们就知道挖到下面，土扬不上来，就需要用绳子系一只筐再提上来。大家无师自通地一字排开，拉开距离，击鼓传花，传到院外。要是光五一子他们四个，麻烦大了，光运土就不够跑的。然而五一子也没叫我们，是我们自愿的，到最后连我都参加了。

我们挥汗如雨，热火朝天，紧张异常，从上午到下午，中午饭都是边干边吃。主要也是饭太简单，就是啃点馒头、窝头，馒头算好的，五一子和我还有大烟儿、大鼻净都是窝头，有的就点咸菜，五一子什么都不就。文庆和小芹吃得最好，一个是蛋炒饭，一个是酱油炒饭。蛋炒饭我们多数人没吃过，那种蛋葱香让我们头脑有片刻的空白，但谁都不说，继续干，热火朝天，仿佛都得救了一样。我们有一种信念，就是要把生米做成熟饭，并且有种预感：不可能只藏四个人，下面已经很大，虽然只起了四块砖。

大人陆续下班，因为洞口小，看上去对院子影响不大，况且也不知道下面情况，大都忙不迭进家，一堆家务等着，无暇顾及，有的骂两句就过去了。我们唯独担心张占楼，果不其然就是他。洞口那么小，我们天真而侥幸地希望张占楼不会找麻烦，院子都清扫得干干净净。张占楼直接推着自行车到了洞口，肯定他一进大门就知道了院里的情况。

他的胡子撅得老高："小兔崽子，给我上来！"

张占楼冲着洞口喊，像电影《地道战》里的山田队长，仿佛身后还带着日本兵。他使劲往洞里边看。我有点想笑，但别人都没有。我又想起《地道战》里的汉奸汤丙会，但张占楼那架势甚至比山田和汤丙会还凶得多。显然他也有点惊讶：这么小的洞口里面竟然那么深了，和外边堆了那么高的黄土一致。

一直是五一子挖，大烟儿往外递土，文庆、小芹在洞口传递。张占楼又喊了几声，五一子和大烟儿爬出来，两人都光着膀子，像土人。五一子蔫头耷脑，一声不吭，反倒是大烟儿顶了张占楼几句。

张占楼更是火冒三丈，吹胡子瞪眼："还反了你们，啊?！挖起老祖宗来了！"

"谁反了，我们防突然袭击。"大烟儿又顶了一句。

"胡说八道！"

"你才胡说八道。"

小芹也开口了。小芹是最敢说的，超过真小子。张占楼没理小芹，直接拧了大烟儿和一声不吱的五一子，一手一个，拧得两人嗷嗷叫。他对四散奔逃的我们喊："都别跑，谁也跑不了，都过来填土，跑了的晚上我挨家儿把你们从被窝里揪出来！"又对闭了一只眼的五一子说："喊他们回来。"

"回来，回来！"

五一子踮起了脚喊。

张占楼是国民党留用人员，解放前在傅作义的铁路局工作，属于有"历史问题"，现在在北京铁路局工作，据说是会计。我们不懂什么是会计，我们院人都是普通劳动者，直到有人说就是拨拉算盘的，我们才大概明白会计是什么。我们的哥哥姐姐带着学校的战斗队斗张占楼，称老张是国民党。老张说他从未入过国民党。哥哥姐姐说老张不老实，给国民党干活那还不是国民党？老张特能狡辩，说我现在给共产党干就是共产党？就算。那时他都凶巴巴的。我们流着鼻涕看战斗队砸了张占楼的鱼盆、花盆，各种金鱼在廊前地上翻滚，抄出好多我们从未见过的东西，三间半是我们院中最高的也是唯一带廊的正房，现在只剩下一间半了。那一间半外院人搬了进来，我们院多了一户。但也就是那一阵，过去那阵也就没什么了，虽然不能说和过去完全一样，但有些东西慢慢恢复了，特别是哥哥姐姐去往广阔天地之后，老张好像什么事都没了，又开始揪我们这一代人的耳朵，就像过去一样。问题在于我们院人来北京多多少少都和张占楼有点关系，清末张占楼祖上就带着一家人离开我们

　　　　　　　　　　　　　　　　城与年

老家到了北京城，我们院大人大多和老张是同乡，亲戚里道，我们的父母竟然都管老张叫"叔"，动不动就"占楼收（叔）"，听上去特别扭，而且从小父母就让我们叫他"三爷"，别说，他还真有点座山雕的架势。不管他是不是国民党，我们还是觉得他像国民党。我们在襁褓他就揪我们的耳朵，现在回想起来好像我们都是他的子孙。我们院大人从来不管，他们都太憨厚，总是乐呵呵。

更要命的是老张还练把式，早晚练一种叫"通臂"的武术——我们一直认为是"铜臂"，听着就挺吓人。老张一脸白色的横肉，显然和练"通臂"有关。张占楼有一儿一女去了东北建设兵团，小女儿张晨书比我们略大，从来不和我们玩，除了上学很少出门，不和院里任何人说话，几乎是哑巴。老张的老婆跟老张一起游街时瞎了一只眼，现在是一只真眼一只假眼。她本来是我们院最漂亮的女人，现在比老张的白色横肉还瘆人，据说就是这只假眼反对我们院挖防空洞。反正我们都毫无道理地这么认为，大概那只假眼就代表了不讲理吧。我们太简单了。

老张家的后窗是一个夹道，夹道幽静，一向是我们的乐园，甚至称得上神秘园，与另一个过道和角门相通，我们在这上房，捉迷藏，挖蚯蚓，捉毛毛虫，弹球，拍三角，骑马打仗。还经常趴老张家高高的窗台偷窥，想看哑巴般的张晨书，就是老张家总挂着窗帘，什么也看不见。有时我们玩得起劲，一眼看见张晨书站在窗前看我们，白衣白裤，两只眼睛和她妈的一只好眼一模一样。张晨书也一早一晚练"通臂"，我们还真不敢惹她。应该是填上地窖第二天也不知第三天，我记不清了，下午，我们趴老张家对面房上躲着，同样都戴上柳条帽，等待时机。已经立秋了，我们还在漫长的假期中，天高云淡，骄阳比盛夏时还暴晒。我们预备了砖头，隐蔽了足有两小时，终于等来时机。老张的瞎眼老婆和张晨书一起出门了，太好了，我们原来想等到瞎眼老婆出门再扔砖头。我们都觉得扎车胎或拔气门芯儿太小儿科了，最终决定砸后窗户。这就不是一般小孩干的了，是街上那些坏孩子干的，但也只有这才能震撼老张。大烟儿、文庆已举起半块红砖，只等同样举起砖头的五一子一声令下。然而五一子却迟迟没有下令，甚至又放下了砖头。

五一子有时让我们不太理解，比如填防空洞。我们真咽不下那口气，但他咽下了，还喊我们填。我们讨论过多种方案，还有弹弓射击，窗户上抹屎，等等。五一子放下砖头，说砸窗户只能干一回，动静太大，派出所可能会来人，另外主要是后面的事也都不能干了。还真是，五一子早不说，非等到了这会儿。先易后难，先小后大，无论如何五一子还是受了红宝书的影响，有时这种影响说不定从哪儿就冒出来，从谁那儿就说出来。五一子说拔气门芯儿可以让老张上不了班，迟到，写检查，扣工资。但大家实在心痒，都上到房上了，大烟儿提出抹屎，抹屎算不上什么大事但是恶心，不好查，大鼻净嘟嘟囔囔说就抹在张晨书的窗户上，五一子同意，大家一致同意。"太恶心了！"小芹反对。上次大烟儿提出来就被小芹一通臭骂。大烟儿这点特好，不怕任何人骂，多不受待见的被骂得狗血喷头的事他都会再次提出来。

"你们谁抹？谁抹？"小芹指大烟儿和大鼻净，两人都不吭声，又指五一子，小芹说谁抹的老张一回来她就告诉老张。这就没办法了。小芹死看不上张晨书，一提张晨书就连讽刺带挖苦。五一子开始也没同意抹屎，大鼻净说抹张晨书窗上便同意了，以为小芹会同意。小芹的脾气谁都知道，她一反对肯定干不成，但也没想到会发展到反过来告状。

"告你们俩啊，要是我发现他们家窗户上有屎，我就说你们俩干的。"小芹要不这么说大烟儿会自己偷偷干。

我们拔了老张的气门芯儿。拔气门芯儿并不简单，半夜三更要说跟排雷差不多有点夸张，但要是一下一下放气，会像吹哨一样，"吱儿"一下就暴露了。我们不仅佩服五一子，更佩服小芹。小芹提醒五一子不要穿鞋，光着脚，气门芯儿要拧得特别慢，一点点拧慢慢放气，气放完了车胎完全瘪了，最后再拔气门芯儿，就跟过去她拔过气门芯儿似的。我们潜伏在四周，五一子出发时匍匐前进，戴着柳条帽，跟"人民战争"一样。我们大气不敢出，但异常镇定，我们都受过电影的训练,《地道战》《地雷战》《奇袭》看过太多遍。五一子爬回来，成功了，一点响声都没有！当我们寂静地把手叠在一起时，小芹却冷静得出奇，不但没有一点喜悦反而责备五一子为什么只拔了一个。小芹的爸妈是科学院的，虽然现在远在新疆，但好像仍影响着小芹。五一子说忘了，我们觉得一个车胎瘪了也可以了，反正不能骑了，还不是一样？小芹拿着气门芯儿说不对，要把气门嘴一块儿拔出来。我们都忽视了气门芯儿由两部分组成：铜制气门嘴儿和一小截儿橡胶管，五一子一根筋，就拿回了橡胶管，气门嘴放回——当然都是这样。但小芹说一般人只准备橡胶管，橡胶管坏了套上一个就行了，不准备气门嘴儿。小芹一说我们就明白了：没气门嘴就没法换气门芯儿，没法上班。小芹怎么知道？但我们从来没问过。小芹跟我们一样又不一样，从小她跟姥姥住我们院，这是一样的，不一样的是她爸爸妈妈、哥哥姐姐住在三里屯科学院宿舍，与老张无关。五一子犹豫了片刻，再次匍匐在地，压了一下柳条帽，向目标爬去。

早晨只有大鼻净和小永睡过头，没看见张占楼推车出去又推回来。我们躲在不同的窗帘后面，老张一回来就拉严，只露一点缝儿。老张一下就猜到是我们，瞪着大白脸上的圆眼睛，圆眼镜虽然一圈一圈的仍能清楚地看到圆眼珠子，一看就是气疯了，简直火眼金睛，我们的心都要跳出来。"小崽子，你们站出来，谁拔的，出来！"我们笑，谁会站出来？"别让我逮着你们，逮着我揪下你们的耳朵，扒了你们的皮……"老张转了仨圈儿，将每家的门都履了一遍，圈儿转得相当有功夫，不是故意的，完全是本能。山田队长般的目光所到之处窗帘缝儿一一提前拉上，过后又拉开，我们互相打手势，做鬼脸，老张突然转身盯视，但窗帘闭合更快。

别跟孩子作对，忘了谁说的。

没想到张占楼不仅有备用气门芯儿，还有备用气门嘴儿，简直没他没有的东西。按理说我们应当想到这点，至少小芹该想到，但孩子的世界又是一个一根筋的世界，换句话说，一个缺项的世界。我们早就知道张占楼的车不同于别人的车，太不同了，除了车好，保养得也特别好，几十年了还像新车一样。二十世纪七十年代自行车并不多，中国号称自行车王国实际得到七十年代末八十年代初，那会儿才真是王国，看着都吓人，那时买自行车已不要票，自行车是三大件之一。但七十年代初我们院的自行车不过三四辆，且都是解放前留下的旧车，经过了不知多少道手，大都如侯宝林相声里所说的"除了铃儿不响剩下哪儿都响"，唯独老张那辆不一样。一是名头很大，是大名鼎鼎的"凤头"，锰钢，英国名车，虽然也是解放前就买的，但买时就是新车，据说同时还买了许多备用件，几辆车都用不完，这是我们后来才知道的。二是骑得特别经心，每天都擦，哪儿哪儿都锃亮，加快轴、摩电灯、转铃、大链套，这些不仅是我们院，也是我们那片儿的自行车都不具备的。我们常议论的一件事就是什么是锰钢？说来说去谁也说不准，就知道锰钢骑多久都是新的。我们还记得抄老张家时好多东西都被抄走了，席梦思、集邮册、电唱机、字画、相册，多了去了，唯独英国"凤头"保留下来，不是幸运，而是我们院大人把车藏了起来，坚壁了起来，具体说来就是五一子的爹和黑雀儿的爹干的，瞧我们院大人那点儿出息。

扎轮胎比较狠，五一子有点犹豫，但架不住大烟儿和大鼻净吵吵，而且小芹同意扎轮胎。事情定下来，大家异常兴奋，这和拔气门芯儿不同，真的像是战斗了。大烟儿自告奋勇，这种已开了头但更带劲儿的事儿大烟儿愿干，五一子没抻头。大烟儿说他们家有他姥姥纳鞋底子的锥子，但这不是理由，谁家没有锥子？大烟儿不说还好，一说大家决定一起上，每人扎一锥子。这个提议竟然没有人反对。当然，我们也非常聪明，挨到快天亮了才出动，除小芹外个个戴着柳条帽匍匐前进，接近目标时，队伍扇面般打开。我们一如既往，秩序井然，像拿着枪一样拿着锥子，梦游般你扎完他扎。我们七个人，在两条车胎上扎了七锥子，然后梦游般撤回，隐藏，没发出一点声响，各回各家。只是快分手时大烟儿才对大鼻净说，你丫不像八路，像偷地雷的。大家忍不住笑，有人笑出声来，重重地挨了一拳。五一子做出骂人的口型，大家缩肩散开。

　　说好了每人扎一下，但大烟儿可不止一下，简直是乱扎一通，后来张占楼补胎时我才知道。他竟然没说，连我都没告诉。那天早晨我们看到了张占楼的茫然，想骂没有骂。我们看到老张拧上气门芯儿，回屋提出一个白金属箱子，打开，里面是扳子，全套乌亮工具，又拿来洗脸盆到自来水龙头处接了多半盆水，把车放倒，扒开黑色外胎，拉出内胎，坐着单手用气筒子充气——没人能做到，老张轻而易举。充气时老张白色横肉的胳膊肩膀头的疙瘩肉一鼓一鼓的，让我们吃惊。我们太熟悉老张的修车姿势，隔不了多久他就将自行车倒过来大卸八块，用一天的时间保养一遍。黄油、机油、汽油、煤油、胶水味充满了我们院，两个车轮闪着光，念念地响，好像自动转动。这车没法不像几十年前的一样新，被拔个气门芯儿扎个胎，对老张来说不在话下，小菜一碟，漫说一个锥眼几个锥眼，不消一刻就会补好，尽管几个锥眼已相当让人吃惊。老张试完前胎补后胎，后胎充完气，在脸盆里又试了一遍。尽管之前已试过，知道情况，他还是使劲摔在脸盆里。大烟儿扎的是后胎，但那时我们还不知道他那样下作。我们看到老张从未有过的茫然无力的表情，这表情中至少有一半是知道了我们有多恨他。但老张太爱他的车了，拿起车胎又开始锉、补。不管有多少个眼儿，何时补完，班都不上了。其实下班回来再补也是可以的，但老张不。这中间老张的独眼老婆出来给老张端了一碗稀饭，张晨书拿了一个煮鸡蛋，老张接过来，放在地上，都没顾上吃。老张的独眼老婆瞪着独眼看着天空说："扎一下就行了，扎那么多下干吗？"我们被抓住后总是想起那只望天儿的独眼，我们应该读懂但又怎么可能？我们太小了。

事实正相反，我们甚至走出屋，大摇大摆从老张面前经过，我们目不斜视，使劲绷着嘴，一走过他面前就笑起来。大烟儿没出来，我们在院门口一齐有节奏地喊："大烟儿！侯大烟儿！"这等于告诉老张扎胎是谁干的，我们就是想出卖一下谁，我们太得意了。

我们被一网打尽那天，一个都没跑了。而且没想到张晨书也出手了。我当然不想被抓住，但却有一种莫名的冲动，我们连一个星期都没把持住又故技重演，就是往枪口上撞。这就是我们的宿命，一个孩子怎么可能等两个星期或一个月再干呢？那样被抓的概率就会小很多，张占楼、张晨书甚至独眼不会一个月天天都轮流值夜，但事实是我们只想到老张。如果没有张晨书参与，张占楼身手再好我们也不会"全军尽墨"——这是我最近刚刚学到的一个词。张占楼的"通臂"身手我们算是见识了，加上美发如云的张晨书，一群地老鼠般的我们就只能像做梦一样。我后来专门在一本书中研究了一下"通臂"，这种功夫讲究手、眼、身、法、步，核心叫"小连手"，外行人看了眼花缭乱，变幻莫测，内行人看则是"醒懒有度，身步有章"。这并不令我惊讶。令我惊讶的是"通臂"的历史并不长，为清朝末年河北霸州人氏祁信成所创——当我读到这儿更是大吃一惊，张占楼的老婆就是霸州人，而且姓祁。不过那个夜晚，"通臂"传人张占楼的独眼夫人并没出手，以她那种望天儿的目光应该是要动手的，我猜。也许用不着，也许实际动手了我们没发现。反正不知怎么一来我们的耳朵就都被揪住了，张晨书揪了小芹和我，一手一个，张占楼揪住了五一子、大烟儿、大鼻净、文庆、抹利、小农子，一手三个。

三个耳朵紧贴一起，如三只华灯，一边一束，绝对像梦。我们面朝不同方向却紧挨一起，几无空间，像哑剧一样随"指功"八卦或阴阳鱼似的旋转，直到旋进像是自动开门的屋内。我们在梦游中看见了老张的独眼老婆祁氏，那只望天儿的独眼。房间空空荡荡，没什么家具，但在我们看来仍然奢华。首先地面是花砖地，色彩富丽堂皇，有点宫殿味道。我们院人家里大多还是三合土地面，稍好的抹了一层薄薄的水泥，水泥总是掉末儿，永远有尘。花砖地呈棕红色，擦得极干净，一滑一滑的，我们都不适应，弄得耳朵特别紧张。灯很昏暗，靠窗是铺板，这个跟我们各家一样。八仙桌一看就不俗，仍是我们院最讲究的，桌面虽有硬伤，整体依然大气，雕花精美。不过没太师椅，两边是不伦不类的板凳，正面是个小方凳。桌面上贴墙立着一个复杂辉煌的铜座钟，洋气又古色古香。一个布台灯，本来我们就没见过台灯，这种布台灯真奇怪。我们院大多数人家里是灯泡，刚有一两家有了管灯已很新鲜。对面墙一面角部已碎裂的穿衣镜，一看就是解放前的，虽然碎了但还是不该扔。老张的瞎了一只眼的老婆也就是祁氏，在我们进来后"啪"的一下开了布台灯。光线很好。

老张把我们抓进屋后并没马上放开我们，就跟抓到鱼不放进水里一样把我们分成几组，让每个人交代问题。八仙桌的三边整整齐齐摆着三组六套纸和笔，一水的中华铅笔，专写交代材料的红线格稿纸。老张仍然不放手，由于都坐好了，不能再揪六个人，就一手揪着大烟儿一手揪着五一子，让我们写检查写下整个过程，除了写自己的还要写别人的。有时放下五一子和大烟儿，把每个人的耳朵都或轻或重揪一遍，大鼻净疼得直叫，抹利闭上了一只眼，没忍住还是小声叫出来。老张让我们事无巨细，除了写自己，更主要写其他七个人都干了什么说了什么怎么说的，都如实交代出来。我们都写过检讨，在学校那是家常便饭，但这么写还从没有过，头都大了。

"听清没有？"

"听清了！"

"听清了！"

老张和张晨书都穿着白色练功服，连鞋都是白色的，腰间系了一根红绸子，如果不是这根红绸子，看上去就像是出殡的。独眼祁氏还是平时家庭妇女的样子，蓝对襟上衣，黑布裤子，但回想起来她的鞋也是白的。有些东西当时注意不到，只有在回忆中才能看到。我说过，通常我说"我们"并不包括我，充其量我不过是他们的一个影子，一个旁观者：我既没拔过气门芯儿更没扎过轮胎，也从未参与任何意见，我没什么可写的。大概正因为如此，他们一开始并没把我算上，八仙桌没我的位置，但既然张晨书也抓到了我，就也给了我一套纸笔。不像张占楼，张晨书一进屋就放开了我和小芹，回到里屋她的房间——那个我们打算往窗户上抹屎的房间，拿来一根黄杆铅笔，一页作业本上临时撕下的纸，让我坐在花砖地上写。五一子和文庆一边，大烟儿和小农子一边，大鼻净和抹利一边。另外炕沿上还有一套纸笔，是小芹的，下面放了一个马扎。这一切他们早有准备，只是大概没想到这么快就把我们一网打尽。

独眼祁氏或许仅仅出于习惯，为我们每个人倒了一小盅水，不是倒好端给你而是把小茶盅先放你旁边，茶盅非常精致，有绛红色雕花和金边，茶壶也是那种高筒的有蓝色花鸟的茶壶，但哗哗倒水时假眼非常恐怖，并且就是假眼在看着你，但倒得滴水不漏。面对两个"通臂"或"铜臂"高手，也许是三个，我们没有任何余地，完全崩溃，只能唯命是听。类似"只许老老实实，不许乱说乱动"，否则耳朵受不了。事实上我们都已有点耳聋，耳朵嗡嗡响。另外老张的一句话——后来证明完全是谎言——让我们产生了不切实际的幻想，而且说得非常随意，说要是按要求一五一十老实交代，就不会告诉我们的家长。要求第一部分写自己，第二部分写别人。开始非常困难，平时写检查事实很简单，一句话就行，然后主要是骂自己，保证不再犯，但老张不要这些，就要写事实，不写认识。保证我们哪儿会写呀，但神奇的是一写到别人立刻顺当起来，好像有千言万语，往事历历在目，就连写字都困难的大鼻净也唰唰地写起来。以至于我们忘了这是深更半夜，是在老张家，忘了独眼祁氏，忘了张晨书。当然老张始终都在。首当其冲的是大烟儿，大家交代得最多的就是他，这也自然，他既是坏种，又无足轻重。他到底胡乱扎了多少锥没有一个确切数字，他自己就不想确切，我们有的说八下，有的说十下，抹利和大鼻净一个写了十五下，一个写了二十下，没那么多。不过想起那天老张补完车胎的情景我们也真是没话说，补完后那鼓鼓的红色车胎麻麻渣渣十分可怕，就好像一个人不是脸上而是身上起了好些壮疙瘩，看着别提多恶心了。我们不由得看一眼祁氏的假眼，冷汗直流。再有就是五一子，我们写了小芹主张要砸窗户，五一子没同意；大鼻净提出抹屎，小芹反对；拔气门芯是小芹出的主意，气门嘴儿一块儿拔……还有躲胡同房上弹弓射击……没干的也都写了，乱七八糟的越写越乱，完全垮了，崩溃了，后来几乎都是胡言乱语，不知道都写了什么。老张看每个人写的，边看边提醒，看得越多掌握得越多，提醒得就越惊心动魄。

"注意，"老张一边干咳一边说，"到底谁先提出的扎轮胎，好好想想，写清楚。最早是谁后来又是谁？我看你们写得不一样，还有砸窗户，想什么时候干？"

但是某种意义上，我们并没全军尽墨。

小芹没有写。小芹是不会写的，我们并不惊讶。张晨书放开我们后让小芹到炕沿写交代材料，纸笔和小板凳早已预备好，然后进里屋拿东西。张晨书拿了纸笔后毫不客气地（其实自然而然）揪着我的耳朵，将我按在花砖地上，让我按她爸的要求写材料。我喜欢她的纤手，以至于故意反抗，让耳朵更疼一点，站起来三次被按倒三次。除了小芹，我看上去像是最不听话的，实际另有原因。小芹靠在窗台上，两手交叉，隔过花砖地上的我，看着俘虏般的五一子、文庆、大鼻净他们。我不再起来，张晨书走到小芹面前，看着小芹，问小芹听见刚才的话没有。"听见了。"小芹说。张晨书完全可以强制小芹，就像张占楼强制其实并不需要强制的五一子他们，但是她没有。我不知道她们之间有种什么东西，或者那是纯粹女孩间的东西。当然，也许两个男孩间也有这种东西，只是在我的少年时代，我从没见过。

张晨书看了一会儿小芹，毫无动手的意思。

张晨书没办法，挨着小芹，也靠在窗台上。我站起来，张晨书立刻过来揪住我的耳朵将我按下，我不能说那是灵指，但也差不多。×，有时我的火气也非常大，而且混乱，而张晨书一点也没感觉到。

张占楼注意到小芹和女儿，过了会儿才走过来。

"过去。"好像所有父亲都很有权威。

"不过去。"跟得非常快，小芹跟她姥姥吵架吵惯了，从来就没大没小。

"别以为我不敢拧你耳朵!"牙龇出来，不再像父亲。

"你敢!"小芹离张占楼近了点，不再靠在窗台上，"我告诉你，我这耳朵已经让你给拧坏了。"张晨书拧的，但小芹就这么说，"我都听不清你说什么，明天我就上医院看病，去派出所报案，你给我报销医药费! 别写了，你们还写什么?"小芹冲着五一子，"耳朵都聋了还写什么!"

张占楼大吼一声:"写!"

抬起的头又都低下去，写或者假装写。

只有我"啪"地扔掉笔，我真的无所谓，怎么都行，但这样一来倒让老张得到一个机会。他非常敏捷地冲过来，揪着我的耳朵将我提起。也难怪五一子他们听话，和张晨书太不同，他的力道真是不一般：我不得不双手抱住老张铸铁一样的手臂打起摽悠来，让人想到古老卖艺的。

　　"我写，我写！"我说。

　　"放我出去！"小芹在门口冲张晨书喊。

　　"别喊……"五一子他们几个几乎同时要求小芹。

　　小芹冲向门口，被张晨书拦住。

　　"放我走。"小芹说，但是面对张晨书她一点办法也没有。张晨书并没揪小芹耳朵，也不搭话，三转两转就把小芹转到穿衣镜前。小芹就像只鸟，或者不如说两人都像鸟。小芹再想冲向房门已不可能，只能靠在镜子边上，张晨书在另一边。独眼祁氏继续轮流给我们倒水，包括给我倒。假眼说："干吗扎那么多下？一人一下也就行了。"似乎对每个人都说了一遍。

　　"不是我，我一下都没扎。"我打战着说，想到那补过的车胎。

　　我写的也是这样。

　　我们恨死大烟儿，应该说每个人都还规规矩矩只扎了一下，因为想到别人也要扎。大烟儿没有一点他人意识，他机会不多，逮着就特撒欢儿。不然老张也不会让我们写交代材料，写个通常的检查也就到头了。

　　但老张的后手有点过分了：让我们每人把交代材料念一遍，写还可以，还要当面念？没说让念呀，不然就不胡乱写了。能看出大家都这表情。开始还说给每个人保密，这下完了，当面咬！老张过分了，他会遭报应的，我们把车胎扎成那样不就遭报应了吗？老张若戴一顶战斗帽绝对是山田队长，绝对是《地道战》再现，可惜没有高老忠。我不由自主地看了一眼花砖地上的柳条帽，它们摆了一排，整整齐齐，不像罪证，倒像扫荡之后的战利品，每个柳条帽子中间都有个杂牌武器似的锥子。老张说我们撒谎，还有人多扎了，我们齐喊："我就扎了一下，我就扎了一下……"

"我就扎了十下，没扎那么多！"大烟儿都哭了。

"我一下都没扎。"但我说话没引发任何反应，没说一样。

"我扎的，都是我扎的。"小芹说。

"不要管她，回答我的问题。"老张撇开小芹，"我再给你们每人一次机会，看你们诚实不诚实，说出自己扎了多少下，别人扎了多少下，他到底扎了多少下？"

每个人又报了一遍，自己的，别人的，大烟儿的。五一子先报的，这回大家学聪明了，都跟着五一子，第二个人最关键，居然是大鼻净，跟五一子报的一模一样，接着是文庆、抹利、小农子，高压之下一致就是这样取得的。但问题并没解决，五一子居然说我也扎了一下，还是多出了一下。

"他到底扎了没有？"

"扎了！"大家齐刷刷，连大烟儿都一块儿。

"五一子。"张占楼拿着五一子所写的，"你刚才念的，"顿了一下，"砸后房窗户是小芹说的，但大家都说是你说的？还有，你说大鼻净提出在胡同的房上用弹弓崩我，到底是不是他？也有人说是你?"

"我提出的,怎么着吧?"小芹说。

小芹总是插嘴,老张不当回事,甚至"我们"也不再当回事。

我觉得应该附和一下小芹,便说:"我提出的。"但我和小芹一样不被当回事,好像我和她已经与此事无关。真奇怪。

我们回家都遭到了暴打。五一子和我被吊起来打。大鼻净开始没被吊起来,后来见我们被吊起来,他爹也破天荒地笨拙地吊起儿子。抹利虽然没被吊起来但也被捆了,还有小农子。反倒是大烟儿他爹没吊起大烟儿,而是拿鞋底子抽得大烟儿满院转圈儿跑,尖叫,两手呼扇。大烟儿也不跑远,每次挨一鞋底子跑几步,挨一鞋底子跑几步,总让他大喊大叫的爹追上,有其子必有其父。我和五一子那才真叫挨打,我们分别被五花大绑吊在斜对门的门框上,我不想提到杀猪,同样也不想提到英雄,虽然事实上像前者但我更倾向于后者——既然吊起来索性不屈:打吧。五一子到这份儿上了还算真不错,我佩服他,也理解他为什么那么恐惧。我们院大人不知哪儿来的习惯,动不动就把孩子捆起来打或吊起来打,可能还是和来自农村有关,和杀猪有关。一般或用鞋底子抽,或笤帚疙瘩或皮带或擀面杖。用擀面杖是真打,五一子当装卸工的爹和黑雀儿蹬三轮的爹每次也不是上来就用擀面杖,但往往打着打着就疯了,就抄起擀面杖。

张占楼是三天后将我们的交代材料交我们家长的,我们以为事情过去了,但是没有。我们院家长大多是同一个棉纺厂的工人,工厂原在城里，三年困难时期迁到远郊，休大礼拜，两个礼拜才回家一次。每次爹回来我们院都像过节一样——班车停在胡同口，我们往往就在胡同口等，接过大包小袋第一件事就是找吃的，食堂的糖三角、豆包，有时还有点心、梨枣，甚至一瓶盐汽水，太欢乐了，太爱爹妈了。当然，我还要再说，"我们"不包括我，因为黑雀儿爹并不在棉纺厂，他是城里一家小医院的勤杂，每天回来。但是他也等到了周末。张占楼作为"长辈"莅临每家，不仅拿出了交代材料，还有锥子、照片、柳条帽，独眼祁氏所写的笔录。照片效果最直接，当时五一子的爹就疯了。那是一架"海鸥"120的照相机，我们院唯一的一架相机，是张占楼给张晨书买的。听说以前他们家有架德国"蔡司"相机，我们不知道"蔡司"是什么意思，只知道发音。我们熟悉的还是这架，张晨书会自己洗相片，听说有显影液、暗室、曝光箱，我们在后夹道房上透过张晨书的窗帘缝隙见到过部分神奇装置，还有就是贴在玻璃上晒的照片。我们不知道车胎还可以上照片，不知何时贴在玻璃上，怎么没被发现？

　　五一子他爹膀大腰圆，头有点秃，缺一颗门牙，说话漏风，打起人来跟黑雀儿他爹以前打黑雀儿一样，都是先用鞋底子或皮带，但打着打着就冲动起来，上了擀面杖。就像犯了癫痫一样。黑雀儿爹外号刚果，五一子爹也有外号，叫骡子，两人像兄弟。事实上从老家儿论也沾亲带故，正像跟老张一样。另外他们的冲动有一点也很像，就如癫痫的人疯了那般，实际也有表演成分。千万别认为他们憨厚，他们傻没问题，但绝不憨厚。都多少年了，不理解怎么还那么感恩老张，以至于需要表演。难道不是某种恐惧？感恩是否从来伴随着恐惧？感恩与恐惧究竟是一种怎样的原始关系？石器时代的关系？包括最古老的祭献是因为什么？原始的东西从来就不朴素。不，他们不朴素。

再有，他们打孩子有一个特点，总是尽着一两个孩子暴打，好像打得特别顺手，打惯了，也不知这是什么原始道理。五一子上面俩，一哥一姐，下面一个弟弟，但挨打最多的就是五一子，每次还都吊起来。我们家过去是打我的哥哥黑雀儿，现在不敢打了，总是找我碴儿。黑雀儿爹打我这样一个非正常的人真的没道理，吊起来就更没道理。这场血雨腥风的暴打只有小芹理所当然地逃过，事后小芹建议砸老张家后窗户，我们无一人响应。明摆着都写进交代材料了，不是不打自招吗？但是小芹认为没问题，我们说过就是我们？抓住了吗？要砸你去砸，我们说。我们都这样说。这是男孩子最不该对一个女孩说的话，我们说了，一点也没觉得什么。

黑雀儿摇摇晃晃从"学习班"回来时，我正在房上看一本没头没尾、中间有一个洞的书，一本我在土站捡的书。那洞像用木钻钻的，就是那种牛皮绳扯动两根棍儿，从古代传下来的钻，洞口粗糙。我一直猜不出为什么要钻这本书，什么人钻的。另外，书是文言文，竖排版，书脊烂烘烘狗啃似的，不仅文言我看不懂，每次读到窟窿这里就断了，无法连上。但我还是喜欢这本书，因为我只有这样一本书。黑雀儿禁止我捡垃圾，但如果他不消灭我将我化为乌有，他又怎么可能真正禁止得了？我埋头于垃圾站——那时叫土站——一个重要原因，就是偶尔能捡到一点可看的东西，如烂报纸，另外还有烟盒，偶尔还有一些更有用的东西，比如一只小铜勺，诸如此类，虽然稀有，但没人比我更清楚土站是一个充满着怎样可能的世界，未知的世界，如那本有窟窿的书，我就觉得如获至宝。黑雀儿过去也捡破烂，我们一家子都捡，刚果蹬三轮带着我们一家满处捡。黑雀儿就崛起于土站，他成了大名，有名的顽主，认识众多的人，许多都是他手下的人，甚至有"佛爷"供着他，"佛爷"就是小偷。他学着刚果当年一吊吊他半宿那样吊起我……这件事我在别处说得很详细，这儿就不多说了。我坐在房脊上看见一身肥大国防绿的他出现在胡同口，那是真的部队上的国防绿，货真价实的馒头扣，并且四个兜儿的——他与解放军没任何关系，他只是名青工，学徒工。他没戴国防绿帽子，光头，似乎有意显摆一看就是学习班的光头，剃得不平，不说狗啃的也差不多。

"学习班"全称"毛泽东思想学习班"，有给"黑五类"办的，有给流氓、小偷办的。给流氓办的也叫"流氓学习班"，这种班有派出所办的，时间比较短，半天一天，有公安分局办的，时间就比较长，一两个月，两三个月。黑雀儿这次去的是分局办的。要是过分了，比如被"强劳"也不好，就是这种学习班恰到好处，虽不能说他志得意满，瞧他挂脖上的军挎已经飘起来。军挎里是搪瓷缸子、红宝书、毛巾、牙刷。他眯着眼直视中午的太阳，刀刻般的眼睛与他爹（当然也是我爹）刚果如出一辙。他进了门，因为我居高临下，他头上的疤痕清晰可见，这些疤痕一点不说谎，比他本人更显出一种坚实的东西。像猩猩一样，我动用四肢在房上跟他转到院里，没有立刻下来也没回避，他应该看见了我，朝天上瞥了一下，但同时就像看见猫一样滑过去了，好像猫包括我就该在房上。

那是周四下午，快开学了，大烟儿和大鼻净在院当中拍三角，看见黑雀儿愣了半天，然后眼泪就下来了。

"哭什么，怎么了？不认识了？"黑雀儿支棱着眼说。

事实上，我的哥哥黑雀儿这次进"学习班"也有不光彩的地方，以前打群架没的说，英雄所为，至少是好汉，为朋友两肋插刀，或者为拍婆子、带圈子，也是男人的光荣，这次是因为吃"佛爷"。"佛爷""现了"，就是"折"进去了。"佛爷"名声不好，如过街老鼠，吃"佛爷"有点摆不上台面。黑雀儿挺敏感的，不管什么不一样，都不由得和自己这次进去的不一样联系起来。

"没有，没有。"大鼻净赶快说，他倒没哭，但理解大烟儿。

大烟儿惹的祸。我们普遍怪大烟儿。

"那你他妈哭什么？"黑雀儿问。

"等五一子跟您说！"大烟儿说。

他们冲西南角上的五一子他们家喊五一子。

"五一子，五一子！"

其实我来讲岂不更好？他们同样看到我但像没看到一样，从来如此。我们院孩子能出来的都出来了，小芹、文庆、抹利、小农子、小永、四儿、秋良、死脖子，而此前院子凋零得好像就剩下大鼻净和大烟儿，当然还有房上的我。我们度过了一段从未有过的时光，特别还互相当面揭发过，胡言乱语过。当面和偷偷摸摸无论如何还是大不一样。

五一子最后出来，他先出来了一下，然后又回去拿烟，就晚了。他找了好一会儿，应该是藏在什么地方。一盒皱皱巴巴的大前门，加上火柴，给黑雀儿点上，自己竟公然也叼上一支。五一子也给了文庆一支，文庆四下看了看，但黑雀儿的火柴在那儿等着就点上了。点上后大烟儿也挺挺胸板要求一支，反正他从来不在乎被拒绝，从来一点脸都不要，那天他可没少揭发五一子，他好像都忘了，但五一子还是给了他一支。然后，五一子拿烟转了一圈，问谁还要。

　　"行呀，你们都长本事了。"黑雀儿笑，嘴角弯得很好看，我唯一喜欢黑雀儿的地方是他的嘴角。至少在我们院，黑雀儿吃"佛爷"的事并没影响他在我们院孩子心目中的偶像地位，他的"英雄"事迹牢不可破。如果说黑雀儿意味着一种秩序，五一子也是，这秩序与黑雀儿相关，虽然这秩序让张占楼弄崩溃了，大家都没精打采，臊眉耷眼，但黑雀儿一来，这秩序几乎自动恢复，五一子散烟也像是自动的，并不出于心机。"自然是一种秩序。"后来我在房上在一本书里看到这句话。我不知道我们算不算自然的一种，我觉得不算，因为有一个事实无法忽略，那就是小芹，小芹似乎也意味着一种秩序，因为还没等五一子张口小芹就先说了，从五一子早就想挖防空洞说起。为什么挖防空洞？小芹说得清晰，有条理。小芹既有权利，又说得好，这是一种什么秩序？

　　"他把我们拧惨了，这么拧，把我们三个一起拧。"

　　"我们都挖好了，他又让我们填上！"

　　"他还拧了黑梦！"

　　"黑梦没挖！也没拔气门芯！"

提到了我，人们都齐刷刷往上看，我坐在房檐上，唯一没抬头看的是黑雀儿。

众说纷纭，像一场缺席的批判会。

"他不管男的女的，都拧，把小芹都拧病了！"

"是！是！都拧病了！还让我们写交代材料，认罪书，保证书，五一子被他爹打得三天爬不起来炕，腿差点给打折了……"

"挖，五一子，现在就挖。"黑雀儿说。

所有人都没想到。

"挖呀，愣着干什么？从哪儿填上的？就从哪儿挖。"黑雀儿瞪眼，"拿东西去，挖！"

五一子去拿，后面的秩序动起来，断断续续去拿。黑雀儿还没回屋呢。他回了一下屋，脱掉了衣服，光着膀子，穿着肥大好看的国防绿裤子，一下拿过五一子手里的镐："不行，四块砖不行，哪叫防空洞，把砖都起了，把镐给我。早就该挖，你们挖太好了，你们挖的这哪叫防空洞，这么大点地，这不白菜窖吗？这丫都管！看我的，我先给你们起出印儿来，让你们看看什么叫防空洞。"黑雀儿赤膊撬起四块砖，八块，十二块，十六块，二十块，二十四块，在院当间又豁开一条二十五米的大口子。

无论如何我们还是有些担心，当院这条黑色大口子太惊人了，很多红色虫子乱爬，有一块砖下竟然有一支锈箭，确切地说是一道箭印儿，大烟儿一拿起就碎了，只有箭头还好。几百年的院子就这么大开膛。张晨书一直在门帘后看着一切，有几次门帘被拉上了，又拉开。独眼祁氏拉上的，我看得很清楚。

也许张晨书出手就能让黑雀儿找不着北，张占楼要回来黑雀儿能行吗？黑雀儿可以动叉子、军刺，黑雀儿还会点七节鞭。黑雀儿还会叫人来，有一次在月坛公园磕架，黑雀儿叫了上百人，这是让我们最放心的。我虽然在房上，但心跟五一子、文庆、小芹他们一样。砖一起开，不干也得干了，索性干了，热火朝天。大人都在上班，且当爹的大都在郊区，院里只有一些家庭妇女和七八十岁的老人。爷爷奶奶瞪大眼睛："怎么又挖开了？"

小芹的姥姥喊小芹回屋。怎么可能？五一子的爷爷、文庆的爷爷、病孩子秋良的老祖奶都在向孙辈发出喊声，但就像老树的声音，如果树会发声会站在老人一边。防空洞不是儿戏，是号召，是安全，是不用再排队钻别人的洞，所有上次参加过和没参加过挖洞的孩子都上阵了，搬砖的搬砖，铲土的铲土，各种工具，土筐、脸盆、桶，没工具的排起长龙，接力传递黄土，与天斗、与地斗、与人斗，真是其乐无穷。

我坐在房上，只等黑雀儿回屋歇着，然后一跃跳下参加挖防空洞，有黑雀儿在场的事我从不参与。这次黑雀儿回来他还是不会放过我，由着我去土站。我想跟黑雀儿订个协定，对，就是协定，不是祈求。他不有事嘛，认识人多吗？要想不让我泡在土站捡破烂儿，每个星期——两个星期也行——给我找本书，什么书都行，是书就行。他可以吩咐一声，这事对他不难，我想。黑雀儿终于回屋了，但很快搬出了我们家太师椅，翘着肥大的裤腿喝起茉莉花茶来，明摆着在等快要下班回来的张占楼。茉莉花茶是黑雀儿的，当然是我的疯娘给黑雀儿泡的。黑雀儿一回来我们的疯娘就高兴得屁颠儿屁颠儿的，连蹦带唱或喜笑颜开，世上如果有会笑的脏花就是黑雀儿的疯娘。

热火朝天的劳动场面真是挺感人的，正好文庆他们家的老戏匣子播着电影录音剪辑《地道战》，百听不厌，文庆忽然跑回屋，把戏匣子的音量拨大：主席的思想传四方／革命的人民有了主张／男女老少齐参战／人民战争就是那／无敌的力量。不知道文庆是什么意思，反正我坐在房上听得出了神，几乎要流泪。特别是重复听到"主席的思想传四方"一句，我流下了热泪，百感交集，不知为什么要哭，就是想哭。

预感到老张要回来了，我从房檐爬到了房脊，站起来。果然，远远就看到老张的"凤头"，那是一眼就能从自行车三轮与人流中分辨出来的。或许我应该通风报信一下，高老忠还坚持敲钟呢。但是碍于黑雀儿我没有报。通体乌亮的"凤头"以及全副摩电灯、大链套、加快轴的"凤头"让老张满脸横肉的大白脸在黄昏的人流中格外扎眼。我好像说过他的横肉也是练"通臂"练的，与胸肌和膀臂的肌肉走向完全一致。他一点不像会计，也不是武林中人，武林中人是豪迈的，他不豪迈。他一定是看到了院大门口数天前的一幕：抹利、四儿、小永甚至院里的女孩子在传递黄土，路边堆了许多新鲜的、热气腾腾像刚出蒸锅的黄土。后来我常常回忆这个情景：一方是老张，一方是忙碌的孩子，有一刻很宁静，要是永远这样宁静，停驻在这时该多美好？但老张一骗腿儿从"凤头"车上下来，还不等老张发话，大门口的孩子就都自动停下，传递中止，就像履带出了故障。

老张问谁让你们又挖的，没人回答。

个个寂静垂手，像件衣裳。反正我看到的就是这样。

"黑雀儿。"

我不知我为什么要回答老张，似乎也只有我有这个权利，一种在房上的动物的权利。当然，我也代表着黑雀儿，这不用说。老张看了我一眼，什么也没说推车向院里走去，所有人回到衣裳中，跟着老张。

到了院里也一样，所有热火朝天的手臂、器物都自动停下，仿佛都有自动开关一样，没人有一点惊讶。

"继续干。"黑雀儿声音并不大。

"停。"老张皱着眉。

有人继续，有人没动，继续的也是很慢。

黑雀儿骂停下的人："你们他妈挖呀。"

"住手！"老张大喝，唇髭直抽动。

独眼祁氏与白色的张晨书将"凤头"接过来，推到家门口的走廊内，又回来站在老张身后。其实那刻我想到祁氏说不定也是练家子，张晨书更不用说。想不通的是黑雀儿竟然还坐在太师椅上，那旷旷荡荡的身子骨行吗？

"你'出'来了？"张占楼蔑视地说。

黑雀儿不说话。

"进去""出来"专指公安局，黑雀儿进的是"学习班"，虽然也是公安局办的，但两者非常不同，后者几乎是荣耀。

黑雀儿出口就带脏字："什么叫'出'来，你他妈懂不懂？"光一个脏字就该上"通臂"，但老张没有。

黑雀儿慢条斯理："你他妈也老进学习班，你丫不知道那叫什么学习班？"

的确，每逢过年、五一、十一，老张都会去"学习"。

"黑雀儿，"老张十分庄重地说，"我告诉你，你跟别人耍浑、耍流氓可以，跟我不行。"

"怎么不行？"

"我说不行就是不行。"

"你谁呀？"

"我是谁？我告诉你，这洞不能挖，我说不能就不能，你让他们挖的现在让他们把土都填回去！"

"我×，你丫说什么呢？说梦话呢。"黑雀儿一跃而起，国防绿兜起了一阵风，好像有翅膀一样，一下跳到老张跟前，完全不在乎"通臂"，不在乎一掌即可让他飞起来，飘起来，相片一样贴在对面墙上。

"你要打我吗？你打我一下试试？哎，给你，你拧我耳朵？"黑雀儿侧过头去，耳朵几乎贴在老张的手上。

"你要不填我让你爹填。"

老张没用"通臂"，提爹干吗？真让我失望。黑雀儿比我更怒："我×你妈！哎，你以为你是我祖宗？我×，你丫真不知你是谁了？你丫不就一历史反革命！你都忘了？×你妈的！"一提刚果，黑雀儿就失控。

张晨书飘过来，谁都没看清楚就抽了黑雀儿一记耳光，非常响亮，接着一转身又是一记。黑雀儿根本没反应过来，不过转瞬的反应也真快，出乎所有人意料："你打我行，他打我不行，来吧。"

张晨书被她的独眼妈拽回，不容置疑，功夫了得。

"怎么着，你再试试？"黑雀儿侧脸，掏烟点上，打火机的火光离老张的脸非常近，"她打我两下，我都记你账上。"回过头冲着五一子，"你们继续挖。"

老张脸上的横肉好像竖过来，越发的白。

黑雀儿挨了两记耳光什么事也没有一样继续对张占楼说："咱们院就咱俩上'学习班'，"停了一下，"你一个，我一个，你说什么人才上'学习班'？你说，说呀？"突然黑雀儿大喝一声，"有问题的人才上学习班！"吸了口烟，"但是你知道吗？都是'学习班'，你和我不一样，我打架吃'佛爷'那是人民内部矛盾，你知道什么叫人民内部矛盾？就都还是人民，是人民和人民之间，你他妈是什么？你他妈敌我矛盾！你上的那是'黑五类学习班'。'黑五类'！你都忘了吧？你是敌人，我是人民，你看看这些人都是人民，都是无产阶级，你是国民党，你们家是一小撮儿，你还打我，叫你闺女打我，你们这是变天，你们家要变天！"

"我不是国民党。"

"你不是国民党谁是国民党，你最国民党！要不你怎么进'地富反坏右学习班'，我怎么进'流氓学习班'？你是历史反革命，我怎么不是？反革命就是国民党，国民党就是反革命！"黑雀儿

"啪"地扔了烟，"你不光是历史反革命还是现行反革命，伟大领袖的话你也敢反对？'深挖洞，广积粮'，你丫不知道？明明知道还反对？公然反对？不是现行是什么？你以为打完我就白打了没事？我告诉你，我把话撂这儿，待会儿我就能把你带走你信不信？伟大领袖的话你都敢反对，你不走有人给你戴上手铐子带走。"

"我没反对，咱们院可以不挖……"

张占楼已消失了。或者化作尸体也不过这样。

"什么他妈可挖可不挖，你丫就是螳臂当车，你知道什么叫螳螂吗？就是刀螂，胳膊腿这么细，你丫能阻挡历史车轮吗？碾不碎你！"黑雀儿的"流氓学习班"真是没白上，别看满嘴胡吣，还真就像那么回事，以前没这样过，以前他上的是短期班。

黑雀儿突然想起什么，说："对了，我×，我听说你还让他们写交代材料，你丫没病吗？你一资产阶级让无产阶级写交代材料，还给他们半夜三更过堂？我×，是真的吗？"

张占楼说："你们挖这洞没用，你们没经过，我经过，这洞防不了炸弹，没用的。"

"你们都听见了吧，'深挖洞，广积粮，不称霸'他说没用，五一子别挖了，你现在就去派出所报案……"话未说完，张占楼老婆独眼祁氏从老张背后走出来，众目睽睽，双膝跪下，一句话不说。

张晨书同样跪在母亲身边。

谁也没想到，所有人鸦雀无声。

黑雀儿的确是黑雀儿，反应真快："三奶奶。"过去就搀张晨书边上的独眼祁氏，"三奶奶，我是胡说八道，吓唬三爷爷呢，起来，您快起来，我是真的胡说八道。"黑雀儿用力搀起三奶奶，眼圈儿都红了，"您把我三爷爷拉回去吧，别让他管这事儿了，苏修要突然袭击咱们，不光是扔炸弹，主要是扔原子弹，还有氢弹，原子弹冲击波一来房子就全倒了，没地儿躲没地儿藏，真的说不准什么时候就扔下来，您拉他回去，我真是吓唬他，突然袭击就几分钟的事，家门口有个洞还是好。真的，我们'学习班'都放过片子。"

我们的爹头几年吊打黑雀儿满院子没一家吱声，只有瞎了一只眼的"三奶奶"劝过，她的一只眼总有种让人说不出的东西。

张占楼被拽走时缓过点神来，恢复点人样，甩了一句："黑雀儿，你早晚遭报应。"

黑雀儿笑："我×，我还怕报应？我就是报应。"

九月十三日

一九七一年九月十三日，辛亥年，星期一。这一天什么都没发生。要么这一天什么也没发生要么发生了两次，我们院后来考上大学的小永一直是这观点。小永好发惊人之语，他好像有这个资格，他是我们院我们那条胡同恢复高考那年唯一上了大学的人。"那天是丁酉月辛丑日"，小永说。我们也不知道什么是丁酉月辛丑日。星期一不用说，但问题是谁记得十年前那天是星期几？小永没上大学前和我们没什么不同，整天都一块儿混，不知怎么一来他摇身一变上了大学。我们都归结为他养了一只猫。这当然还是我们无知，但我们总得找个理由，不然很难说服自己。后来我一查那天还真是星期一。一九七一年我们都十一二岁，小永一个人和一只猫生活，九月十三日那天他说他起晚了，因为闹钟响过他又睡了一小觉。然后一跃而起，虽说晚了还是没忘顺便踹了大黄一脚。大黄睡得非常香，让人搓火，挨小永踹是家常便饭。很难把大黄踹到地上，大黄扒住床单又上来了，原地转了一圈儿就继续大睡。小永说大黄一般都要转两三圈儿才躺下继续睡，九月十三日就只转了一圈儿。以前也有转一圈儿时候，那是对小永的蔑视。蔑视不蔑视，转三圈儿还是转一圈儿和九月十三日有多大关系？我们不得而知。

事情发生在夜里二点二十五分。说得有零儿有整儿，五个小时后小永说他脸不洗牙不刷饭不吃就上学去了，半道上被我们院有二百年历史的磨得像老人脊椎的大门槛绊了一下，身体一下就腾空了，但是没摔倒。这倒是大黄常有的动作。如果不是绊了一下一般小永要到见了丁小刚才真正醒来，确切地说是见了丁小刚的书包。

丁小刚在我们那一带大名鼎鼎，就算整个南城也有一号，只是不同于玩闹顽主，和这些无关，主要一是一身真国防绿，一是碗口大的纪念章，那纪念章在南城都数得着，挂在短小的丁小刚身上不成比例。国防绿虽小了两号，改自他爹妈，但一看布料和馒头扣货真价实，特别是帽子上的五角星让人艳羡。街上乱哄哄总有歪戴帽子晃着唱：有一个老瘪儿本是土生土长的，今天还穿着一身国防绿，明天就不知道让谁扒了去……丁小刚的国防绿帽子让人飞过，警察找回来了，纪念章让人抢走过警察找回来了，五角星让人摘过也找回来了，这都不是什么事，但警察很负责。

丁小刚每天上学等着小永一块儿走。胡同口有个信筒，丁小刚靠着或站在信筒旁像另一个信筒，雷打不动，风刮不动，直到小永出现。两人碰面也没什么话，就像两个物体一样移动起来，一前一后，很少并肩走，永远是丁小刚在后面跟着小永。丁小刚家住北极巷，北极巷子与我们前青厂相交，往东是琉璃厂。我们小学就叫琉璃厂小学。琉璃厂小学那对着荣宝斋的后门，从来封得死死的跟没有一样，也不知为什么，大概是欺负我们那破学校吧。前门儿在琉璃厂后身一条平行的街上，中间隔着好多小胡同，走其中任何一条都行。

丁小刚跟着小永，从来不挑胡同，小永走哪条，丁小刚就走哪条，似乎丁小刚就没有不同胡同的概念。小永踩地上的积水，丁小刚跟着踩，踩很滑的青苔，丁小刚跟着踩，踩一块砖头，踩路牙子，踩白菜帮子白菜疙瘩，甚至小永摔倒了，丁小刚也跟着摔倒。这时丁小刚会少有地笑一下。要是小永规规矩矩，不蹦不跳，不踩东西，丁小刚一路都无声无息，那天就是几乎什么声音都不出。不过后来小永有点莫名其妙地不同，突然小永也不知道是哪根筋动了，一下就走快了，丁小刚本就走不快还拖着大书包，慢慢就拉开了距离。突然走快也是小永时有的任性，不管不顾，才不管丁小刚是否跟得上。

小永不但无原因加快了脚步，而且同样没有原因地过了最常走的小西南园胡同，进了最不常走的九道弯儿，然后突然停下来等丁小刚。按照小永的说法，这就是蝴蝶效应，我们不懂什么叫蝴蝶效应。

九道弯儿是我们那一带有名的胡同，不长的距离内连续拐了九道弯儿，最短一转身就一道弯儿，说是迷宫也不过分。但这还不是主要的，主要是九道弯儿出现过反动标语，煞是恐怖，再有就是胡同墙砖上时不时地出现下流话和画面，虽说小而模糊，但我们偶尔走过还是心里突突直跳。反标和流氓画搞得我们头脑混乱，走过时其实什么也看不清，但就像做了一场恐怖又璀璨的梦。四十三中的顽主常走这条胡同，他们在这儿磕架打斗，出过人命。

尽管小永非常紧张，丁小刚到了九道弯儿却全无异样的感觉，什么反应也没有，只是不理解小永为何要和他并肩走。走了两步丁小刚停下来，让小永前面走，小永不干，非要和丁小刚肩并肩，两人争执了一会儿，没办法，小永争不过丁小刚，因为丁小刚说什么都一动不动，只等着小永向前走。九道弯儿其实多数时间寂静无人，何况他们又迟到了，什么也没看见。

出了九道弯儿往左一拐，便是我们琉璃厂小学，对面是有着朱红大门和漫长围墙的四十三中。我们琉璃厂小学跟四十三中比真是小儿科，其实就是一个破庙，一些长了草的平房，一个破二层楼，几乎没有体育设施，只有两个生锈的单杠，上面总是吊着很多人。操场倒是不小，主席台特气派，有近一米高，课间无论高年级还是低年级的人都喜蹿上蹿下，那儿跟猴山似的。节日就更热闹了，可以演《红色娘子军》《杜鹃山》《智取威虎山》，跳《大海航行靠舵手》《草原上的红卫兵见到了毛主席》。小永他们年轻的班主任本来是教语文的，但跳吴清华跳得棒极了，裹着红旗腿踢得特别直，引得四十三中的人都满窗户满楼顶地往这边看。一九七一年九月十三日星期一的第一节就是吴老师的课，吴老师一身军黄，短发，长脖，胸部饱满，就算这种带盖的部队上衣兜儿也掩不住，想不通的饱满。小永不喜欢语文但又特喜欢吴老师，这是没办法的事。的确，吴清华无论走到哪里都引来目光，走路轻快，好像总跳着走，从后面看别看裤子肥大里边很顺溜。吴老师讲新课，先讲了点别的，小永、丁小刚迟到了，老师也没批评，正好讲生字词。生字不多，吴清华一边挺胸抬头朗读，一边"鹅鹅鹅"地迈着步子。读完一遍让学生跟着读，最后师生齐读：愚公死了以后还有儿子，儿子死了以后还有孙子，孙子死了以后还有孙子，子子孙孙没有穷尽。

小永不喜欢语文倒不是因为朗读，事实上他喜欢跟着吴老师朗读，不喜欢实是事出有因，就是吴老师会毫无道理地留许多作业，生字词一抄就是三十遍、五十遍，一般抄十遍也就会了，何必抄那么多遍？让人难以理解。而且有些词明明已学过、抄过还要抄三十遍，比如愚公移山就"愚"字是生字，结果这词让抄五十遍。加上小永有个毛病，写字天生吃力，像刻字。写到最后往往手指会写出了血，非常痛苦，怎么想吴老师跳舞的样子都没用。

丁小刚和小永正相反，最爱写语文作业，且只写语文不写别的，所有的课都是语文课，都在抄写字或词。遍数与老师要求无关，远远超过。丁小刚的大圆书包比纪念章与他短小的圆滚滚的身体还不成比例，加上帽子他身上有三到四个圆，书包的圆看上去最不平衡，包里装的都是语文作业，包括所有的语文课本。但丁小刚从来不交语文作业。就是吴老师留了就不断地写、抄，直到留了新的，以致吴老师隔段时间就会主动在丁小刚的田字格本上用红笔写上一个大大的"优"，众目睽睽，引来无数羡慕目光，但丁小刚却毫无反应。很难理解丁小刚为什么喜欢语文，"喜欢，但这喜欢也是残缺的"，我们同意小永说的。

那天的第二节课是算术课，第二节大多是算术，习惯了吴清华，每次小永都要适应半天瘦干儿狼算术老师，长时间无精打采，不愿见瘦干儿狼，特别是跟鹅鹅鹅曲颈向天的吴老师比起来简直天上地下。干儿狼，是的，有时我们会减掉一个字，因为叫得太熟悉太多，瘦干儿狼真的就是一把骨头，你都不知道怎么弄得那么瘦，猜想旧社会也没这么瘦的人：一身脏了吧唧的蓝中山装，皱皱巴巴好像随便就挂在了他身上。也是年轻教师却不显年轻，看你第一眼就不想再看第二眼。每次，干儿狼一进教室，好像故意亮一下相，先歪着头斜对大家停一下。完了也不废话，没一句话，上来背朝下面（简直能看到脊梁）就在黑板上写，大括号、小括号、中括号，诸如此类，眼睛上翻地讲，最后是讲解本身也就是运算本身的逻辑让小永忘了吴老师，进入无人之境。干儿狼计算干净，滴水不漏，分毫不差，和干儿狼的样子完全统一起来，以致每到最后下课小永往往不知不觉喜欢上了干儿狼。

九月十三日第三节、第四节是常识和农基，农基课是所有课中最乱的，只有丁小刚一点不乱，安静如初。最乱的课上丁小刚的字也越发写得清秀，像小永一样清秀。的确得承认小永是我们院孩子里长得清秀的一个，丁小刚的字要是放在小永身上那才般配。农基老师是新来的，据说以前是个什么大学教授，怎么看也不像大学教授，破衣拉撒，胡子拉碴倒像个捡破烂儿的。除了那副像放大镜一样的大眼镜。另外农基老师一只眼外斜，经常被放大镜闪得跟牛眼似的，十分吓人。口齿不清，谁也听不清他说的什么，从头至尾课堂都乱成一锅粥，下位子的，站桌子上的，乱跑的，小弹弓子你崩我、我崩你，纸子弹和纸飞机乱飞，牛眼外斜视看不清子弹一边嗖嗖地跟着晃头，一边讲"土肥水种密保管工"农业学大寨的八字宪法。直到下课铃响，不等牛眼说下课，底下便一哄而散。小永这时根本顾不上丁小刚，箭在弦上一般一路狂奔，但神奇的是每次都不能真正甩掉丁小刚，最终圆滚滚的书包和圆滚滚的丁小刚总能神奇地追上来，与小永一前一后，大纪念章在正午阳光下十分耀眼。

要么什么也没发生，要么发生了两次，的确我们都还记得两个月后一下发生的两次，我们已理解了小永所说"两次"的感觉。因为在传达文件前我们什么都不知道，传达时刚知道但已是两个月前的事。对两个月前的九月十三日我们毫无印象，但我们都清楚地记得在一场小雪中紧急集合的情景。我们记得那天的空气特别干净，也许是太干净了，一切都是飘浮的，车顶上一层薄雪的公共汽车无声行驶，自行车、三轮车像行驶在水上。已是十一月，树叶都掉光了，什么都变得清晰，哪怕落着小雪花。我们三个小学校的学生从不同胡同口涌出，流向宽广的南新华街。我们来自琉璃厂小学、梁家园小学、后孙公园小学，一起到和平门中学对面师大附中旁边的北京第一实验小学听传达文件。此前正上着第二节课，通知全体操场集合，这倒是常有的事，你不知道最高指示何时突然从天上飘下来——逢到这时操场上总是旌旗招展，锣鼓喧天，口号震天，鼓号方队、旌旗方队打头，全校师生浩浩荡荡走出胡同，前往十里长街向天安门行注目礼。但那天不是，一开始就不是，神神秘秘，不同寻常，没有鼓号，没有旌旗，没有出发前的动员讲话，只有体育老师整队调度。

队伍一直默默无声，像走在静静的水中。我们谁都没到过实验小学，都是破天荒第一次进入绿铁栅门，迈上高高花岗岩的石阶进入拱门。由于种种原因，气氛非常紧张，一切我们都是前所未见，那么新鲜，滑梯、转椅、秋千、荡船、单杠、吊环、乒乓球台、游泳池，一切都太陌生了，这是学校吗？简直像公园，让人惊讶到几乎感觉恐怖。在穿过一道半圆的月亮门之后又到了另一个世界：见古木参天掩映着一个灰色礼堂，拱门、拱窗、铁艺、白色石阶。像教堂，小永说就是教堂，教堂改的礼堂。步入教堂或礼堂，里面高旷，穹顶，一个冉冉升起的空间。原有的椅子全拆了，摆在了两边，四个小学的人源源不断默默无声地进入，根本不用强调纪律，自动就在引导下站成四个方阵，穹顶仍有模糊的壁画，我不记得了，但小永记得，老师、工作人员像行走的静物。半圆的偌大主席台上什么都没有，只有一个麦克风，一张桌子，不是十字架，也差不多，小永说。终于有个人上来，一身蓝而干净的中山装，布鞋，头发很黑，面无表情，苍白，以至抽象。没坐下，拉直麦克风，欠身对着话筒，展开红头文件，没任何开场白、说明，干咳两声：

"中共中央文件：各大军区，各省军区，各军兵种，各省、市、自治区、直辖市……"文件念到"林彪"两字，没了每天早请示晚汇报必有的亲密战友、接班人、副统帅等头衔，直接就是前所未有的林彪——林彪搞了个"五七一工程纪要"，谐音是"武装起义"，阴谋杀害伟大领袖，搞什么"小舰队"，悠悠万事，唯此为大，克己复礼，仓皇出逃，乘一架三叉戟飞机逃往苏修，在蒙古温都尔汗自我爆炸……文件传达完了，没多说一字，没任何表示，走下台。他走了也没人上来说什么，鸦雀无声，爆炸般的无声，蘑菇云般的无声。

底下一动不动，慢慢地局部才开始移动，形成了长长的无声的队伍，像时代的葬礼，像在告别厅。丁小刚当时戴的大纪念章还是天安门城楼招手和鼓掌的纪念章，当时扔没法扔，砸没法砸，只好由大胸吴老师弯下腰给丁小刚轻轻摘下，放进他那勒得圆滚滚的国防绿上衣口袋，低声告诉丁小刚回去交给家长，那样子就像交代自己的弟弟一样，许多同学都看到吴清华丰满的胸碰到了丁小刚的嘴唇，有人狠狠踹了丁小刚一脚，可是丁小刚太圆太鼓没反应，要真有反应，大概也不是一般的反应，说不定也是蘑菇云。

小永走出教室或礼堂或告别厅，再没注意吊环、转椅、滑梯，所有人都低着头，也像在告别厅一样不敢抬头。即使有人偶或抬头也像盲人，到了大街上整个队列就像盲人的队伍，前后靠得很近，就差手拽着手了。

回到学校也一样，没人总结，没人像以前游行回来要求各班评比，甚至没在操场再集合一下，而是各班直接回教室。已是第四节课，又是牛眼的农基课，突然大家一下就失去控制，闹翻了天。好像是报复什么，突然一下松了闸门，乱跑的，打弹弓的，投纸飞机的，站桌子上的，尖叫的，乱成一锅粥。虽然看上去闹翻天，实际闹的仍是少数，失控从来不用全体，部分人就足够，因此更多人实际无声，都低着头玩桌面，涂涂画画，吮指，啃指甲，玩橡皮、铅笔盒、一支铅笔、一粒扣子，闹翻天与安静互不相扰。有的干脆趴桌子上，好像睡着了，其实根本没睡。没有一个人做什么作业，连丁小刚也没做，一味地啃指甲，吮指甲，啃得吱吱作响。小永敲丁小刚鼓起的后背，虽然不可能让丁小刚停下吱吱地吮，但还是敲敲画画，全无信心，简直就是百无聊赖。纸子弹纸飞机射到丁小刚的大脑袋上，以前也是如此，今天不过更甚。丁小刚平时就感觉不到纸子弹，今天更是毫无反应，如果说有就是吮得更响，能看见牙齿……终于打了下课的铃声，那天铃声异常尖脆，小永撒丫子就往外冲，这回不是因为饥肠辘辘，而是完全有意识地想甩掉发出响声的丁小刚，事实上一如既往，怎么也甩不掉丁小刚，丁小刚背着不平衡的大书包，竟然不落一步紧追不舍，书包倒像有了魔法。冲出校门，过了四十三中后门，小永慢下来，丁小刚也慢下来，书包坠在一边，还是一前一后。就是这时，小永再次似有什么附体，不由得走进九道弯儿。

　　小永在胡同口那儿等着丁小刚，不同的是这回丁小刚没有拒绝与小永肩并肩同行。小永问丁小刚什么叫三叉戟，问B52是什么怎么回事，又是秦始皇又是B52，B52怎么是秦始皇？小永的疑问太多太多了，脑子里一锅粥，不过要是跟别人还真不敢问，也就丁小刚问问无妨，想问什么就问什么。但丁小刚只是越听越惊恐，就像什么也不知道，眼从来没瞪得那么大，眼角上有一块褐色的胎记，小永都看到了。你爸不是空军吗？那你妈知道吗？你们家谁知道？正好转过第三道弯儿，随着丁小刚"嗷"的一声，小永也看到迎面墙上，白粉笔勾勒出两个裸体，一男一女正在进入，一切都一清二楚，一前一后……小永也叫了一声，接着好像引爆了什么，丁小刚

"嗷"的一声飞起来，真的很难分清是书包发出的声还是丁小刚发出的声，小永事后回忆就觉得是炸药包，总之丁小刚一下把自己发射出去，仿佛产生气浪冲击波一样，小永也飞奔起来。

本以为能很快追上丁小刚，但小永下面支支棱棱，别别扭扭，出了九道弯儿了都没追上无影无踪的丁小刚。也不能说无影无踪，有那么两道弯儿明明快追上了好像都看见了丁小刚的红脖子和红耳朵，真的像烧红了一样，可一闪一转弯儿就没影了。有一道弯儿小永捡到了丁小刚的帽子，看了一下两边的墙，都非常高，丁小刚不可能上房，上不去，而且上房干吗去？

小永在九道弯儿胡同口犹豫了一会儿，不知是继续追，还是返回到丁小刚丢帽子的地方，便站在一个高台阶上使劲向西望。小永看见许多同学，就是没看见丁小刚，确定丁小刚不可能在前面，立刻往回返。到了捡帽子的地方再次往墙头上看，还是觉得丁小刚不可能上房，这么高怎么能上去？又再次跑到巨幅画前，丁小刚也许会回到这儿？又看了几眼裸体画，又返回到了丁小刚丢帽子的地方，就这样来来回回，小永不知在丁小刚的帽子和巨幅画之间跑了多少趟。

丁小刚就是从那天疯了，失踪了，消失了，不见了，没有了，一九八一年上大四的小永学着大侦探波罗的腔调注视我们说，一字一句吊着眼神儿，就像是在那电影的后船舱里。小永和丁小刚的区别不过是丁小刚上房了而他没有，他最终走出了九道弯儿。的确，丁小刚的裸奔失踪连同九道弯儿巨幅裸体画的轰动一时并不亚于传达文件，有人说流氓画是巧合，有人说是别有用心，但事实上真正看到涂鸦的人并不多，因为它很快就被划掉了，划得乱七八糟，有人报了警，很快就破了案，我们无比惊讶地知道了原来是四十三中一个退休美术女老师所为，开了公审大会，死刑，立即执行。事情真是不可思议，谁都以为是哪个流氓玩闹，百思莫解。尽管涂鸦已被划成蛛网，好长时间九道弯儿都人满为患，观者络绎不绝乌泱乌泱，光我们院的就让小永带着看了三回，我们有这个权利。有人说还能看见一点，想象力太丰富了，我是一点也看不出。小永无论是在现场还是在院里给讲了无数次那画，后来完全讲乱了，一会儿说前面一会儿说后面，到底前面后面最后完全说不清了，完全是根据我们不同人的质问：前面，后面，后面，前面，后面……小永最开始说后面是准确的，架不住我们无知地反复批驳，不得不改口。根据我们有限的但以为是天经地义的知识，我们都说不可能是后面，这事和生孩子有关，生孩子天经地义是前边嘛！不过，让我们吃惊的是我们那片儿一个老泡有一次说你们他妈懂个屁，那是鸡奸，我们真的不懂，从来没听过。我们不懂的东西太多了，一九七一年除了口号我们懂什么？我们不懂为什么要叫B52，B52是轰炸机就更不懂为什么这么叫了，还有三叉戟，三叉戟我们都知道点，吕布用的就是方天画戟，刘关张加一块儿也打不过方天画戟，怎么成了飞机？那时就有飞机？

小永想丁小刚，开始一段很不适应没有丁小刚。小永每天站在信筒旁翘首而望，甚至模仿丁小刚怎么拖着书包瞭望自己，禁不住抚着高高的绿信筒问丁小刚去哪里了。有一天雪后，一个午后没课的日子，小永仿佛从信筒那儿得到启示，一个人到了九道弯儿，找到丁小刚遗失帽子的地方。小永特意带上了大黄，把大黄硬塞到了书包里。雪后的九道弯儿没人，迷宫被一层薄雪覆盖，一切都静悄悄，各种颜色的砖墙、灰墙都看得一清二楚，有的墙皮剥落，有的原本就没有墙皮，各种颜色，斑斑驳驳。胡同里院门很少，有也是大门紧闭。窗户也不多，大都装了铁条，日久年深，风雨剥蚀，看上去跟监狱似的。有的弯儿极有突然性，刚转过就又转，丁小刚掉落帽子的地方就是这种突然转了又转的地方。小永清楚地记得帽子掉在左墙根，而此时他就戴着这顶帽子。他把帽子摘下来，放回原处，摆弄了两下，摆得分毫不差。帽子当时为什么会掉？是有意的吗？还是那一刻发生了什么？有人把丁小刚突然揪了起来？揪进了院子？有人救了丁小刚？

　　小永的胡思乱想不是没有道理，丁小刚住北极巷四号一个独门独院，丁小刚失踪一个星期后，小永忍不住去丁小刚家找过一次，结果丁小刚家大门紧闭，门上贴着封条。连他们家都消失了，不见了，没有了，一切都静悄悄得不可思议。封条当然是很厉害的，那时谁家什么时候给贴上封条倒也不奇怪，随时谁家都可能出问题。那么也许是丁小刚他们家先有了危险，九道弯儿的人伸出一只手救下了丁小刚？那么要不要敲敲门进去看看？小永不敢，怕自己一进去再也出不来。但也许丁小刚不是被救而是被劫了也未可知。小永在积雪的静静的胡同里急剧思索，脑子忽明忽暗，阴晴不定，最终认定还是丁小刚上了房的可能性最大。被救或被劫都是胡思乱想，八成就是狗急跳墙，疯了嘛。

小永试了一下，扒着夹角两边的红砖缝儿，竟一步步上了房。没什么不可能，就算丁小刚背着大书包也是可能的。何况那书包有魔法，不然怎么说追就追得上他？小永一到房上，完全相信丁小刚是上房走了，房上真开阔呀，想不到北京这么开阔，举目四望，一派波浪无垠的世界。总在下面走的人怎知房上的广阔世界？丁小刚现在说不定还在无垠的房顶飞呢！小永这样想着，把大黄从书包里放出来，大黄缓步前进，没一点惧色，好像整个世界原本就是它的。本来雪已停了，这时忽又飘起小雪花，大黄慢慢消失在无比清晰的雪花中。

　　撒猫是小永特喜欢做的事，这个我们都知道，我们有时还跟着小永一块去撒。撒猫是平淡无奇生活中的一种悬念，把猫扔得很远，看看能不能回来或者何时回来，总让我们忽然就感到生活的乐趣。有时撒完猫，小永还没回来，大黄就已蹲在家里的窗台，或黑柜顶上，没事人儿似的。也有时一整天两三天大黄才回来，时间最长一次半个月才回来，那也是小永把大黄扔得最远最冒险的一次，那次小永坐着14路汽车到了永定门，把大黄直接扔在了铁道边上，自己坐14路回来，大黄能回来让我们院所有人都无比惊奇。

　　但丁小刚回来却没人惊奇。所有人只是不解，陌生，不可思议。当然丁小刚走的时间有点太长了，消失了有整整一年，别说旁人，就是小永自己也已把丁小刚忘得一干二净，事实上没人认为丁小刚会再回来。所有人都错了。我们都长了一岁，四年级的升到五年级，五年级的现在是六年级，有的还上了四十三中，是中学生了，就连二年级的小豆包也上了三年级。一九七二年尼克松还访问了中国，还有什么基辛格。基辛格是国务卿，听上去有点像古代官名，琉璃厂的荣宝斋为此翻修一新变成了两层，经常来好多外国人，但全是老头、老太太，我们经常会在荣宝斋审上一圈，徐悲鸿的马有时让我们奇怪，还有大虾毛驴，大公鸡也都上了墙，然后奇怪的就是丁小刚。

丁小刚怎么消失的没人知道，怎么回来的也不甚了了，很多事是弄不清的。丁小刚一丁点没变，我们变化那么大，他竟然一点没变，就好像刚从九道弯儿出来，时间又重新开始了。还是一身国防绿，包括帽子、五角星，还是大黄书包。纪念章换成在庐山的坐像，还是碗那么大。丁小刚回来那天是十一月的一个星期一，第二节课才进的教室。还坐在自己原来的座位上，那座位一直空着，他坐下来，就好像那一直是给他留着的。丁小刚进来后，有人看见一个白发老人从教室门口消失了，不知道是丁小刚的什么人。丁小刚走进教室那一刻目中无人，无声无息。依然埋头只做大胸吴清华老师的语文作业，依然没完了地抄，就如同每天挖山不止，子子孙孙没有穷尽。以前还认识人，这次回来谁也不认识了，就连大胸吴清华和小永也不太认识了。

丁小刚回来也相当于两次，这话很难理解，相对什么是两次呢？丁小刚只有一点没变，就是每天上学在胡同口等小永。雷打不动，刮风不动，下雨下雪不动。稍有不同的是，虽然等着小永，却不一定认识小永，这话怎么说？就是每天必须看见小永才走，但不像以前非跟着小永一块走。丁小刚走得很慢，总是走走停停，眼里似乎并无小永，小永走远了不追。当然最终几乎总能在第一节课走进教室，只是有时是第二节，有时是第三节课。第二天一如既往。

小永迟到十分钟，丁小刚就等十分钟，二十分钟就等二十分钟。最长的一次是小永有一天上午没上学，丁小刚就等了整整一上午。到中午同学们都放学回家了，见丁小刚还站信筒那儿，就大声告诉丁小刚小永没上学，旷课了。丁小刚好像什么也听不见，四个圆——书包、肚子、帽子、纪念章——立在寒风里，像信筒的三个圆一样。

我们只好对小永说你下午去上学吧，不然丁小刚不动，你再不去丁小刚就真成了信筒了。下午一节自习一节体育，小永懒洋洋出了门，我们好奇，都跟着小永。快到信筒那儿怕影响他们见面，才拉开距离。我们看见小永懒洋洋打着哈欠来到丁小刚跟前，丁小刚什么都没看见的样子，目中无人，但当小永往前走的时候，丁小刚移动了，两个人就像个物体，渐行渐远，渐渐分开。

丁小刚认识小永吗？没人知道。

丁小刚所剩的东西极少，甚至只剩下某些概念，非常的抽象，晦涩。据说丁小刚现在还活着，有人在石景山的一个干休所见过，头发都白了，一个比他头发更白的人推着他。有人说那天送丁小刚回来第一天上学的白发人也在，见过三个人在一起，三个人像白色化石，丁小刚还那么圆。

当然，我的朋友小永也只是听说。

冰雹

秋山赶在暴雨前回来时，狂风骤起，黄沙盖地，我们院孩子一字长蛇阵在胡同当间儿随风摇摆。天昏地暗，窗棂抖动得一阵紧似一阵，天上纸屑乱飞，脸盆或半截烟筒从空中掉落，叮当之声不断。

暴雨前总是这样。秋山开门时风一下把门吹开，弹簧哐啷作响一下把门砸到墙上，带得秋山也几乎贴上。秋山头发乱飞，睁不开眼，弓一样拉开身子忽的一下拽回了房门。炕上做活儿的老祖奶问了一声是不是要下雨了，头也没抬一下。老祖奶岁数大了，对什么都不敏感，老祖奶是爹的奶奶，没人说得清多大岁数了，虽然脸皱得像核桃一样，但耳不聋眼不花，还整天在炕上纳鞋底做针线活儿，一口白牙整齐得吓人。不是假牙，那时哪有假牙，老人多数是没牙，一张嘴舌头就要掉出来，空空的牙床吓人，嘴也歪了。但老祖奶一直有一口洁白的好牙，只是跟核桃脸不相称，对比强烈吓人。老祖奶有一搭没一搭地问着话，秋山也是有一搭没一搭地应，掀门帘进了里屋。

秋山站在窗前时，闪电印在瞳孔上，就像印在天空上。枝形闪电，球状闪电，柳树、槐树、枣树的枝条使劲抽打墙头或自身，当瞬间感光，秋良的眼睛也像石化了一样。还在街上时，所有人都像他一样狂奔，自行车飞快，三轮车嗖嗖的，一切都被风驱赶着，一窝蜂似的，完全是一个动力。唯有孩子不同，天象越是异常就越兴奋，一如小猫一到黄昏就莫名兴奋。孩子们出了院门口在胡同排成一溜儿，喝醉了一样或更像踩到电门摇晃，任自然界摆弄。其中就有秋山的弟弟秋良。他们无比开心地惊叫，小时秋山也是这样，大了反倒不理解了。

里屋只是小半间，炕占了一大半，只在窗前有一点点逼仄的空间。窗台老得不成样子，有点像老祖奶，漆皮剥落，橡子裸露，一道道裂缝如同化石。本来已经出伏，一早一晚该凉快了，但今天热得出奇，从来没这么闷热过，就像一锅水烧到了九十摄氏度你能阻止它到一百摄氏度吗？根本不能。云一阵白一阵黑，白色也同样可以压城，甚至撩动的白色或白气更活跃，上蹿下跳的，扯动得天幕晃动。秋山看到了第一滴雨点落下。接着就看不清了。雨点非常大，啪啪砸在青砖地上、墙上、玻璃上、台阶上，飞溅，腾起一股股白烟。

孩子们都被雨点砸回来，鱼贯而入，举着手的，举着背心的，手遮着脸的，挥着王八拳的，最小的总是落在最后，自然界也一样。这种不正常的酷热后的暴雨总是夹杂着黄豆或卫生球大小的雹子，通常被砸回的孩子并不彻底缴械，总是堵在家门口，弓着身子，随时准备冲出去。很难捡到完整的雹子，大多一落地就被摔残，捡到半个都是高兴的，搁手心里不舍得吃。但这次不同，雹子没落地，直接飞向了窗户，第一声真是心惊。"砰！""噗！""哗啦！"

秋山惊愕的被闪电放大的瞳孔完全变成了白色，小鸡蛋大的雹子冲进对面的东屋，以及南屋、北屋，留下一个个放射性的洞，像重机枪眼一样。再没一个孩子冲出，东屋、南屋、北屋的孩子都缩回去见不到人了，只有尖叫，惨叫。门前窗下的脸盆、烟筒，还有锅、壶、桶、儿童车均发出剧烈响声。事实上已经没雨，全是雹子，圆的，菱形的，歪歪楞楞，每个雹子并不一样。户外瞬间雪白，不一会儿，雹子堆积如山，院子里已是一片冰的世界。不敢说史无前例，反正长这么大没见过，就连老祖奶也说没见过，抱着瑟瑟发抖的秋山弟弟秋良。

"天爷，这是怎么了？"老祖奶瞪着白色目光说。

秋山没有想到北极、南极，也没想到史前，或冰河期，一九六九年初中毕业的秋山没有任何想象力，脑子里都是呼喊，大字报，备战备荒，家家的玻璃窗上都让贴着防轰炸的"米"字纸条，在雹子面前无济于事，不少纸条上挂着一块块颤颤悠悠的玻璃。十几分钟后，雹子渐稀，慢慢地"叮""当"，像冷枪冷炮。水在半尺深的雹子下哗哗流淌，有人穿着大裤衩披着棉被出来，哗哗蹚着雹子。

秋山也找出了棉袄棉裤，义无反顾出了门，哗啦哗啦到了街上。如果四合院是雹灾的局部，那街上就是冰川，胡同成了冰川的世界，让人想起核冬天。人不犯我我不犯人人若犯我我必犯人提高警惕保卫祖国要准备打仗备战备荒为人民知识青年到农村去接受贫下中农再教育很有必要。秋山蹬着電子和冰水，穿过前青厂、西琉璃厂、九道弯儿，到了白色的四十三中。白顶的三座青砖教学楼，窗户百孔千疮，有的只剩半扇，摇摇欲坠。秋山所在的教室稍好，窟窿不算多，因为少，更触目惊心，更像冷枪冷炮打的。对，一九六九年，我们满脑子战争，插队也和战争有关。六个月前同学们去了东北，广阔天地，只有他像一张纸，现在就飘起来，出了后门，学校，飘过后孙公园胡同，前孙公园胡同，飘过骡马市，烂缦胡同，北半截，南半截，从未像现在这样轻，直到听见谁喊喊喳喳说虎坊桥砸死了人，才停住，一张纸飘下。他就是这张纸，他的眼前，一个老太太指天诅咒老天爷，穿着一件对襟绸袄，地主婆穿的，对天指指戳戳，谭嗣同死了这么多年了怎么还遭天罚，天爷，你个老不死的天爷！原来谭嗣同住过这院，老太太的老房子给砸烂了，屋顶砸出了一个大洞，照片散了一地，吹得到处都是……秋山又飘起来。

飘过校场口，飘过宣武门，飘过西单，六部口，新华门，越来越轻，长街两边的松树全剃了光头，华灯统统断头，只剩下灯枝。灯口像伤口，城楼上的灯笼都给砸坏了，白色的广场上一群群黑色的人，有人在哭。是的，人们习惯了有事来这里，秋山也是，所有人在这里可以像一个人。秋山到了纪念碑前，到了旁边的黑松林。黑松林本已挂上了即将到来的节日彩灯，大多碎了，灭了，只有个别还亮着，亮得很吓人。秋山突然失控，对着一盏断头的绿灯哭泣。没有人听见，他不希望被人听见。

很畅快，一下轻松了，第二天回味着来到四十三中。到了"知青办"——"北京四十三中知识青年上山下乡办公室"。"知青办"在操场东三楼，受损最严重，所有的格栅窗无一完好，最像空袭之后。"知青办"的三个人秋山都熟悉，对方也熟悉他。两个男的，一个女的。

两个男的长得像极了，像孪生，都一身灰劳动布工作服，一样的劳动布帽子，一样的油污，左上衣兜儿一律印着弧形的"抓革命 促生产"字样，下面一样的"为人民服务"纪念章。如果不熟悉这两个人，很难分清谁是谁，甚至会觉得说话都是同一个声音。都抽烟，牙黑，牙床里的糟牙都像一堆乱石冈子似的。当然不是没有区别，仔细看，一个下巴上长着一个肉赘，赘上卷着几根黑毛，另一个的下巴干干净净。这还不是主要的，他们的嗓音事实上非常不同，一个是烟酒嗓儿，一个细得像猫叫。只是这种区别最初让秋山更糊涂：明明是一样的人怎么声音完全不同？工宣队，工人阶级，领导一切，工作服证明着这点，牙证明着这点，油污证明着这点。油污很浓，来了很久了，其实已和机床、轴承、泵之类无关，但就是洗不掉。手套也是这样，油渍很重。秋山想当工人。"知识青年到农村去""接受贫下中农再教育""你敢不响应伟大号召？"两人一人一句，每次都这么重复。秋山也不说不响应，就一句话想当工人。

秋山生着一张冬瓜脸，眼睛不平衡，总像是在做梦。

我想接受工人阶级再教育，秋山说。

还真不是抬杠，很多人也这么想的，但没人这么说。明明让你到农村去，你非要到工厂……没人像秋山这么直截了当。俩工宣队说服动员教育了多少次，秋山就是不听，不报名，不填表，冬瓜脑袋。秋山歪着脖子，工农兵的"工"字排在"农"的前头，工人阶级领导一切，接受工人阶级再教育有什么不对？秋山一次一次拒绝，逻辑上还真没问题，且不高深，很简单，是谁都想过的却说不出的逻辑。肉赘与非肉赘每次都说不过秋山，最后只念经：你啰唆那么多都他娘的没用，就问一句：号召你响不响应？号召你响不响应？号召你响不响应？肉赘与非肉赘说秋山是反革命，证据是篡改指示，差点把秋山抓起来。

也确实有权关他，关起任何人。但非肉赘想出了别的办法，非肉赘对肉赘说，像秋山这种茅房的石头关起来也没屌用，能关多久？他们分别去了秋山父亲的工厂和母亲的工厂，找到厂里的革委会。"不响应号召这还了得！"革委会一拍即合，父亲停了工，接着是母亲。工人最懂工人，这招厉害，任你是冬瓜脑袋也得吃饭不是？秋山就不吃饭，你一个人不吃全家不能不吃吧？这不是你一个人的事，秋山说就是自己的事。秋山和父母断绝了关系。不过要不是已经插队的两个姐姐提出"断绝关系"这个办法，秋山这个冬瓜脑袋高低是想不到这一策略的。秋山欣然在"断绝父子关系书"上签了字，"断绝母子关系书"上签了字，签了许多份。其实断绝关系，划清界限那时一点都不新鲜。事情就这么过去了，秋山游手好闲，没什么人理他，除了老祖奶。

"知青办"的玻璃被雹子砸得犬牙交错，有的颤颤悠悠挂着一点，有一扇窗完全掉了。雹子已化，满是水渍，甚至流到楼道里。室内还一片狼藉，大字报纸、小字报纸、五颜六色的传单、红头文件、表格，满地都是。

"你想去东北建设兵团？"肉赘不屑地问。

（东北建设兵团，是集体，不和农民在一起。）

"不可能，"非肉赘叼着烟说，"绝对不可能，早不可能了。"

"早让你去你不去，现在想去晚了。"肉赘也叼着烟。

两人不是兄弟，秋山已分得非常清楚。

"延安？你还想去延安？"肉赘吐烟。

"延安？你想去延安？"非肉赘吐烟。

"就你这觉悟还想去延安？"肉赘吐烟。

"就你这觉悟还想去延安？"

同样的牙、烟，茶，异口，同声，稍不留神依然有点让人混乱。奇怪的是这两个人的劳动布帽子最近洗过了，像新的一样。

"山西也行。"

"给他查查。"肉赘与非肉赘异口同声对始终没说话简直就像不存在的女的说。女的头发已经花白，高度近视眼镜，原是教生物的老师，生物课取消了，一直在知青办干登记员。

"查到了，山西文水。"

"好，文水！"

"还有别的地方吗？"秋山问。

"没有了！"异口同声。

秋山问的是生物老师，生物老师的眼睛在一圈儿一圈儿的瓶子底般的眼镜后面，像两颗绿豆一样，一动不动。秋山接受了文水，一个很有名的地方。

秋山想尽快，第二天就想登上火车远行，结果等了两个星期。销户口，签各种字，开具介绍信，等待文水县、公社、大队直到小队的安排，之后，秋山总算在一个傍晚一个人登上西去的火车。

不是在北京站。不是食指的"四点零八分"，也没有"一片手的海洋"。

秋山一个人去的是永定门火车站，从永定门火车站踏上随便一列慢车，彼时晚霞落在护城河上，说不上好看，秋山只是注视着。秋山没让任何人送，就算让也没人送。秋山第一次穿了国防绿，冬瓜脑袋顶着国防绿帽子，但一点也不威武，事实上有点寿衣味道。城市渐渐远去，各家各户都装上了新玻璃，学校和商店也都换上新玻璃，长街更是如此，华灯齐放，城市完好如初，好像什么也没发生，唯一变化的是秋山。

他挂在城墙上

如同守城的士兵，他挂在城墙上，两手朝下，仿佛这座城池只他一个守军。他挂在城墙上，在异乡的古城，在缓慢的红色液体中，在旋转中看见宣武门、和平门、前门、东便门、风筝、鸟、猫、四合院、故宫、天安门，无论看到什么天边都悬挂着抖动的冰，与竖起来的护城河呈"丁"字形。下面的桥，火车，环城火车事实上也在天上，常常火车还没到，栏杆已落下。

　　他挂在城墙上。"呜——呜——呜。"

　　许多同样的桥、道口、栏杆，任何时候都能听见汽笛声，每一声都应和着另一声，远远近近。栏杆刚刚升起，潮水涌过，汽车、马车、三轮车、自行车、公共汽车如一个整体般地漫过瘦长的铁道。无轨电车几乎与城堞口一般高，两条"辫子"就要碰到城堞口，每次守着车窗都会数锯齿似的堞口，不数不行。墙缝儿滋出的老树不像树，像侏儒。太老了，总长不大。他挂在城墙上。谁敢从这儿上去？他才多大呀，十一二岁，打赌了，他能上去，手抠墙缝儿一点儿一点儿上去，到了高处，越来越高，往下一看吓死人了，从没到过这个高度，他掉下来，梁家父子接住了他，再次爬墙，铁路拆得一段一段，护城河填上了。

他挂在城墙上。"呜——呜——呜。"

有人故意让冰车失控撞到前面，人仰马翻，乱成一团，他才多大呀，还没上学。天空上的冰车很简单，几块横木板、两块竖木条勒上铁丝就可以了，可以当成战车了，冲，杀啊，夏伯阳，夏伯阳，我是夏伯阳，他挥舞铁钎冲得前面的冰车人仰马翻，乱作一团。城墙一节一节，火车也一节一节。

他挂在城墙上。

城墙就是火车。带他走向远方，异乡，故乡般的异乡。他挂在城墙上，两手朝下，城下不远处两派厮杀，喊声震天，动了枪，但不是朝着无人的城上。城上只他一个人。谈不上守军。无须守军，但是一颗流弹击中他，让他成了守军。谁知道是不是流弹。这可说不准。听说前面的风陵渡那边动了炮，还动了兵工厂的坦克，火车瘫痪走不了，他下了车。

他挂在城墙上。

天空有个狭长的岛，岛南边的水结了厚实的冰，可以从冰上到岛上，但北岸没结冰，水大，冻不上，梁子打水漂是一绝，没人能和他比，那水漂打得好看极了，像蜻蜓点水，比蜻蜓还快。春天，宣武门、和平门、东便门直到凉水河，鸭子戏水，桃花盛开，蜜蜂嗡嗡，蝴蝶飞舞。傍晚归来，夕阳火红，遥远的声音在唱：牛儿还在山坡上吃草，放牛的却不知哪儿去了。

他挂在城墙上，纸人、纸马、白衣、白幡，遮天蔽日，冰雹在天边悬挂，他们吃供桌上的铁梨、点心，在白衣白幡底下猫着腰穿行。吹吹打打，哭哭啼啼，他们看着队伍的脚面快乐无比，边吃边你掐我一下，我捅你一下。梁子家就在城墙下的一个窝棚里住着，也可以说城墙就是他们家院墙，原本山东人，在这儿搭了个窝棚就留下来，爹蹬着三轮每天给人家送豆腐、豆渣、豆汁，送完便带着几个儿子练武，刀枪剑戟，寒光闪闪，十八般兵器就架在城墙上。他挂在城墙上。到处都是长不高的小树，酸枣棵子，一人把着一棵树，一边往嘴里送一边往兜儿里装。有的酸枣长在城砖剥落的黄土上，一棵棵直到城墙上。上面空旷，荒凉，风很大，风筝一拽就起来，在下面大片的四合院上空飞。落日就如一颗玛瑙，雨燕飞来飞去，河水清清浅浅，胡同，街巷，夹道，车流，安静极了，鸽哨悠来又远去，鸽子慢慢变红，越来越红。

他挂在城墙上。

一次组织拆和平门城墙，填护城河，梁子挖出了一支勃朗宁手枪。梁子不让声张，几个人悄悄跟梁子回城墙下的家。再次剥开油纸包，擦掉仍黄乎乎的黄油。梁子不但懂古代兵器也懂驳壳枪，勃朗宁，把子弹匣拔出，装上，子弹一退出，填上……突然枪就响了，有人倒下。梁子被枪毙。听说风陵渡那边还动了炮，这边还没有，只是放枪。叭，叭，枪声异常清脆，两边不懂枪的人和懂枪的人都在乱放枪，没城墙的事，有城墙什么事？童年的城墙，不知是自己在唱还是别人在唱，抑或是有人在天空上唱：

    牛儿还在山坡吃草

    放牛的却不知哪儿去了

    不是他贪玩耍丢了牛

    那放牛的孩子王二小

黑梦

春天，黑雀儿履行了我们的约定：每周黑雀儿给黑梦找一本书，黑梦不再去土站。什么书没限制，重复的书也行。家家都有崭新的书，大大小小，各种款式。社会上也多的是，随处可见。黑梦这就算没难为黑雀儿，甚至后来提出用几张报纸也可顶一本书。黑梦要的是这个劲儿，不能你说不让去土站我就不去了。黑梦的条件对黑雀儿来说实在小菜一碟，黑雀儿都用不着亲自找，交代一下手下就行了。黑雀儿在北京也算得上是有名的顽主，每次碴架都前呼后拥，动不动就乌泱乌泱几十人上百人，认识的人多了去了，不少就是"佛爷"。一般碴架主要有两个原因：一为圈子，二就是为"佛爷"。

　　"报纸不算，就书。"黑雀儿说，很干脆，很烦。

　　"要是《参考消息》一份也行。"黑梦也固执。

也不完全是固执，黑梦大致都能猜到拿来的都是什么书，还不如《参考消息》说的是外国的事。黑雀儿其实也知道黑梦爱看烂报纸，头几年我们兄弟一块捡破烂儿，我常常在土站上读报纸读得入迷，头都不带抬一下的，报纸上有没有屎我根本不在乎。通常都有，就是擦屁股纸，经常粘在一起，我揭开了看。那时黑雀儿最烦的就是我低着头看擦屁股纸，因为总有人冲我扔烂菜叶、黄瓜头、煤球，乱七八糟的什么都有，我浑然不觉，黑雀儿有时就狠狠踢我一脚。有时把我踢出了土站。那劲头就好像说：给你们丫砍吧。

对，我说过，我是黑雀儿的弟弟，叫黑梦，大脑袋，四肢像藕一样。那个早春的黄昏，黑雀儿如约给黑梦拿来了书，居然不是我猜的语录，马恩列斯，或一个叫鲁迅的人的书。竟然是《虹南作战史》！高兴坏了我。而且还特厚，比《哥达纲领批判》《反杜林论》都厚，另外竟然用很新的《参考消息》包着，"息"字折到了后面，一看竟是今天的。

"哥，你是哪儿弄的?!"很久以来第一次管黑雀儿叫了哥。

"你他妈看就行了，还管哪儿来的。"黑雀儿烦。

那么厚的书黑雀儿一定背烦了，比一块板砖沉，显然拿到书连拆都没拆开看看，忘了我说过的报纸。黑雀儿交代下面人时我估计可能强调了什么，第一本总得显摆一下他的能力，我太了解黑雀儿了。不知《虹南作战史》是从新华书店偷的还是那人自家有的，我猜是偷的。书是一九七四年出版，很新，但包书的《参考消息》是怎么回事？应该是家里或单位的。要是家里的，那人家干什么的，他家有好多书吗？我的好奇心太强，我知道这是我的毛病。

"告诉你啊，打今儿起，你要是再去土站，我就把你的小胳膊小腿儿掰下来扔土站去。"黑雀儿还说把我的大脑袋"拧"下来。

我好奇心全无。而且"拧"也有所指：我曾在我们那片儿的土站捡到过一个粉色布娃娃，没了衣服，粉色脑袋、胳膊腿儿都可以转动、拧下来，我们院的孩子五一子、大鼻净他们都拧下来过，空着脖子的布娃娃特别好看。黑雀儿看我的眼神儿，就像看那个布娃娃："你要再去土站，我就把你的脑袋拧下扔到永定门的土站，西便门的土站，广渠门的土站，没人知道。"都是很远的土站，最后说，"给你丫扔到动物园去。"这话我听得太多了，耳朵都起茧子了，丫不敢，不然还有什么找书的约定。

"一个星期，超过我就去。"

我们谁也不怕谁，自从黑雀儿僭越了我们厚嘴唇的爹刚果后，一个过去无论如何都还存在的伦常荡然无存，"鸠占鹊巢"——刚果在军刺下臣服于儿子黑雀儿。瞧瞧我们的爹刚果现在的样子，像被骗了一样，体积依然很大，嘴唇也越发厚，但刀裁一样的眼却已不见往日阴沉的目光，总是眯着，变成可有可无的一条线。不仅如此，按照黑雀儿的要求，板爷刚果穿上了黑雀儿置办的灰色中山装，简直像穿上寿衣一样，配上两条线的眼，像极了。一个蹬三轮的穿什么中山装？还四个明兜儿？那是你穿的吗？按要求也不再喝薄荷，改喝茶，满屋子茉莉花香一点也不像薄荷醒脑子，以致厚嘴唇的刚果总像在笑。疯娘也穿上了褐色新衣，脸还是不洗，新与旧映衬下同样有遗像的味道。此外依然兀自说、唱，但已是轻声细语。黑雀儿自己的变化就更大了，国防绿、将校呢，黄色大氅挂在墙上不用穿就证明着什么，在我们家这破房子里特别突兀。但正如"凡是存在的就是合理的"，后来我读到黑雀儿给我的书里这话觉得没治了，太有道理了，黑雀儿就是这样的存在。但说到底，这一切算什么呢？黑雀儿和我算什么？黑雀儿、刚果、疯娘，搭上我，这下全乱套了，以致我时常怀念我们一家四口坐着刚果的三轮车满大街捡破烂儿的"马戏团"情景，那时刚果的统治虽严酷，像赶大车的一样，但毕竟是一种秩序。当然，我没有任何变化，黑雀儿是不会给我买任何东西的，他巴不得掐死我。

《虹南作战史》竟然不是打仗的书，让我大失所望。写的是上海郊县七一公社虹南村无产阶级革命派如何与走资派做斗争，主角洪雷生领导贫下中农成立了互助组、初级社、高级社……时至今日我都不得不慨叹黑雀儿，不知黑雀儿有意还是无意逗我。我倾向于有意，但若无意更让我绝望，气得我三天都没再翻开这本书，我觉得它就是黑雀儿。但我还是慢慢看下去了，毕竟有故事，一旦看进去也挺好看的。此外我多半错怪黑雀儿了，因为后来的确有了打仗的书，像《难忘的战斗》《游击健儿》《激战无名川》，甚至有一次是一本封面盖了图书馆红章的外国书，一本很旧的《包法利夫人》，这肯定是偷的了。

《包法利夫人》很难读，不习惯，它们与《虹南作战史》《游击健儿》是两类相互否定的书，读了《虹南作战史》《游击健儿》就无法读《包法利夫人》，读了《包法利夫人》就不可能读《虹南作战史》——后来的确就是这样。不过《反杜林论》《哥达纲领批判》《怎么办》包括《路德维希·费尔巴哈和德国古典哲学的终结》与上面两类书都不一样，不互相否定，它们不影响别的书，别的书也不影响它们，读不懂仍然可以读，凭我的毅力与巨大的好奇心。

黑雀儿常在外刷夜，也不知住什么地方，但每次回来差不多都会扔给我一本书，有时仍拿报纸包着。后来不再直接扔给我，而是随手扔在床上、桌子上，免去跟我废话，一副不言而喻的姿态。通常那时刚果喝茶，听半导体，看他们医院的《人民日报》《红旗》杂志，半导体也是黑雀儿给刚果弄来的，和花茶、报纸配在一起，让穿中山装甚至戴着帽子的刚果还真有点干部模样。我承认黑雀儿有能耐，但狂到把刚果放在家里当摆设，实在不能不说多少有点疯娘的遗传。退一万步说，在医院装装干部也就得了，在家有必要吗？家里又不是灵堂，弄得跟遗像似的。各类对立不同的阅读把我的脑袋搞坏了，刚果看上去是安详的、愉快的、端庄的，花镜、阅读、花茶、嘟着的大厚嘴唇，都体现着安详。但如果不是我脑子搞坏了，应该能看出来风暴就在安详之中，因为他们在最一致的地方，存在着根本的分歧。

这天晚饭后，因为太不和谐的中山装，让房间一如既往有种灵堂气氛，刚果一如既往看上去在读报，我放下《包法利夫人》又拿起了《游击健儿》，疯娘低吟浅唱，黑雀儿从外面回来了，脱下将校呢黄色大氅，扔到桌子上一本非常奇怪的鲁迅的《热风》，对一动不动的刚果说，他昨天找到刚果他们医院革委会主任的儿子了，就在菜市口中学上初三，叫黄卫东，他还有个妹妹也在菜市口中学，有了这俩崽子，黑雀儿说，刚果多年的转正问题就好办了。"我就不信丫不办事，他还要不要他那俩崽子了？他们还想不想上

学?"但不等黑雀儿说完，安详的或者端庄的雕像一样的刚果突然
旱地拔葱，原地升起，一头撞向黑雀儿。那情景太精彩，好像刚果
练过什么武功，一下将黑雀儿撞飞，贴到门上，门又被撞开，黑雀
儿飞了出去。这是刚果自成为遗像之后第一次爆发，谁都完全想不
到。黑雀儿摔在防空洞盖上，巨大响声惊动了街坊四邻，五一子、
大鼻净、小永、大烟儿……都跑出来看是怎么一回事。黑雀儿抱着
肚子滚，几乎从防空洞盖上掉下来。

　　黑梦长时间待在房上，在房上搭了个凉棚，看上去有了点家的
味道。总是在房上待着就会想头上应该有点什么，这很原始，但也
是真正的天人感应。很多时候，"原始"如果不是好词儿也不是坏
词儿，有时让人遐想，比如房子怎么来的？不就是黑梦想挡挡风雨
吗？这不是返祖，特别黑梦有了那么多书后怎么能说是返祖？不过
劳动时——拿着竹竿，叮叮当当——藕节般的四肢还真有点直立人
的意思。至于是哪一支直立人不太好考，许是尼安德特人也未可
知。二〇一七年，世界顶尖学术期刊美国《科学》杂志发表了一篇
题为《中国许昌出土晚更新世古人类头骨研究》的论文，论文称
人类演化研究取得突破性进展，十多万年前许昌灵井遗址的"许昌
人"是尼安德特人的后代。这可就不是我瞎考证了。据称："许昌
人"头骨具有中国古老人类、欧洲尼安德特人、早期现代人"三位
一体"的混合特征。不知道我是否来自许昌，尼安德特人是小人
儿国，平均身高不足一米六，就算如此，也仍然比我高。这也很
正常，非常正常，人类不一定总是进化，我们家就是。不一定是一

个方向，甚至方向相反，变异，反正我们一家肯定是混乱得找不到一点头绪。按照我原始的想象，我找来了四根竹竿，用四堆砖头固定，上面绑了一条破床单，床单上有几个洞，下面的阴凉中就有好几个亮孔。我在凉棚下看似懂非懂或完全不懂的书，眼睛不时望着阳光的孔洞。孔洞正如日晷只在正午才直上直下，更多是斜的乃至变形的。看上一会儿孔洞想一会儿书，否则的话书就像天空一样费解，眼跟瞎了一样。

以前没书看时，黑梦主要是在房上玩一些土站上捡来的东西，弹簧，发条，零星的积木，铅笔盒，残存的军棋、象棋、跳棋，铁丝，光屁股的布娃娃。小东西多了，在房上的一角像有个杂货铺，以前低头玩这些简单之物时根本想不到头顶，有了书之后就不同了，就此而言，绝对不是返祖，是进步。

凉棚在两个高高的房脊之间，谁也看不见黑梦，除了大烟儿和小永有时到房上来，另外就是小永家的大黄猫。还有鸽子。鸽子落得不远不近，大黄每次都回避，先是突然停住，前脚抬起，看上一会儿，扭头跳到房脊上看下面院子，然后就到别处去了。黑梦一个人面对强烈阳光，高高的床单，享受着彻底的宁静。常常盯着快移到床单边儿的阳光，常常把太阳看成一个闪着金光的黑洞，世界变黑，仿佛提前日落。《游击健儿》《激战无名川》《难忘的战斗》，不知道看了多少遍，不敢说倒背如流，也差不多。《虹南作战史》都看了三遍。不断地望床单上的破洞，通过洞看天、流云、阳光。有时黑梦干脆站在高高欲飞的房脊上眺望远处，旁边是小永家的大黄，外院的鸽子，他或它们下面的院子，远处的小胡同，街巷，看院连着院、院套院，看屋脊的波涛，看下面炒菜、做饭、写作业、跳皮筋儿、追跑打闹，看文庆、大烟儿、大鼻净、小永、五一子，看他们前院后院地跑，虽然上中学了还爱玩捉迷藏，谁藏在哪儿，看得一清二楚。

一天下午，院子空空，都上学去了，有人在当院喊我。

"黑梦。"

"黑梦。"

一听就是对着天空喊，就像小永常喊大黄一样，彼时我正在房上乱翻《怎么办》《路德维希·费尔巴哈和德国古典哲学的终结》，翻来翻去、换来换去，和猩猩差不多，太阳已移到凉棚西面。最初我听着像鸟叫，有点沙音，确切说是一种鸽子的声音，以为是失踪的小芹，做梦会梦到这种声音。后来我听清了。

"黑梦。"

我快速从破棚子下爬上高高的房脊，虽然很溜，事实上还是很吃力。来人手搭凉棚，"你太高了，下来一点儿。"从没人说我高，这是第一次。

"你谁?"我高高在上地问。

"听说你小人儿国，"来人仰着头，"还真是! 太高了，下来!"口气又亲昵又轻佻，就仿佛是在动物园，至少是动物园附近。

要是男的，这么直截了当满不在乎，黑梦还真不知怎么办。女的，黑梦毫不犹豫，像翻身下马一样先卧下小腿儿，蹬屋脊下面的砖头，下到屋瓦上，一出溜到房檐骑到了瓦当上，几乎掉下来。

"你……你……你，还是上去吧，摔死回头再赖我。"

女的头发乌黑，梳着两把抵肩的刷子，明显地盖住了耳朵，只露出一点点的耳垂，鸡腿裤，片儿鞋，除了黑雀儿的人，谁敢这样放肆。

"你怎么知道我?"黑梦骄傲地问。

"你哥黑雀儿告诉我的。"

"他说是我哥?"

"没说，你们不就是吗?"

"是什么?"

"兄弟呀，你这人怎么回事?"就算是圈子，这么睐睐眼儿的都少，不过比起流氓，那种眼神儿倒也别有味道，黑梦喜欢。

"我们不是兄弟。"黑梦认真地说。

"真的?!"这已不是圈子的眼神儿，"他说是呀!"

"他没办法不这么说。"

"嘿，你说话还挺绕的。"

"你叫什么? 怎么不上课?"

"没课。"

"瞎说八道，你蒙谁呢? 一般礼拜二、礼拜六下午才没课呢，今儿是礼拜三，你以为我没上过学?"黑梦上过学，只是没上中学。

女的人称"七姐"，菜市口中学的，一报上名字，黑梦还真听说过。

七姐不能说漂亮，但一看就很有特点，脸黑，高二。那时没有高三，高二就顶头了。学制要缩短，教育要革命，资产阶级知识分子统治我们学校的现象再也不能继续下去了。这话讲完后，好像是一九七二年实际恢复了高中。

"嘿，从哪儿上去?"

"你要上来?"

"那怎么着，我在我们院也常上。"

房上是另一个世界，光不同，视线不同，天更高了，而且无限广阔，一片片白云不断地接近太阳，总到不了边上就熔化了。城市很低，对天空保持着无法理解的低，一如大海。七姐到了最高处，站到了高高的房脊上。房上也有街景，胡同、院子、自行车、人，只不过是在高处，一览无余。

"看什么呢?"

"看太阳。"七姐说。这倒和黑梦一样。

"太阳黑了吗?"

"黑了。"七姐说。

看太阳直到把太阳看黑，是我们那时好多人喜欢做的事。我们在教室内、在操场上、在院子里，有时比赛看谁不闭眼看太阳的时间长。但绝无挑战"红太阳"的意思，当然也无任何敬畏、任何隐喻，就是实在无聊，是一种游戏。

我带着七姐到自己的"家"，七姐发出少见多怪的惊叫。也确实，那时实在没有什么，一点"想象力"都让人激动。凉棚的高度还是按常人搭的，一看就适合七姐不适合我。七姐立刻发现这点，问黑梦搭这么高干什么，一下还把我问住。竹竿儿就这么高呀，我说。其实并非如此。

黑梦告诉七姐，这棚子只是临时的，以后会搭个小房子。七姐说，可别搭房子了，还没住够呀，住在露天多好，棚子正合适，跟没有一样。但要常在房上睡，还是有个房子好，下雨淋不着，以前黑梦就常给淋醒。七姐也有类似经历，不过七姐那是在当院，和房上不一样，房上是黑梦的家。

似是而非的凉棚下有两个小板凳，其中一个上面放着许多书，七姐拿了两本翻了两下又放下来了。其中一本包着牛皮纸，七姐拿反了，翻了一下也没正过来就放下了。拿起中间一本有个大窟窿的书，问这什么书，黑梦如数家珍地说这是他的第一本书，在棉花二条土站捡的，但七姐并没听完，就问：

"有《少女之心》没有？"

黑梦一愣。

"就是《曼娜回忆录》。"七姐毫不含糊，"你这都什么书呀，你毛著积极分子呀？在这儿还学？太逗了。"

"我有一本《包法利夫人》！"黑梦平静地说。

"什么？"七姐瞪大眼睛，瞪大挺好看的。

"《包法利夫人》！"黑梦煞有介事。

果然镇住了七姐。

"也是手抄本吗？我怎么没听说过？"七姐那黑脸膛上的黑眼睛瞪得很大，难以置信又十分不解的样子，还有点刮目相看的意思。黑梦进一步强化，说是法国的，绝对盖过《曼娜回忆录》。完全胡说八道。

黑梦比画了一下，"这么厚。"

"真的，太棒了！怎么样，快给我讲讲。"

"你自己看吧。"黑梦进入了不能自控地冒险又近似撒谎的角色。

七姐毫不客气，要黑梦立刻回去拿，黑梦拒绝，要求七姐用《曼娜回忆录》换。七姐的眼睛显出越发黑的困惑的表情，说她的那份不是书，就几页纸。"对了，你那真是书？谁给你的？你哪儿弄的？"七姐把《包法利夫人》当成《曼娜回忆录》那一类的书了。

"你抄的？"黑梦问七姐。

"别人抄的。"七姐平静下来。

"下次你拿来，我们换。"

"谁给你的，特黄吗？"

七姐追着问，脸也有点红，只是看不太出。

"保密。"黑梦大言不惭，谎言已完全失控。

"你还有秘密？"

"当然。"

黑梦咬文嚼字自己完全意识不到，而那时说"当然"或"一般"在我们胡同、我们那片儿都是极少的，特别又出自我这样一个小人儿国，七姐既没法赞赏也没有笑，要是别人七姐肯定会骂："你丫没病吧，怎么不会说人话？"我已经看出七姐要这样说，竟没说出。

七姐与黑雀儿走在街上，一望而知两人的关系。七姐漫不经心，大大咧咧，旁边是瘦削的、军大氅颇有些旷荡的黑雀儿，两人怎么看都不像有关系却又有了一种关系，格外引人注目。七姐片儿鞋，叼着烟，有时侧坐在自行车后座，锰钢车、大转铃、大链套，相当于现在贴地的跑车。彼时有一个词儿叫"带着"，比如谁谁谁让谁"带着"呢——七姐让黑雀儿"带着"呢。"带"的意思丰富多向，首先是一种毫无疑问的两性关系，但也可能只是隶属关系，如同物品。即使男女流氓，事实上也存在着一种不平等关系，"圈子"的标志就是有谁"带着"，既是"带着"其隶属的一面就可争可抢，即所谓戗行。就是说，谁份大谁有名，谁"带着"的圈子没人敢动，反之可以抢别人的。另外还有一种情况，就是一个圈子由几个男的"带着"，所谓"九龙一凤"，通常就是一块玩混，逛大街，游泳，惹是生非，瞅谁不顺眼攒谁一顿，谁狂灭谁一道，圈子说了算。七姐本属这类，黑雀儿戗行没人觉得奇怪，但实际另有故事，与上述种种都不同。

七姐名王怜儿，名字颇有点文化，爹叫王殿卿，现在虽是蹬三轮的，当年却是天桥一代跤王。王殿卿没文化，交往中却有些名流，七姐的"王怜儿"据说就是北师大一个先生给起的。王殿卿五十开外，一张嶙峋的日晒雨淋的脸，手、胸均呈古铜色，脸很宽，眉眼也很宽，总像漫不经心的样子。夏天光着膀子，浑身肌肉见棱见角，一看就和一般蹬三轮的不同，要是在跤场上众人堆里盘腿一坐，更是稳如泰山，自成庙宇。解放前，王殿卿的师父李三站更是大名鼎鼎，解放后下落不明。多少年过后，当年的一代跤王王殿卿也一如他的师父，简直就是再世。天桥消失后，王殿卿蹬三轮养家，在宣武公园业余支场子带徒弟，"文革"时场子关闭，"九一三"林彪折戟沉沙，王殿卿重招旧部老友又悄悄开了。

王殿卿没儿子，一连生了七个闺女，七朵金花。大姐最早就是个老泡儿，后面也就一路跟着排下来，三姐和五姐声名鹊起，当然，如今嫁人的嫁人，下乡的下乡，兵团的兵团，六姐老实，本来消停了，谁想七姐又滑入另类，被各色"玩闹"踪着。王殿卿不知道黑雀儿的名声，但毕竟是天桥老江湖，什么都见过，前面又有仨闺女名声在外，一眼就看出黑雀儿非等闲之辈，不过还是问了一句行话："你能罩住她？"王殿卿虽对一切都已绝望，对这小女儿却心有拳拳。黑雀儿撞上门来学艺，王殿卿深知"以毒攻毒"之法，这不用说，只怕黑雀儿"毒"得不够。"我'带'着她，您就放心吧，绝对放心。"黑雀儿信誓旦旦，不保证别的，所有那些"玩闹"都会离七姐远远的，"这么说吧，所有男的，不管谁，都甭想靠近她。"

"你有这么大份儿？"王殿卿目光如炬。

"您可以看，不成就逐出师门呀。"

"逐出师门"这词久不用了，王殿卿喜欢。黑雀儿也是得益于刚果过去喝薄荷喝高兴了讲上一段《三侠五义》《大八义》，词儿这会儿蹦出来。王殿卿的疑问也还有另外道理，亮出青筋蹦跳的铁砂掌的手，捏了捏黑雀儿手臂、肩、腰、腿，黑雀儿强忍着，龇牙咧嘴最终还是叫出声来。王殿卿并没使力，身不动膀不摇，只是指尖活动了几下，黑雀儿已像棉花。

"你从小没长好，坏子不好。"

其实都不用王殿卿说，谁一眼都能看出来，黑雀儿哪儿都透着邪。还不是坏，就是邪，就像一棵树，主干不直杈也不直，总之，虽有两条胳膊、两条腿，却都不对称似的。王殿卿说要是跟他学，得先练基本功，"得先正骨，正气，正心，每天哑铃一百次，杠铃一百次，盘杠、站桩一百次，这还只是开始，以后还要增加，你受得了?"就是要去掉黑雀儿的邪气。黑雀儿这点倒是不含糊，让王殿卿不必担心：

"我受得了，没问题，什么都受过。"倒是实话。

七姐不喜欢黑雀儿，第一眼就不喜欢，也难怪。黑雀儿那刀刻似的细眼，谁第一眼看了，都有种特不舒服的感觉。但七姐并没一点犹豫，就坐上了黑雀儿戳在校门口的自行车，下巴仰得老高。黑雀儿给七姐一支烟，两人先靠着车抽了会儿烟。正是中午放学之时，五六千人的学校朝向大街的大门口人流涌动，如过江之鲫，口哨声、怪叫声此起彼伏。黑雀儿披着大氅，瘦得跟灯似的，尖下巴上的嘴冒着烟儿。不用人人都认识黑雀儿，个别人认识就行，名声反而传得越发神秘。"九龙"无疑都看到了，没人招呼一下七姐。抽完烟，大转铃一响，人流自动分开，两人扬长而去。

第二次黑雀儿来接，增加了两个人，胡继军和蝈蝈。黑雀儿人们听得多见得少，更像传说中的人物，胡继军、蝈蝈就住在附近，尽人皆知。两个人也都骑着八成新自行车，银光闪闪的大转铃，一响都让人心惊。胡继军的"警蓝"上衣显示着不凡的背景，蝈蝈大背头，溜光水滑，菜市口中学那么多放学的学生因为黑雀儿一伙的到来异常平静，没人打架、滋事，"三龙一凤"抽烟无人不看，所有人都默默地走过。七姐最初看上去也狂得没边了，扔掉烟头，主动侧着坐上车。蝈蝈开道，胡继军殿后，风驰电掣，出尽风头。那次没回铁门胡同的家，直接奔北到了宣武门大教堂对面一家饭馆，黑雀儿请客。黑雀儿让七姐点菜，七姐平生第一次进饭馆吃饭，完全不会点菜，黑雀儿当然也是礼貌，没再坚持。但这礼貌却让七姐十分厌恶。胡继军念菜单，七姐听到韭菜炒鸡蛋立刻同意，胡继军说吃点平时吃不到的吧。胡继军点了一桌菜，都是为七姐点的。这些菜后来不少见，但当时的香酥鸡、熘鱼片、狮子头还是很少见的，七姐还第一次喝了佐餐酒。黑雀儿一直在抽烟，都是胡继军操办，七姐后来也一声不吱。过去七姐接触的，都是校内和附近的顽主，这次是三个"大人物"，特别是黑雀儿竟然成了爹的徒弟，七姐一时找不着北，五味杂陈。七姐已不喜欢黑雀儿，要不是有大量的别人的眼睛，她真的不想坐黑雀儿的车，她宁愿坐蝈蝈的车。她喜欢胡继军，甚至蝈蝈，胡继军慢条斯理，阴鸷但是优雅，但是她又只能属于黑雀儿。

七姐虽出尽风头，却没想到自己成了无人敢近的孤家寡人。七姐最初并不知道爹和黑雀儿达成的那些条件，还奇怪那些平时踪着她的人怎么一下消失了，再没人邀她轧马路，逛大街，看电影，没人为她打架，争强斗狠，没人找她去故宫筒子河坐着，瞅这阵势，就算到了夏天也不会有人找她去后海、什刹海游泳，而七姐最喜欢去的地方就是后海和什刹海，她的肤色黑就和游泳暴晒有关。最初她也没在意别人，眼光的确是高了，有点瞅不上以前那帮人，过去她就喜欢大言不惭地称她的那帮人为"小脏孩"，尽管有些比她还大，有了黑雀儿、胡继军，他们真的成了她眼里的"小脏孩"。但毕竟他们是她的日常，越是高高在上，越是需要他们的衬托，需要在他们面前展示她的了不起。就是说，在她以为是自己拒绝了他们的时候，实际是他们自行消失了。结果，当她放下姿态招呼他们，去找他们，才发现并非自己的问题。她看到了他们的恐惧、慌张，远远瞧着，躲躲闪闪，甚至迎面撞上，笑下便赶快闪了。她非常惊讶、不解，她还想让他们跟黑雀儿认识呢，她会成为他们的头儿，威震一方想灭谁灭谁。结果满不是那么回事，最终她逮着一个终于问了个明白，原来黑雀儿他们放出话来了。

七姐这才明白自己的真实处境，立马跟黑雀儿翻了，黑雀儿再来学校，她视而不见，不接黑雀儿的烟，不坐黑雀儿的车，昂首挺胸，将黑雀儿丢在后面。胡继军、蝈蝈，有时还有她不认识的他们的人将她团团围住，嬉皮笑脸踪着，没完没了，成为校门口一景。最终有人向七姐透露胡继军、蝈蝈还交代不少人监视她，谁和她搭话、起腻、递烟之类要向他们定期报告，揭发检举的有功。就是说她的周围，班里、学校都有探子，是的，她正找不到周围那种怪诞氛围的原因，这回一下气炸了。本来就厌恶黑雀儿那张瘦脸，于是那天指着黑雀儿的鼻子大骂："瞧你丫那操性，你丫是人吗，边儿待着去！"七姐本来已走过黑雀儿，黑雀儿夹着车叼着烟踪上转铃，七姐回身就骂，"你丫那操性还摔跤，别恶心摔跤了，×你妈的！"七姐哭了，眼泪哗地涌出来。

黑雀儿就这点和所有人都不一样，无动于衷，没听见一样，还特别从容地解释。众目睽睽，所有人都看到了，不知道发生了什么。黑雀儿解释说就是不让坏人接触七姐，好人可以接触，他们班学习好的都可以接触她。坏人都不敢接触七姐，好人更甭说了，黑雀儿这是什么逻辑，七姐真想抽黑雀儿一嘴巴，但是对着那张瘦脸真是不敢，对着眼睛更不敢。七姐一下像生活在真空里，一个人踽踽独行。

"你到我这儿来，他允许吗？"这天下着毛毛雨。

"他不管我，管别人。"七姐说。

他们坐在凉棚下看毛毛雨，两个小板凳一人坐了一个，原来那个小板凳上放着书，七姐坐了，我就只能把那几本书抱在怀里，不让雨打湿了。但破凉棚又高又歪，像面破旗，事实上形同虚设，毛毛雨还是斜着飘到身上、书上。

"你不担心他管我？"我说。

"你是他弟弟。"七姐笑，是苦笑也有点儿幸灾乐祸。

这时黑梦看见屋脊上小永家的大黄，七姐也看见了。

"它叫大黄。"

"大黄，大黄！"七姐喊。

我讲与黑雀儿的协议，黑雀儿咬人的历史，"马戏团"时光。

"没有一个顽主是咬人起家的，"我说，"只有他，蝎子拉屎——独（毒）一粪（份）儿。"

"他那么可怜呢？"七姐说。

"所以特别狠、邪，他邪劲大了，别看瘦。"

大黄对黑梦不陌生，但对七姐很认生，不肯过来，一只腿远远抬着。

"他不让我捡垃圾，我偏要捡，他把我吊起来，说要把我这个布娃娃胳膊腿掰断脖子拧下来……我把脖子伸给他。他吊了我三天，我们家刚果以前吊他最多也就吊一夜，我是三天三夜，没死，他答应了我的条件。"

"我们都不怕死。"停了会儿，我说。

七姐使劲点点头。

"你爸以前知道黑雀儿吗?"

"不知道,可一见着他就相中了他。"

"你爸眼很毒。"

"他年轻时在天桥什么没见过?"

"《包法利夫人》看了吗?"黑梦有点不好意思地问。

"看完了,没劲。"

七姐不知道黑梦没看,并没怪黑梦。太阳再次出来,但已是夕阳,雨过天晴,半晴,半晴让屋瓦波浪般的世界既辉煌又混乱。一半快速地失去光线,一半正辉煌,正凝重,正"苍山如海,残阳如血"。一群鸽子带着哨音飞过屋脊,飞过凉棚,七姐,黑梦。可以听到两个方向隐隐的钟声,北京站,电报大楼,若有若无,声音比夕阳消失得快一些。

七姐走在钟声里、薄晖里。

王殿卿欲收黑雀儿为徒,约法三章,准备举行拜师礼遭到反对。不是黑雀儿反对,黑雀儿什么都答应,举行拜师礼好,搞得越大越好。是宣武公园小树林王殿卿跤场的几个老兄弟反对,那可是天桥时代的兄弟。拜林彪折戟沉沙死于温都尔汗所赐,对"四旧"的破除松动,但在这里半遮半掩辟个跤场仍然不易,无论如何那时人人还都是革命同志,阶级兄弟,亲不亲阶级分,哪还敢有拜师之说,更不消说什么老礼儿拜师礼,实在不成家里悄悄搞了也就罢了,还在这儿公开搞?所有人都劝王殿卿。宣武公园在北京西南，早先为善果寺，解放前就颓了，变成了乱坟岗子，解放后迁坟种树，堆山建园，独具野趣，是个野公园，亦是北京最早的森林公园。到一九七三年王殿卿老哥几个重新披挂，各带着一些后生在林间辟了跤场。都是蹬三轮的，光脚不怕穿鞋的。戴红箍的街道积极分子管不到树林，巡逻的工人民兵管治安乐得看热闹，没政治任务（但你也不能过了）。跤场越来越火，名闻遐迩观者众，后生跤手虽也都师父师父地叫，但从没拜过师，头都没磕过一个，谁敢搞什么磕头的事？但黑雀儿不同，王殿卿要搞。

　　仪式安排在了一个人少的下午，注意了风险，要是晚上观者里三层外三层，动静就大了。虽还不是春天，七九河开八九雁来，风和日丽，林子里摆上了香案、太师椅，案上甚至请了天桥时祖师爷的像。王殿卿身着对襟黑衣，黑灯笼裤，脚蹬内联升布鞋，脸刮得像抛光的石头，头发第一次有了点吹风的形状，一看当年王殿卿就是见过各式人的，什么也不怕，与其说一眼看透黑雀儿，不如说也赏识黑雀儿，或许就是赏识当年的自己。王殿卿力排众议，带着同样黑衣打扮但毫无历史感的黑雀儿，向师祖和师爷三跪九叩，上香，递表。黑雀儿不像膜拜倒像伏罪，在学习班早请示、晚汇报也没这样过。叩毕，王殿卿坐在牌位旁边的座上，与师祖、师爷的像并列，黑雀儿再次顶着拜师帖，对王殿卿三跪九叩。

　　拜师帖以黄纸写就：

　　　　王殿卿师父道鉴！弟子黑雀儿久慕师父中国式摔跤超群，承蒙师父允纳门下，愿执弟子之礼，谨遵师教，刻苦钻研，传承武学，弘扬中华文化！诚具名帖，恭行拜师大礼！

公元××年×月××日

这样的手笔自然是黑雀儿写不来的，依的不过是过去的模式。一个瘦干通文墨的王殿卿的师弟代宣拜师帖，颇有点仙风道骨的样子，不看别人光看他，修正主义就是复辟了，不，是资本主义复辟了，不，是封建主义复辟了，这哪儿是一九七四年，一九四七年还差不多，甚至更早。在师叔的拂尘与干嗓子的引导下，黑雀儿高喊三声师父，三跪九叩，给师父王殿卿敬茶，献上肉条、芹菜、莲子、红枣、桂圆、红豆，即所谓"六礼"。王殿卿受拜，给了黑雀儿一件为师的信物：一条褡裢腰带，掌击黑雀儿头顶三下。无疑是一种警示，黑雀儿不由得再次跪倒。

所谓礼教，礼胜于教，孔子为何重视礼？一套礼以看似无用的形式走下来，已包含了一切。果然，一套大礼下来，有关王殿卿收徒、功夫深不可测的传说就散播开了，这套迷魂或梦游的程式，让邪逆的黑雀儿完全蒙了，邪气全换，笨手笨脚，战战兢兢，好像被打回原形。

黑雀儿虽拜了师，但不能常来跤场，不是黑雀儿不想，是王殿卿不允，只能一礼拜来一次。跤场上的年轻后生每晚捉对厮杀过手，虽然没一个行过拜礼却亲切随意，生动活泼，也都师父师父地叫，反倒是正式的徒弟黑雀儿不仅被打入另册，还不能随便常来。王殿卿自有道理，基本功对黑雀儿更重要，尽管黑雀儿理解为是要他看着七姐。黑雀儿并没怪师父，十分卖力，将七姐看得风雨不透。就算师父有这层意思，但让黑雀儿练功也完全对，黑雀儿一站三道弯儿，单薄、变形，站没个站相，坐没个坐相，距离站如松、坐如钟，站着五尺、躺着三尺三的武人的基本要求，差着十万八千里。任何一个师父都不会教这种长歪的人，除了王殿卿。

练功的家伙式儿如杠铃、石锁、杠子、哑铃都要准备，这且不说，最主要的和别的练武家伙式儿不同的是杠子，它专属于撂跤，俗称盘杠子。杠子的一端嵌着一个脸盆大小的磨盘，腿别在杠上撩起磨盘、旋转磨盘、背挎磨盘、撅起磨盘，一个磨盘杠子浑身上下全练了，是跤行的独门器具，所谓"铜手铁腿磨盘脚"是实打实的功夫。王殿卿说这个练出来，使什么招数绊子都水到渠成，届时一点就透，就是一层窗户纸，当然更深的意思，也就是，这个要诀练成了，"正身正气正心"也就练成了。

但黑雀儿做什么都有股邪劲，正如他以前咬人起家，那种原始的东西甚至可追溯到石器时代，毫无疑问山顶洞人狩猎时也是会用牙的。而且，练功的家伙式儿也和古代差不多，皆为木石，没有金属。刚好城墙拆了，全民齐动手，家家都抢财宝一样收有几块城砖，黑雀儿练功夫的石锁用的是城砖凿的，哑铃是城砖，举重杠铃是城砖，中间是一根木头，就连盘杠的磨盘，也是将半块古老城砖凿通、杠子插入，盘起来上下翻飞。发黑的、有标号的城砖，至少有五百年历史，因此甚至不能说是仿古杠铃。黑雀儿过去就无师自通瞎练功，七节鞭舞得虎虎生风，外行看热闹再加上黑雀儿吹牛有人指点，也觉得像那么回事，及至置办了这些正儿八经很专业的家伙式儿练得一板一眼，不言自明，黑雀儿是真的有了神秘的师父。

天桥虽然消失了，但也正因此成了神话，一说谁谁当年是天桥的跟随，此人的人也变成了神话。黑雀儿本身顽主的名声不用说了，一直是我们那片儿孩子的偶像，如果我们院是花果山，五一子、文庆、大烟儿、小永、大鼻净、二歪子、小农子是猴子，黑雀儿就是石头里蹦出来的孙悟空，王殿卿就是击了三掌的菩提祖师。过去五一子这些小猴就老是跟着黑雀儿瞎比画，下腰、劈叉、翻跟头，现在跟着黑雀儿有板有眼，也正规化了，就连张占楼和他的同样练"通背"的闺女张晨书也不再小觑，如今也开始认真打量起"花果山"。张占楼当年就知道王殿卿，对黑雀儿拜了王殿卿感到不可思议。

黑雀儿当然不可能止于练功与观摩，不久便在我们胡同明目张胆开辟出一个跤场。还没怎么着自己就开跤场，在过去的徒弟中是从没有过的。这天晚上，黑雀儿率领着五一子一干人马，如同孙悟空率领花果山的猴子，浩浩荡荡出了我们院，在胡同口对面一块空地上"大兴土木"热火朝天干起来。每个人都扛着或提着锹、镐、铁耙子、水桶，练功的家伙式儿，到了空地上刨土、松土、平整、洒水，很快一个完全是新土的跤场整出来了。跤场坐北朝南，靠着南北向的周家大院胡同北墙，面对距离不过五六十米远的东西向前青厂胡同，是一个由"丁"字路口天然构成的公共空间。路口有路灯，灯下是土站，是我和黑雀儿、刚果、疯娘过去再熟悉不过的捡破烂儿的土站。土站斜对面是菜站、副食店，把角是总亮着白炽灯的半圆形的理发店，理发店墙根儿有一溜同样椭圆的墙垛，这里经常坐着一排一排的人，没任何事，就是坐着。有灯，有座，自然成为中心，人们在这里晒太阳，纳凉，下棋，弹球，聊天，讲故事。跤场一开非同小可，如同有了马戏团，人们从四衢八街拥向这里，一个小镇一下诞生。

虽然胡同墙上仍有红色"四海翻腾云水怒，五洲震荡风雷激。要扫除一切害人虫，全无敌！""备战，备荒，为人民！"之类的标语、最高指示，但看上去和其他的砖也差不多，具有同一性质：视而不见。不时听到水泄不通里三层外三层的叫好声。"好！""好！"恍如老天桥一角，或者新"天桥"——更狂热也更简单，甚至原始。

天桥时代撂跤都有跤衣即褡裢，黑雀儿的跤场没有跤衣，赤膊上阵，在昏黄的土站街灯照耀下，仿佛刀耕火种，更像在树林里。黑雀儿把从王殿卿宣武公园跤场连"偷"带学的东西照猫画虎，比画给了大腹便便的蝈蝈、阴骘的胡继军，加上他自己，没怎么认真体会，便迫不及待地轮番生猛对抗起来，流里流气，表情混乱，但毕竟是真实，真人，现实中的肉身，不是戏匣子里的样板戏。听戏匣子太久了，生活里一点点真的哪怕原始的东西，都让人喜悦，全部接受，叫好时不禁发出丹田之音。"好！""好！""好！"黑雀儿、蝈蝈、胡继军三人对抗之后，是五一子、大鼻净、大烟儿、文庆、抹利、小永、四儿、二歪子，我们院一干中学生、半大小子上场。他们不同，不像黑雀儿、蝈蝈、胡继军是长歪的树，他们是宣武公园好坏子跤手的雏形，树种都一样，有一种自然界蓬勃的生气。黑雀儿挽着裤腿、光着歪斜的膀子，学着王殿卿的样子被围坐在中心，胡继军、蝈蝈分坐左右吸烟、喝茶，貌似宣武公园的范式，无论如何，黑雀儿对王殿卿还是真心崇拜的。

城与年

跤场的后墙就是我们大杂院的后墙根儿，右边是一条小胡同，左边把角是左近唯一的公厕，沿北墙往西走是我们院的大门，一进院，左手是我们那片儿若干条胡同的街道"革委会"。街道积极分子在这儿开会，读报，学习。就是说，黑雀儿的跤场就开在了"革委会"的眼巴前儿，其所占三角区空地正是过去开批斗会现在也常开大会的地方。虽说这不像头几年了，"革委会"也都是小脚老太太、家庭妇女，但要是给谁上纲上线，那也是一套一套的，别说"地富反坏右"噤若寒蝉，一般人也都退避三舍，但却拿黑雀儿没办法。坏人办好事反而容易，黑雀儿不打架闹事已经不错了，况且跤场生龙活虎捉对厮杀，四街八巷久旱逢甘霖的人将这儿围得水泄不通，说起来也都是群众，而群众是真正的英雄，谁也没法管。的确有些事也只有流氓能做成，换谁都不行。

黑雀儿要求七姐每天晚上到跤场报到，七姐也来，但不是每天，想来就来、想走就走，黑雀儿毫无办法，也就不管了。七姐出现在人声鼎沸的我们周家大院的跤场，基本出于无聊，无处可去。就是说，黑雀儿用不着要求七姐什么，后来实际也是这么做的。那时我们胡同已没人不认识七姐，七姐既然来了，每次还都大大咧咧、自然而然坐在黑雀儿边上。七姐本来自身就"有名"，这会儿与黑雀儿在一起，在不明就里的人看来，简直天生的一对。当然，都知道她是王殿卿的闺女，但没人知道"相托"一事。黑雀儿照例给七姐烟，甚至点上，在我们那片儿很多孩子包括五一子他们看来，七姐叼烟的样子很像"蝴蝶迷"——彼时《林海雪原》及有关的故事已流传甚广，曲波的名声不亚于浩然，"蝴蝶迷"也比书中白茹知名度高。七姐都看过《林海雪原》，而我居然没看过，七姐一看就熟悉"蝴蝶迷"。不仅如此，七姐还对场上评头论足，与黑雀儿谈谁哪点不对、应该如何。每次五一子、大烟儿、大鼻净、文庆、小农子、小永、二歪子、死脖子一干徒弟猴崽子围着七姐胡乱喊师母，"去去去!"七姐学着《南征北战》里参谋长的样子轰他们。

"师母抽烟!"

"师母喝水!"

尽管五一子在他们当中算是最像大人的，递上烟，划着火柴，七姐也不多看五一子一眼。不过也不是完全没有作用（别人连烟都递不上），有时七姐会突然来了兴致，指点一下刚刚下场的五一子，哪个"绊儿"用的劲儿不对，差着步子、腰里没用上劲儿之类。大烟儿、大鼻净、小永一干人等立刻踪上，人一多，七姐便又回到黑雀儿身边。七姐一点不给蝈蝈、胡继军面子，不理不睬，视而不见，上烟不接，直视前方。相反，胡继军和蝈蝈在场上对阵，七姐一会儿一声"傻逼!""臭大粪!""忒臭!""你丫猪呀!""下去吧!"主要骂蝈蝈。

七姐不在跤场时其实也还在场，与黑梦在房上。

七姐牵着黑梦，走在前青厂通往琉璃厂或永光寺的路上。没人真正知道七姐和黑梦之间是怎么回事，为何过从甚密，通常都以为黑梦是黑雀儿的弟弟，七姐照料黑梦、带黑梦玩。黑梦虽然不愿到房子下面来，但明白七姐的心思，义无反顾让七姐牵着自己，招摇过市。我不想说我们相互利用，但事实如此。无论如何我都喜欢七姐，感到身心舒泰，感到一种简直是飞来的呼吸，七姐报复黑雀儿、恶心黑雀儿，我无所谓，仍一次次从房上下来，让七姐领着去"常发"买烟。

黑雀儿的困惑大于愤怒，他明白七姐，但不明白我。我怎么如此大胆，公然染指他的女人？黑雀儿警告了所有人，忘记警告黑梦，但这还用警告吗？

"你要能禁止她，我不反对。"我说。

"我就是要禁止你呢？"黑雀儿凝视我。

"你不是没禁止过。"我说。

黑雀儿眼里有了胡继军那种阴鸷的东西，这是从来没有过的。这种阴鸷的东西在胡继军身上是狠，在黑雀儿身上却呈现为软弱。这当然不是黑雀儿应有的。果然，黑雀儿两眼慢慢地发红充血，轻车熟路或重操旧业将黑梦吊起来。这才是黑雀儿，虽然整个过程都异常阴鸷。之前，黑雀儿其实就已知道七姐来房上找我，但一直佯装不知，直到知道黑梦与七姐牵手逛了商店。有人告诉黑雀儿，七姐还给黑梦买了动物饼干，黑梦边走边吃。

黑雀儿不顾我们厚嘴唇的爹刚果已经睡下，疯娘已经睡下，我已经睡下，从外面回来把我从墙角被窝里提搂出来，直接扔在地上。睡眼惺忪的黑梦回答诘问比平时还要清醒，甚至文绉绉的：你要能禁止她，我不反对。

黑雀儿阴鸷地打开黑柜，拿出捆三轮车货物的麻绳，将束手就擒的黑梦拴好了，一头挂在房梁上，升起来。太轻车熟路了，以致显得没有信心，因为这样要是管用，当初何必还要有个找书的协议？那时黑雀儿将绳子一头与其说熟练不如说无聊地往房梁上一扬，一次性成功，都没扔第二次。黑雀儿做这一切都像过去的同样不出声的刚果一样，此时的黑梦则和他当年的自己一样，站位、捆绑和吊起的方式都一样，黑梦被吊起后，黑雀儿不由自主就坐在八仙桌子一旁，拿起小杯子倒了一杯薄荷般的茶，一切似乎都一样。

疯娘和衣而睡，自从穿上了黑雀儿买的灯芯绒新衣，每晚她都和衣而睡，本来没有醒，却一下突然坐起，好像不是因为黑梦而是自己的梦坐起，看见半空中的黑梦似乎是梦中情景，于是原因不明地从炕上一跃而起，直扑黑梦，嘴里喊着的却是黑雀儿。

"雀儿！雀儿！"是把现在的黑梦当成了当年的黑雀儿。

黑雀儿一点不客气，非常准地一剑封喉，掐住疯娘。仰疯娘的头，撩开她混乱的黑白长发，什么也不说，只仰着。疯娘看着黑雀儿，慢慢幸福地笑了，捧着黑雀儿的脸笑成一朵花，回到炕上继续笑。

刚果一开始也坐起来，清醒后又躺下了。以前黑雀儿吊黑梦，刚果就不管，现在在黑雀儿的手段下他居然"以工代干"，不但从临时工转了正，事实上还由工人而转干部简直开天辟地，一个月前就已办好了手续，中山装名正言顺，多少年的梦实现了。当长得像李玉和的那位被黑雀威胁的院领导通知刚果去办转正手续时，刚果还以为自己被辞退了，结果一步登天，难以置信。刚果一句感谢的话都说不出，深深地低下了头。"我还可以辞了你！""李玉和"怒目圆睁，著名的"一边一块疙瘩肉"扯向两边，说，"是可以开除你，你可以把这话告诉你儿子，就告诉他我迟早把你处理掉！""李玉和"变成了鸠山、座山雕！刚果哪敢告诉黑雀儿，回来给黑雀儿跪下了，抱住黑雀儿泪流满面，不知是高兴还是百思不解，不过可以肯定的是，从此噤声，正如疯娘永远说唱。很快刚果又睡着了，过去鼾声如雷，现在一点声音没有，静若深井。

与刚果不同，也与黑雀儿过去不同，黑雀儿这次吊起黑梦不是惩罚，既没有抽打也没掐脖子，没像以前掐得黑梦眼珠几乎悬空，掉出来，而是更为愚蠢的囚禁。一般说来，吊了一宿，无论如何到了早晨也应该放下来，放是放下来了，但等黑梦上完了胡同口的厕所回来，又给吊起来了。

黑雀儿出门前，连比带画，凶神恶煞告诉疯娘，不能把黑梦放下来。其实无须交代，疯娘看着空中有个活物很开心，笑着说唱。以前从没明白过黑梦，这会儿也不会明白，看了一会儿也就不看了，像看房间里任何一样东西。刚果呢，像每天一样第一个离开家，天不亮就穿好四个椭圆兜儿的灰色中山装，戴着同样灰色呢帽子蹬三轮去医院上班了。刚果走时黑梦还在半空中睡着，刚果过来过去碰到了黑梦，黑梦醒了轻声叫了声爹，刚果什么也没听见，出了门。

日近中午，疯娘连给我一口水的意识也没有，因此黑梦一天也没尿。没有早饭也没午饭，午饭就是几块窝头，简直称不上午饭，也就没屎。还不如早晨起来不清空，但谁知道又给吊起来，要知道就不清了。如果不吊起来，疯娘多少还认识我，现在看着我又好奇又陌生，常常离黑梦很近使劲凝睇着我，有时还用指尖触一触黑梦的脸。逢到这时，黑梦便说我要喝水我要吃东西，她完全听不懂，黑梦越大声她就越惊讶，我不出声了像死了一样，她慢慢开始说唱。不过此时的说唱，更像一种灵吟或灵歌，虽然笑着越发瘆人。做饭吃饭是本能，不会忘记，正像呼吸一样。当然非常简单，知道热了，好像身上有古老的另一个人。

但我认为也许并非如此，我尖叫：

"他妈的，就算我不是人也是活物吧，是活物就该喂吧？"

我叫："你装什么装！"

她停止了说唱，眼睛瞪得大大的，试着战战兢兢拿出一块铁一样的窝头要递给我，但浑身打战，几乎送不到我嘴边。黑雀儿也没说不给我吃的，只说不放下我，真不懂她抖个什么劲儿，如果还是因为黑雀儿，那么她蒙昧的心为什么会蒙昧，为什么会疯？里面究竟都是什么？恐惧，全是恐惧。

她最终没给我一点吃的，又拿回去，说唱。

唱是快乐，是更深的恐惧、忘我的恐惧。

黑梦连续被吊了一个星期。吊起的第二天有了一定改进，不用绳子捆，而是改成一个金属网兜，即彻头彻尾的笼子。不过这个笼子可以像手风琴拉伸，不吊起来时在地上摊成一堆，吊起来就是十足的铁笼子。上有顶、下有底，全部由铁环制成，黑雀儿本是钳工，做这个轻而易举，想都不用想。较之于捆绑，黑梦一下在最小的空间有了最大的自由，可以爬上爬下，蹦蹦跳跳，抓着笼子荡来荡去像小时候荡秋千一样。其实人有一点自由都很快乐，和动物一样。但也有另一面，绳子捆不可能长久，不然的话肌肉会僵死，笼子里虽有了点活动度，却也意味着囚禁可能长久。当我意识到这点，我觉得这家伙太原始了——怎么能这么原始？怎么想的？当然，在黑雀儿看来，他的弟弟在笼子里再恰当不过，甚至早该如此。怎么才想到？刚果没有态度，谈不上高兴也谈不上不高兴，穿着灰中山装读报，报纸举得老高，从笼子里望出去，常常只能看见报纸后面的一点点灰帽子。这个笼子，疯娘还以为是秋千，几次试图推黑梦，瞥见黑雀儿又退回。但如果黑雀儿不在，疯娘真的会推我，荡来荡去，笑得像一朵花。脏也会像花，再加上笑，绝对另一个世界的幸福，我实在不想说是阴间的幸福，因为真的很快乐。当然疯娘是不会给我投食的，她这么快乐，怎么会想到投食？这点黑雀儿倒是想到了，每天走前投食放水，如果黑雀儿刷夜不回来，这事就是刚果做。没什么不同，只不过厚嘴唇更厚，如果不看刀裁的眼，更近非洲。有了吃的和水，大小便自然都在笼中，放风去厕所的机会都没有。当思念一个人，比如并无特别大关系的七姐时，黑梦觉得还不如吊着，终日青筋绷起两眼突出及至意识不清。刚果投食放水时，黑梦再没叫过爸，只是龇着牙笑，试图有点人的表情。刚果当然视而不见，哪怕像疯娘花开也好，不。但我还应感激他，我仍是他的儿子，否则何以这样地严肃？严肃到没有表情，如果说嘟着厚嘴唇是一种表情，也是永恒的表情。我是他的儿子，我不属于动物园，我知足。是否该流点眼泪？

　　除了思念，思念七姐，黑梦最不能忍受的是自己笼中的大便，别人的大便都可以忍受，自己的实在不能，简直想吃回去。于是我只能尽量少吃饭，后来竟不吃。还是黑雀儿了解我，后来除了扔给我块干粮，还给我扔了本书，我于是又吃起饭来。我饿了，那天狼吞虎咽一口气吃下三个放干了的窝头（前几天不管我吃不吃黑雀儿都放一个），一边开始看书。彼时已是暮春，阳光和煦，异常温婉，薄如蝉翼的光线，透过斑驳玻璃打在笼子一格一格的网眼上，梦幻般明亮。

那天黑雀儿下午回来得早，好像如约专门送书。事实当然并非如此，那天他虽一早就出去了，实际没去上班，而是在东土城约了一场规模很大的架，结果十分顺利，双方和了。中午回到崇文门"新侨"，双方吃了一顿，正好下面的人把书给了黑雀儿。彼时北有老莫，南有新侨，老莫即北展的莫斯科餐厅，自然那儿比较张扬，往往是首选，特别是刚出道的顽主都愿到老莫张扬一下。老泡儿更愿到崇文门的"新侨"。新侨事实上水更深，当然，再深也都是从老莫过来的，事实上无论到了老莫的份上还是新侨的份上，两边很少真的掐起来，新侨让步，老莫知趣，一般是这样。黑雀儿如今也算老泡儿了，打架少了但名声更大了。

黑雀儿拿着书但并没把黑梦放下来，而是蹬着板凳站到上面，从笼子收口把一本旧书扔给了黑梦。黑雀儿扔书时有种镜子般的表情，难以形容，如果冰面是镜子，他就是冰映照的，不过看在他信守诺言，那又是本旧书的分上，我决定跟他谈谈。尽管那时他已上炕，拉上被子背对着我，我还是告诉他，七姐也在看书，并且是看他找来的书。他喝了酒，不过看上去不多，有酒气但不挂一点相。他突然掀开被子坐起来，从没那样认真地看着我，干脆说是完全不懂我的话。

"她看了《包法利夫人》。"我说。

那样子更不懂了，如同冰冻得更紧了。虽然我和七姐都没真正读完《包法利夫人》，但毕竟接触了，而光《包法利夫人》这名字就有拒人千里之外之感。我当然是想刺激黑雀儿，但也有点感激他。隔着笼子上的许多小圆铁环，我对黑雀儿解释说，他断绝了所有人和七姐的来往，她只能来找我。我告诉他，我带她到房上世界到处转，她非常开心，我们一起在房上看书，我给她讲书。

"我回头把要给你的书给她。"黑雀儿披着被子说。

太阴了。不过我很快从打击中恢复过来，告诉黑雀儿这没用，首先他根本不懂书，不知道拿来的是什么书，"你拿来的大部分是红宝书，《国家与革命》《哥达纲领批判》《论十大关系》，鲁迅的书，《商君书》《中国儒法斗争史》《批林批孔》，没完没了，都是这些，七姐是不会看的。

"你给她的书最后她都会拿到我这儿来，你信吗？除非你永远不放下我，或者消灭了我。"我在笼中说。

"那就谁都别看了，你也别看了。"黑雀儿下炕。

走过来，拽着绳子把我降到距地面一尺的地方，拿走了刚刚从外面回来带给我的书。一本很难得的书，《一千零一夜》，简直像流星。黑雀儿不但拿走了盖着图书馆红戳子的《一千零一夜》，还拿走了笼子里所有的书，尽管是读过无数遍的毛选，我还是发出了尖叫：啊，别都拿走，留下一本！听到这样的尖叫，我第一次明确地知道自己的确和别"人"不同。

我甚至看到疯娘都捂起了耳朵，刮风一样地使劲摇头，头发甩得像七八级风似的，疯子一向是夸张的。酒后的黑雀儿睡意全无，抄起八仙桌子上的抹布，掐住我的脖子塞到了我的嘴里。抓到"舌头"就是这样，非常简单、实用，还在笼子里把我捆了起来，动弹不得。我仍在叫，但已经听不到自己的声音，听不到，慢慢冷静下来，好像刚才叫的不是我，是疯娘或别的什么人。而一旦冷静下来，我的泪也流下来。又被重新系起来，这次一直顶到房顶，如果连疯娘都不易看到，我就更别指望刚果。但没想到第二天早晨恰是刚果临出门前把我放下，解开了笼子中捆我的绳子。彼时，刚果已穿好四个兜儿的灰中山装，戴上帽子，胸前挂好了上面有头像、下面是横条"为人民服务"的纪念章，以及同样灰的裤子。黑雀儿还在睡，即使睡醒了，看那架势刚果也会把我放下来，然后投食，一个馒头。主要是解开我身上线团一样乱七八糟的绳子，解除一重囚禁，然后又把我吊起来，已经吊到顶了又放下一点，夹着棕色公文包走，可以想象他蹬上三轮的样子。而且，刚果起得太早，仿佛在另一时空，黑梦给吊得也有点马马虎虎。

黑雀儿起来了，匆匆忙忙准备上班，跑到外面水管子前迅速刷完牙、洗完脸，咬上一个馒头，将黑梦放下，投了一个馒头，放上水，好像完全忘了黑梦原本是捆着的。准备系起来时，黑梦轻声地请求："哥，把那几本书也给放进来吧，要不太无聊了。"这样的请求非常危险。黑雀儿凝望了一会儿已系到半空的笼中的黑梦，捡起昨天扔到墙根的几本毛选，包括《一千零一夜》，没任何区分地扔进笼子，完全忘了昨天的事，升到半空没到顶便走了。

疯娘的说唱如同永恒，如同电台里的《红灯记》《杜鹃山》《智斗》，奶奶您听我说，我家的表叔数也数不清……穿林海过雪原我迈步出监，天上的锁龙王母娘娘栽，地下的黄河老龙王开，杨六郎把守三关口，韩湘子他出家就一去不回来，这么好的天，下雪花，这么好的媳妇，光脚巴丫儿……狱警传，似狼嚎……即使黑梦被吊在半空也改变不了疯娘，更改变不了院里老人的戏匣子。通常只要疯娘一唱，院里老人就像为抵消疯娘一样打开了戏匣子，两个时代，但说不上迷幻。当然也有些许变化，自我被吊起，疯娘看着我唱得更加迷人，陶醉，笑，幸福，以致这天午后，七姐走进我俯视的空间，疯娘并没有像以往见陌生人时的破口大骂，反而像看着幻觉一样看着七姐继续唱。疯娘花白的长发挡住整个脸笑，不知多久没洗脸了，脏得板结，以致很有质感，像金属一样迷人甚至恐怖，笑容一如街头很脏的雕塑。

"你是雀儿的媳妇？"

眼白与同样白的牙在问，摸七姐的脸，五根黑金属般的手指，指甲很长很白，几乎像化石。七姐想躲又不好躲，被拉住也就拉住了。疯娘念念叨叨说的是戏词儿，但七姐哪里知道《天仙配》《西厢记》之类，又本就是疯话，结果一句也听不懂。七姐使劲朝梁上仰头，对着疯娘大声喊：我是他的朋友！疯娘百思不解地看房梁上的黑梦，凝睇七姐，雕塑的恐怖消失了，仿佛脑中一时流云飘过，但流云过后却不是蓝天。是无边的黑，障碍，通常障碍会引起发作，果然疯娘的嘴脸开始痉挛变形，大声尖叫你是谁，七姐却满不在乎地仰头问疯娘：

"黑雀儿把他吊上去的?"

疯娘慢慢凝住,松开七姐,充满惊恐。黑梦一直没出声,好像一出声就更像是笼中之物。七姐试着把笼子从梁上无师自通地拽下来,拽到半截,疯娘突然更加惊恐,拉住七姐使劲摇头。黑梦在半空中,几条透过窗帘缝儿的夕阳射进笼子,层层金色立体微尘像栏杆。七姐看看疯娘,又看看笼中半蹲半坐的黑梦,目光不由自主,就像在动物园。当然不能对猩猩说什么,所以七姐没问黑梦任何问题。七姐像驯兽员一样拨开疯娘的铁爪子继续向下拽黑梦。七姐竟然一点不怕疯子,不过话说回来,一个眼睛布满惊恐的疯子也的确不让人恐惧,疯子的恐惧是不会让常人恐惧的,特别是当你完全不理解恐惧的时候。笼子被拉到地面上,黑梦沮丧地垂着头,没有一点高兴的样子。疯娘甚至拨开七姐,抢先俯身看笼中的黑梦,完全忘了一秒钟前恐惧的自己。七姐打开金属网收口,黑梦一下跳出来。

"我说怎么找不到你了,这些天你都在这里面?"

"等等,"我说,"我先把它扔到外面,你快被熏死了吧。"说着,我提着装有屎和尿的笼子放到了外面,然后将门上吱吱作响的弹簧摘下,把门敞开。我看到七姐长吸了口涌进来的新鲜空气,七姐真了不起,一直不顾屋里的恶臭。

"我来过!一直没进来。为什么?是因为我吗?"

"当然是。"黑梦说。

"这孙子,丫怎么这样,太不是人了!"

"我不是,他是。"黑梦说。

城与年

"他不是！丫太黑了，对你们家人都这样，我真服丫挺的了，哎，你妈不管，你爸也不管丫挺的，你爸干吗吃的?"

"他管他爸。"

"谁爸? 不是你爸? 你们家怎么这么乱，都有病?"七姐不解，"他怎么管起你爸了，他爸，我 ×，你们家真别扭，我真没见过这么不是人的，我以为就对我这样，对你更狠，没人治得了他?"七姐大骂黑雀儿，片儿鞋连跺带踢，一口流氓话，但比起黑雀儿的流氓，还是太天真了。

"我可没病。"我说。

"你? 哼!"七姐反应不过来。

疯娘欢喜得不得了，走路像飞一样，当然更像飞着蹦一样，竟然给七姐倒了碗水。这是极少有的事，板结的脸像脏河开化一样，细眼睛在花白头发中分外明亮，拉着七姐问这问那，不住地喊，"真俊"! 依然把七姐当成黑雀儿的人。七姐接过水没喝，顺手把碗俯身递给我。这两天因为拿走了书，黑梦绝食绝水，接过碗一饮而尽。七姐把空碗递给疯娘，疯娘疑惑地又倒了一碗，也不飞了，七姐接过又俯身递给黑梦。疯娘在黑梦和七姐之间来来回回，表情不定，反差极大却毫不吃力，一方面是无明，一方面是喜极。后来，一九九七年或者一九九九年，也是好多年前了，我在电视里看到一则麦当劳广告，一个小孩儿坐在秋千上一会儿哭、一会儿笑，随着麦香鱼在窗口的消失、重现。我后来也做过一点广告设计，我觉得那个孩子就是我。此外不管七姐对黑梦多好，疯娘都固执地夸黑雀儿，说她的衣服是黑雀儿买的，还给她买点心，说着从铺底下拿出一个旧点心盒，竟然真的拿出一个黑乎乎的蛋糕，居然给了七姐。贮了多久都不舍得吃，已经完全发霉，七姐毫不犹豫、十分自然地扔给了黑梦。疯娘大惑，表情凝固。蛋糕已完全干了，硬邦邦的几乎咬不动，黑梦咬下的全是粉末。黑梦本想不吃，但还是决定吃，很默契。

　　七姐一直没走，疯娘不让走，不时停下活计拉七姐，重复"别走"。瓷盆里发着面，疯娘剁了两个大红萝卜，放了点油盐，其他什么都没有，蒸了一大锅包子。做饭是本能，完全可以无意识，不同的只是特别甜蜜地笑，笑着叨叨念念。包子蒸出锅，黑雀儿正好进门，七姐本来也想等黑雀儿回来。七姐一点不客气，留下来与黑梦、疯娘、黑雀儿、刚果一起吃饭——就是包子，没别的。刚果比黑雀儿进门早一点，非常惊讶，既没有高兴也没有不高兴的样子。七姐自我介绍说是黑雀儿的朋友：我爸教黑雀儿摔跤，我爸是黑雀儿的师父，断续补充了两句，却并没明显改变什么。或许倒不如说是黑梦的朋友。七姐看着刚果壮硕的四个兜儿中山装，觉得很怪，干部不是干部，蹬三轮的不是蹬三轮的，眼睛跟黑雀儿一个模子，一条线，身材却与黑雀儿完全不像，是一家子又不像一家子，只是摘掉了帽子，没脱下外套松快松快。刚果不说话，见黑梦没在房梁上也不奇怪，毫无疑问，是七姐放下来的，也不奇怪，刚果渴了，给自己倒水。七姐明显感到来自刚果的压力，恰是这压力让七姐质问刚果（其实应该质问黑雀儿），为什么把黑梦吊起来？说着，还踢了一脚摊在当屋地上的铁笼子。然后，黑雀儿进来了。包子上桌，黑梦狼吞虎咽，两口一个，七姐反倒没质问黑雀儿。明摆着

　　　　　　　　　　　　　　　　　　　　　　城与年

的，什么也不用说，七姐十分亲昵地给黑梦拿包子，自己也吃。一种挑战、报复，却与黑梦无关。

七姐走后，黑雀儿一分钟都没耽搁又把黑梦装笼系上屋顶，临了还不错，没忘记随手扔进来两本红宝书，还说了句好好读读。疯娘的眼睛虽然睁得大大的，但是毫无光感，仿佛某种石头。七姐以为完全可以阻止黑雀儿了，实在是过高估计了自己，也过高估计了黑雀儿能忘了此事。太特殊了反而有时容易遗忘，结果三天后到房上来找不见黑梦，发现黑梦又被吊在房梁上。已吊了三天，一直绝食，并且拒绝看书，书都撕成了单页，中间挖孔。七姐将黑梦放下来，从这一天开始，有很长一段时间，七姐每天早晨先到我们院，把我接下来，然后才去上学。

我和七姐常在房上一坐就一个下午，有一天，七姐突然掏出一只打火机点烟，因为打火机也给了我一支烟，"啪"的一声也给我点上——声音又好听又响亮。火光照亮七姐遮耳的头发、脸庞、好看的眼，照亮了黑梦、黑梦牛一样变形的眼，也照亮打火机自身：金属网眼中的白色棉丝散发出煤油新鲜的味道，以及燃烧到末端轻微的棉丝煳味，这种与烟味混合在一起的第三种味道。打火机是一种机械，与火柴不能同日而语，意义几乎有点像火车对平原。一般人都见不着，黑雀儿、胡继军用的也还都是火柴。我们院里只有给大个子送劳保工资的工程师小栾儿用打火机，每每看到小圆筒式淡粉色的打火机，我们院孩子都感到非常新鲜，如果谁能摸一下都非常自豪。而七姐的打火机又有所不同，比起小栾的小圆筒打火机来，一看就高级许多，银金属、方形，印着英文，看不懂。主要还崭新崭新，银色的细格像岩石一样，一看就是男人用的。但倒也正适合七姐……还有什么人跟七姐来往……不然怎么会有这么稀罕的打火机……就算秘密来往，那个家伙也够胆大的。不过七姐好像并不觉得打火机有什么特别的，一跟七姐要，七姐就把打火机扔给了黑梦。扔得有点高，黑梦跳起来才接住，七姐习惯了，有意无意的。

我也习惯了，甚至接起来还夸张一点。

我猜是黑雀儿给七姐的，虽然没有道理。

"他？给我都不要。"七姐吐了口烟说。

"那你哪儿弄的？"

"你就别管了，反正有人给我，不是黑雀儿。"

"色胆包天啊！"我其实是给自己下台阶，如果不是黑雀儿是别人，我妒忌死了，我正经说，"胆儿够大的？不怕黑雀儿？"

"你什么意思，要告诉黑雀儿？"

七姐还真直接，一下截到我情绪深处，甚至我觉得黑雀儿做得还不够，还有漏洞，怎么还有人跟七姐来往？七姐这么敏感，也让我对自己吃惊，事实上，我并没明确想到要告诉黑雀儿这件事。

"我都不知道谁送的，怎么告诉黑雀儿？"我说。

"我就那么一说，看给你吓得，告就告。"

"我真的没想，向毛主席保证！"

七姐虽然敏感，但从不重视自己的敏感。七姐又稍解释了一下，"一哥们儿偷他爸的，他爸在国外。"就这么两句。

"国外？"我看《参考消息》，对国外不陌生。

"他爸是外交部的。"七姐说，弹烟，好像很熟悉外交部似的。其实完全不熟悉，外交部、国外，到底怎么个意思？再问七姐，还烦了。

"不知道，不知道，你打听那么多干吗？"

其实就是外交官、驻外大使、参赞、武官、一秘二秘之类，但当时对这些完全蒙昧。黑梦习惯性地把打火机拆卸一通，他一向就有这个天赋，在土站什么没见过，什么复杂的玩意儿都能拆了再装上。当然，我记得非常清楚，也是一种对内心情绪的掩饰，好像一下把事情隔过去了。

"啪"，黑梦打着了火，完好无缺。

七姐掏出烟，也给了黑梦一支。

七姐和黑梦趴在房脊上看远处，房脊有半人高，七姐没问题，多半个身子露出来，黑梦和房脊差不多，要蹬几块砖才能望见。房上待长了也没什么可看的，无非就是一望无际的屋顶，他们都没见过海，想象不出这很像在阴天的海边。黛色海平线，零星的楼房像帆，北京站、工会大楼、民族官像船。

"让他当心点儿。"黑梦突然说。

"谁？"七姐侧低头。

"送你打火机的人。"

"哦。"

七姐不知在想什么。

"讲故事吧。"

七姐动辄让黑梦讲故事，讲黑梦看过的书，有时说着说着话，就会突然打断黑梦：讲故事吧。讲什么都行只要讲。七姐有时听，有时并没听，像这样趴在房脊上多半没听。没听，黑梦照讲不误，就像收音机，与她有关，又无关。没错，黑梦差不多就是七姐可开关的收音机。尽管黑梦知道得也不多，没什么书好讲，但还是使出浑身解数，添枝加叶，想入非非，随讲随编，就像不久后我们在房顶上一个贴着封条的阁楼里看到《一千零一夜》的山鲁佐德竭力吸引国王山努亚一样，黑梦几乎就是山鲁佐德，七姐就是山努亚。这个比喻不恰当，因为是黑雀儿的问题，不是七姐的问题，但七姐能够天天坚持来把黑梦放下，不能不说也有黑梦的努力，以致黑雀儿最终放弃。黑雀儿不是傻子，最终发现吊起黑梦只会更增加七姐跟黑梦的联系。什么都怕习惯，七姐每天的到来已成习惯。黑雀儿终于发现黑梦不但没有痛苦还有期待、渴望，神情混乱。在笼中，黑梦想得最多的是，如何给七姐讲一个吸引人的故事，而黑雀儿怎么凝视半空也想不出来。

黑雀儿没求助王殿卿，便把褡裢做好了，崭新，半袖，千层布面砸了无数道格子线，布与线差不多一半一半，用手抓又软和又挺括，不怕拽不怕扯。敞胸露怀，只在腰间系一条同样千层布的腰带，这带子能将人提起，从头上背过去也毫无问题。黑雀儿为了这套褡裢，跑了菜市口、西单、前门大街许多裁缝店，由于没有样子，很难说清楚，没店敢接，有的听都没听说过，找来找去，最后在前门大街快到天桥的一家老字号裁缝店，没三句话一位老师傅就明白了，应了这活儿。虽然该店已改名为"东方红裁缝店"，并且早就国营，但"一针一线"老字号名字仍然依稀可见。老师傅居然认识王殿卿，自己业余加班做的，分文未取。老师傅说当年王殿卿的跤衣都是他们这店做的，让黑雀儿给王殿卿带好儿。黑雀儿倒是死说活说，给了老师傅一百块钱。

黑雀儿、蝈蝈、胡继军跤场上穿上褡裢焕然一新，仿佛始皇陵的兵马俑，基本盖住了流气、邪气，哩拉歪斜之身板儿，以致整个跤场有了一种从未有过的专业感。摔跤也不一样了，过去是光膀子"抹泥鳅"，两个人先搭上架子——双手搭在对方赤裸的上身，然后开始。场上两团肉扭来抱去，使不出太多招数，特别是蝈蝈的大肚子，那肥腻的白肉动起来，一抓一滑，很难抓牢他，抓不牢就很难使上绊子。现在有褡裢不同了，不用先搭上架子，而是要先"斗手"。斗手就是你抓住对方却不让对方抓住，一旦抓住对方的领、袖、腰带，刹那间绊子就同时使上了，对手或自己被撂倒。就是说斗手和绊子是连续的。现在我还记得这样连续的绊子就有劈、崴、踢、撩钩子、脑切子、大背挎、跪腿蹬枝、穿裆铐十几种，这都需要穿上褡裢抓牢才能用上。没有褡裢前，蝈蝈虽说是黑雀儿的陪练，但倒下的却常常是黑雀儿，常引起哄堂大笑。那时黑雀儿快如闪电，却总是抓不住油腻的蝈蝈，一抓一打滑，蝈蝈甚至看上去没躲没闪，黑雀儿便摔在地上。黑雀儿经常破口大骂：×你妈，你这身白肉真操性！爹妈给的，怎么着，你也长呀！我要长你这样，我把自己卖了去。

有了褡裢，蝈蝈就腈等着挨摔了，活靶子，躲无处躲，闪无处闪，越挣扎越让黑雀儿兴奋，大背挎都使出来，蝈蝈落地砸夯一样。至于一样瘦、邪、流气的胡继军，与黑雀儿过去就是天然的一对，有了褡裢，正邪一体，真像有的书上所说"棋逢对手，将遇良才"，突飞猛进，看得让人揪心，老有胳膊腿儿要折或咔嚓咔嚓的感觉，两人谁都可能突然解体，分崩离析，但常常"好!"声一片。单看他们俩不能说像天桥，比天桥还远，或天桥的变异，反正不像天桥。至少目光完全不像，目光有三角形、四边形、菱形、圆柱形、锥形。不过话说回来，黑雀儿的师父王殿卿的宣武公园跤场就像天桥吗? 既不像过去也不像现在，倒是黑雀儿这里完全像现在，是所有人都熟悉的，毫无陌生感。

王殿卿长得不像七姐，除了日晒雨淋的黑与颧骨。或者即使气质上有一点像，但两人站一起也很难说是父女。当然，通常应该说七姐长得不像王殿卿。不应倒过来进行比较。不过也有原因，我见到了王殿卿，在宣武公园。王殿卿是个小个子，比我想象中的差远了，当然和过度想象有关，竟然不如七姐高，大概七姐更像娘吧，虽然我没见过七姐的娘。但王殿卿仍与众不同，一身肌肉就不同，众星捧月，眼睛就不同，那种光是七姐所没有的。如果七姐没有，别人就更没有了，无论如何，七姐还多多少少有那么点意思，如果告诉你她是王殿卿的女儿。

那晚，宣武公园跤场格外热闹。黑雀儿带着一大帮号称王殿卿徒子徒孙的来了，蝈蝈、胡继军、大烟儿、大鼻净、文庆、五一子、抹利、小永、二歪子，事实上是不速之客，黑雀儿一跪，后面"扑通扑通"跪倒一片，如果不算观众，简直像占领军一样，虽然是一群歪瓜裂枣。本来黑雀儿私开跤场招收徒弟，王殿卿也是前不久才从黑雀儿这里"正式"知道，虽然早就听七姐说了，但一直佯装不知；本来黑雀儿说要带徒孙拜见"祖庭"，带上一两个也就行了，结果倾巢出动，乌泱乌泱一大堆。王殿卿就像书上说的"面沉似水"，没一点高兴样子，没起立、没示意，仍盘腿而坐慢慢撕纸卷烟，以面对这些模糊不清的不速之客，最终皱起了眉。同样，王殿卿两边三位年龄相仿的老哥们也都一动不动，仿佛海上三仙。

《西游记》东胜神洲傲来国花果山，除了纵身一跃的孙悟空，没有人见过菩提祖师，这点一直让读者或听故事的人感到遗憾。那个周末晚上，小猴子们早早就在周家大院跤场集合好了，黑雀儿倒是比较低调，但亲自蹬着刚果遗留下的三轮，拉着满满的一车人，浩浩荡荡像杂技团一样，到了宣武公园。另外还有人骑着自行车，胡继军、蝈蝈、文庆、抹利在两旁护航一样，一路都有人从开花般的三轮车上被挤下来，赶快又挂上去，一路号叫。本来是蝈蝈骑三轮、黑雀儿骑凤头，与胡继军一齐开道，结果，黑雀儿不知哪根筋搭错非要自己骑三轮，也许怀念刚果或我们的从前吧。没人看到我，我是不会让人看到的，我在房上健步如飞。如果七姐留神或许会看到我，但这是我们之间的秘密，既是秘密，就不会有人从七姐那儿知道我。我们那一带胡同密如蛛网，大一点的就周家大院、前青厂、后青厂、永光寺西街、达智桥，过达智桥时，右手就是宣武门天主教堂，再往西是市府大楼、槐柏树街，就到了一片城市森林，没有大门的宣武公园。

也许因为光线关系，事实上也因为王殿卿自身——王殿卿线条有力的脸上阴影明显，多于两旁的三位老者，亮的部分也比另外三个人更亮，汗光闪烁，眼睛呈现金属般的光泽，后面曲折地停着的三辆三轮，形同舞台，场上正有一对肌肉发达的年轻人在撂跤。因为是林子深处，观众不多，观众中部分还是光着膀子准备上场的徒弟。树上挂着马灯，说是宋朝或沧州的某个地方也无不可，不像二十世纪七十年代甚至二十年代。倒是黑雀儿一干猴子，像时光中的异端，打破了这里的秘密时光。黑雀儿不管不顾，起身后拉着胡继军、蝈蝈，大言不惭地向端坐的王殿卿和三位师叔介绍，这是我大徒弟、这是我二徒弟、这是我三徒弟，与其说是介绍，不如说是炫耀，甚至挑衅。三位师叔至少有两位嘴撇得已有点忍无可忍，都在看着王殿卿。王殿卿毕竟是大家，对黑雀儿的不管不顾也真算沉稳，并且不可思议地起身依次点头。黑雀儿也算机敏，从三位师叔脸上看到不快，没再把大烟儿、大鼻净、小永、二歪子……一一介绍。

黑雀儿竟被安排在显要位置，挨着王殿卿。毕竟在众多徒弟中，黑雀儿是正式行过大礼、拜过师的徒弟，其他人都退到了观众的后面，黑压压一大片，虽然是后部，毕竟人多很有阵势。黑雀儿的人马倾巢出动当然不只是带人看景儿，也想展示成就，在这儿给师父做个汇报，若师父临场指导一二，也即是认了这帮徒孙，若能让胡继军、蝈蝈、五一子、文庆上场和这儿的师兄弟切磋一二，更是遂了某种野心。黑雀儿就是这种贼性野性不改的东西，王殿卿清楚，一切都清楚。

马灯昏黄，不似汽灯白炽，但也使林中一切都涂上一层古老金色：每个坐着的人都有重复却并不相同的影子，金色的和黑色的，跤手的影子要完整得多，每人看上去不像两个而是四个人，身上的褡裢也年深日久地发黄，即使不是解放前的也是解放初期的，多少次被汗水浸透又被时间深藏。比较起来，黑雀儿的新褡裢（带来了）虽也被汹涌的汗水浸黄，特别是蝈蝈那身肥肉穿一次相当别人穿十次，但与这儿的褡裢比还是新多了，只是工艺简单，就像七十年代的简易楼。而黑雀儿带来的褡裢再新，也不如正在场上你来我往的王殿卿的二徒弟和三徒弟身上的老派褡裢像样结实，正正规规是个物件。

二徒弟的肌肉漂亮，白净，一看就是早晚练功，白天上班晒不着，三徒弟正相反，脸皱，脏，没长开，甚至有点对眼，看着就让人揪心，结果还真是，总是把肌肉漂亮的二徒弟不知怎么一来就摔在地上。不过二徒弟要是赢也赢得相当漂亮，像他的人一样。当然，总的来说，还都是初级水平，毕竟恢复不久，一切都不过是简易楼似的水平。甚至徒弟都没细分，比如哪是王殿卿的，哪是二师叔、三师叔的，共同的徒弟，共同的师父，共同的简易。说起来黑雀儿反倒似那件褡裢，一丝不苟的老物件。黑雀儿一口一个"师父"，叫得很勤，听上去却很生，加上声音又尖又细，好像还从未变声，与他的名声很不相符。如果说黑梦或者我与人有明显的差异，黑雀儿在声音上也同样，这点我不知道我们都共同继承了已经化为青烟的刚果什么。黑雀儿一口一个"师父"，一再请求他的徒弟们上场演练演练，向师父汇报一下，王殿卿终于点了头。

黑雀儿立刻站起来，隔着许多人，向最后面的五一子和大鼻净招呼，大鼻净往后躲，黑雀儿立刻尖声尖气地咒骂："你丫他妈躲什么呀，快快快，你和五一子上场，快，找我抽你呢！"这不是在周家大院那个动物园似的跤场，师父就在他身边，而黑雀儿是冲动型、破碎型的，一旦自控碎裂了，比如一旦开始骂人就会忘记一切。显然这是拜疯娘所赐。王殿卿制止黑雀儿的破碎竟然都没制止住，以致三位师叔终于开口一齐呵斥黑雀儿，黑雀儿这才缓过神儿，赶快向王殿卿作揖，向师叔和所有在场人道歉。但黑雀儿并不会正常道歉，换句话说除了"流氓语言"就是"学习班的语言"，诸如"我检讨""学习不够"，忘了"三大纪律……不打人骂人……伟大领袖……教导我们说"。但在"祖庭"正常语言已多少恢复，同时黑雀儿的学习班语言也依然有力，也就谁也没法说什么。

大鼻净缩头溜肩上了场，脱掉脏背心，露出白肚皮。大鼻净家也是我们蹬三轮的，家里孩子更多，啃窝头都啃不饱，但大鼻净的肚子几乎可以和蝈蝈比，不过蝈蝈肚子大得瓷实，一看就是吃出来的，胸毛都出来了，当然也大几岁。大鼻净的肚子一看就像水肿，掐一把好像就可以流水儿。五一子按规矩将两副褡裢一件旋转撂在地上、一件自己穿上，动作完成得利索，像那么回事。谁也没想到一旦交起手来，大鼻净并不像人们想象的不堪一击，一招一式竟也有点功底，闪躲腾挪，竟也使出了干脆利索的招式，一下将五一子撂倒。

比较起来无论如何，观众都习惯性地看好五一子，结果五一子竟连连被大鼻净"猥琐"地撂倒，当然五一子也漂亮地撂倒大鼻净几次，应该说差不多打个平手。这些倒都在其次，主要是这一出人意表的交手，改变了观者，包括王殿卿以及三位师叔对黑雀儿带来的这帮歪瓜裂枣不速之客的印象，别说，两人的一招一式的根儿还真来自宣武公园这儿。大烟儿和小永上场了，然后是文庆和抹利，小农子和二歪子，虽然因为五一子和大鼻净的表现，他们没再被嗤之以鼻，但也没再引起惊异，事实上观众一直冷漠。直到蝈蝈和胡继军上场，两个人晃晃悠悠的，没个正形，一个肥硕，一个枯瘦，完全不成比例，不同于五一子、大烟儿、大鼻净他们还是中学生，两人一看就是年轻人，但又与这里的人格格不入，那种流气一望而知。蝈蝈有一种习惯性和"蛮横"的东西，咧着嘴，阴气很重，胡继军的阴气更接近邪，而黑雀儿则二者兼而有之。两人斗手，转来转去，"流气"毕现，交上了手，以至于搭上架子，肌肉绷起来，眼神儿仍有着流气的残余，但一两个回合下来，残余的流气完全消失，摔跤成为摔跤本身。

摔跤就有这么一种力量：在激烈的对抗中，邪的东西会被正过来，一招一式中都有这种练习的内容，传统的力量。蝈蝈肥而蠢，知道自己肥的优势，往那儿一戳从不主动出击，后发制人，往往别人的绊子使尽仍未撼动他时，他轻而易举把人扳倒或两手一翻扔在地上。但胡继军阴，总是虚晃一枪，十分灵巧，他太了解并且几乎是蔑视对手，因此并不真正给蝈蝈扳倒的机会，总是晃得蝈蝈呼哧带喘，东撞西扑。但这是平时，今天不知为何，胡继军毫不主动，摔跤就怕两人都不主动，杵着不使绊没看头，还不如五一子、大鼻净生龙活虎。两人还是压轴的，这么不提气，气得黑雀儿破口大骂，甚至站起来骂，三位师叔没见过这么失控的，反复侧目。

"你们俩他妈的怎么回事，他是猪，你也是猪呀，别他妈老杵着！"

"你丫那快劲儿呢？赶紧使出来！"

显然是骂胡继军，但骂了没用，胡继军照样不动。蝈蝈反倒用起力来，先吃力使了一个"崴"，把胡继军"悠"起来，胡继军没倒，刚站定蝈蝈又是一个"大别子"，扑空，两三招下来，气喘如牛。胡继军有明显机会，但还是没动，两人又杵在了一起。"你丫有病呀！"极其刺耳，但这次话音未落，奇迹发生，胡继军忽然向后倒去，连带着蝈蝈也向下倒去，胡继军使了个"跪腿蹬枝"，双脚一蹬将肥硕的蝈蝈蹬上了天，漂亮极了。所有人都惊呆了，片刻掌声雷动。

这是一个传说中的绊子，极少人使过。

只有王殿卿没鼓掌，几位师叔几乎异口同声朝向王殿卿说：

"大哥，这可是你几十年前的绝活儿呀！"

"怎么，也教给他了？"

王殿卿脸色铁青，映着幽暗的有点晃的马灯的光。王殿卿还远没到将绝技传给黑雀儿的份儿，事实上自打一解放就没怎么用过，后来完全不用了，已经变成一个传说。王殿卿自己连跟黑雀儿提也没提过，事实是有两位师叔聊天时神乎其神地讲过"跪腿蹬枝"这门绝技，当年王殿卿怎样一举战胜对手。所有的绝技都有危险性与个人性，就是说不是常人能使的，所以很难在跤场上流行。而危险首先是针对自己，置之死地而后生。即自己突然跪地，带得对手一起前倾，对手在你上面就像把你扑倒一样，然后瞬间双脚蹬出，蹬在对手小腹或脖子上，一剑封喉。整套动作一气呵成，没有停顿。这通常是被禁止的，除非两人是生死之交。谁也不会根据传说练习，唯有黑雀儿。黑雀儿骂胡继军就是因为这个，就是等着这一天。蝈蝈在地上躺了好一会儿，像虫子一样，不过最终站起来。始终没人过去看看，胡继军也只是低头看。

蝈蝈站起后，王殿卿严厉地转过头，对着黑雀儿。

"你们偷着练的？以后，什么时候也不要再使。"王殿卿声音也有某种金属质地，像其眼睛一样。卷着烟，点上，"你和你徒弟都不许再使，我说的是，在你的跤场上也不能再使、再练，我知道了不饶你。"

"为什么，师父？"黑雀儿尖声问。

"你听话就是了。"王殿卿也有点菩提祖师的味道。

"你可别不听，你师父不是说着玩的。"

"他废了你所有的功夫如探囊取物。"

"不能这么说。"王殿卿制止了几位。

一个"废"字黑雀儿还是懂的，不过也没特别表示什么。接下来是切磋，这是必然的，一拨人到访总要对阵一下。所谓"切磋"不过是客套，即使自家人场上对阵也都带着火药味，外来人更是如此。黑雀儿带来的一干人虽号称这里的徒子徒孙，但颇不正规，特别使出了传说中的"跪腿蹬枝"明显是显摆，当然现在不让用了也就不会有什么奇迹发生。"祖庭"的人只上场了两个，一个是和五一子、大鼻净差不多的半大小子，一点儿没以大欺小。一个是二徒弟，和黑雀儿年龄相仿。二徒弟先后与蝈蝈、胡继军对阵，一样没占得任何便宜。最后黑雀儿披挂上场，却没有了任何悬念，因为黑雀儿本就是这儿的人，平时与二师哥输多赢少观者都知道，这次一败涂地，一跤没赢。其实二师哥是带他，平时输黑雀儿两跤完全是让着。黑雀儿还算乖巧，最终也没使"跪腿蹬枝"。不过总的来说，王殿卿也给足了黑雀儿面子，亲自上场指点了四次，一个是五一子，一个是大烟儿，一个是蝈蝈，一招一式，手把手教，最后是黑雀儿。

输是应该的，得到王殿卿的指点谁也没想到，那就是认了这帮徒孙，所以一众打道回府时车上热热闹闹，兴奋异常，虽然开了花却没一人掉下来。七姐在中间就像花蕊一样，众星捧月。

"七姐，你爹太棒了，今天真是开眼了！"

"他的胳膊像铁的一样！"

"整个人都是铁打的！"蝈蝈也掺和进来。

胡继军像黑雀儿一样一声未吱，欢乐没影响到他们。

"七姐，没跟你爹学两招？"

"七姐，你什么时候教教我？"

"教教我！"

"教教我！"

无可避免地，七姐也成为五一子他们的朋友。所有的人都看见了我，包括黑雀儿，包括七姐。我在房上，我向他们招手，但他们欢笑时，因为对我过于熟悉反而熟视无睹，正如对房上的猫，或路灯。

刚果躺在太平间里，穿戴整齐，不是亲人而是医院的同事给他穿戴上生前的明兜儿中山装、灰帽子、圆口鞋。简单化了妆，厚嘴唇的深色纹理一如生前如蚕蛹的纹理，因为别处瘦了很多，嘴唇甚至比以前更厚。微张着，仿佛有无尽的话要说，生前却一句也不说。他是喉癌，晚期，发现时已经扩散，但还是将喉头切了。根本没必要切除，因为手术完就自杀了，还手术个什么劲儿？心爱的中山装的扣子系得非常紧，看不出喉结处有个洞。就连四个明兜儿的扣子都系得整整齐齐，显然穿之前洗过、熨过，肚子微微隆起，像个超级的大干部。这是黑雀儿的杰作。对着中山装，黑雀儿凝视了很久，将父亲的嘴唇紧了紧，完全无话可说，拉上了帘布。医院举办了小型告别仪式，一个副院长，院长没来。副院长念了悼词，代表院长向亲属表示深切慰问，一一握手，让我和黑雀儿化悲痛为力量。黑雀儿问院长为什么没来？副院长张口结舌，最终没有回答。外面还有一些自愿前来的人，三三两两始终没进屋，不知是不让进还是不想进。纸棺出来上灵车时，三三两两的人停止了交头接耳，但却没过来。黑雀儿没让我上车，一个人将刚果送上遥远的天堂。黑雀儿向院方提出的唯一条件，就是将那辆三轮留下，医院经过研究，院长最后拍板留下来……现在三轮载着七姐、五一子、大鼻净、大烟儿……一车马戏团的人，一车怪叫，行驶在史前般安静的大街小巷……

北京的房上是另一个世界，一个平缓的但却类似复眼的世界：一眼看去，房上不再有胡同、院门、道路、街区，但下面又有，只是上下不同。我看到了完整的世界，这很重要，甚至影响了我的思维结构。我看到无垠同构的屋顶一如无垠同构的海浪，几乎没有岛，某座孤零零雾霭中的楼房像帆，古老黛色的屋瓦以及其间的荒草，永远是猫、鸽子的世界。麻雀都很少，它们是更早的清理对象，唯有黄或黑的猫瞪眼看着鸽子飞，一动不动，仿佛永远与人无关，拿鸽子没什么办法，永远没有办法，但是喜欢看鸽子飞。极偶尔时，一个孩子爬到屋顶之上，探头探脑，与猫、鸽子构成瞬间的空间关系，鸽子远去又飞回。下面下班、上班、吃饭、上学、下学、跳皮筋儿，像电影不像真实，或者镜子的世界。但只要稍一平视，下面就根本不存在。反而暮霭中帆影般的孤楼永恒矗立，虚幻却无比真实。我在屋瓦上看书，在形同虚设的凉棚下，读物不多，《资本论》《反杜林论》《国家与革命》《野草》《矛盾论》《辩证唯物主义》……书都很新，看几行就得看远处的楼，无限重复的瓦。相比于鲁迅、列宁、斯大林甚至都好读一些，什么死火爆发，完全不知所云，不过有一句话当时就懂了，世界上本没有路，走的人多了，也便成了路。我这里的事实是，走的人不多也会成为路，房上没人，我一个人就走出了诸多的路，和七姐又走出更多的路。

我和七姐在黄昏的房上奔跑，在无垠的视野，在午后，在早晨，在雨中，在掠过一切使一切更接近海浪的风中奔跑。寻找所有可能去的地方，踏出许多只走过一次的路，不是猫但已最大限度接近猫，与下面无关。我们是两个野孩子，两个不同的人类，如果就我们两个，谁属人类或许并不好说。此前我一个人虽脱离了下面但很少远足，最多也不过在方圆五六个院子的范围转，事实上凉棚就像家一样，我很少离开，人熟悉的就那么点地方，一旦走出，无限的陌生就会向你扑来。有时我并不原路返回，而是抱着小西南园夹

　　　　　　　　　　　　　　　　　　　　　　　　　城与年

道的电线杆子下来，从地面再熟悉不过但因为走过房上也变得陌生的小胡同返回家中，就像做梦一样。电线杆恰在夹道拐角，下半截有个水泥方柱，我抱着电线杆先从上面出溜到方柱，站稳后再往下一跳，就算完成一次空中到陆地的旅行。所有的胡同事实上都是夹道，夹道宽了叫××胡同，窄了就叫××夹道。最小的夹道仅一人能通过，在房上一迈腿即可过。即使院子里也有夹道，四合院的四角都对着房子，就都是夹道，没有夹道就没有房子，四合院，北京。十几户、几十户、上百户的院子——院套院，院与院的衔接、区隔，屋与屋的照应，都是分子般的夹道。月亮门、垂花门、角门也往往在夹道上，没有门就是院里的"死胡同"，此处往往堆放杂物：煤箱子、碎砖头、木头、洗衣盆、儿童竹车、麻包、棉花套、破被子、纸箱子，猫从这儿蹬着东西跳上墙，从墙头一跃就蹿到房上。

七姐也从这儿上房，第一次我都没告诉怎么上、从哪儿上，她自己就找到了地方，后来自然也是每次都从这里露头，有时就和猫前后脚上来。如果正好让我看见，我会走过去拉她一把，那时我们一大一小，七姐自然是大猫。而我事实上连小猫都说不上，这点甚至从七姐的目光中也可以看出。逛动物园的人的目光都是善意的、快乐的，反而我在家从未受到这种目光。但我在七姐黝黑脸上的目光中看到了，那眼睛不亚于一只猫，跑起来也不亚于猫的眼睛。我们在房上真的就是四脚并用蹿房越脊，上上下下，跨过无数大小夹道的连接墙。没有方向、目标，能走多远就走多远，能跳过去就跳过去，能攀过去就攀过去，能悠过去就悠过去，以致有几次我们竟然看到了大街，看到蓝色的电车托着两条大辫子，几乎从我们面前掠过。我们就像在陌生的悬崖上，看到自行车、三轮车、卡车、红色的公共汽车、白色的闪着蓝灯的急救车、小卧车……每次七姐都知道是哪条街：校场口、菜市口、达智桥、虎坊桥。我就不行，只要是大街，我看着哪儿都眼生，就算走过也眼生。毕竟走得少，相反看着这些无比熟悉的大街，七姐明显有些孤单。她本来属于下面，我是另外一回事，常不在她的意识中。送她打火机的人怎么样了？有什么事吗？好像再没这回事，七姐的脸上连点影子都没有。有一天我们还看到了救火车，远远地有一处房顶冒烟，一看就是着火了，满胡同的人看着火，人挤人，熙熙攘攘，水泄不通，没啥可看的看着火最刺激，没见明火，救火车来了，有点不过瘾，人们让路，戴钢盔的人跑来跑去。甚至在房上，七姐都一下兴奋起来，从没那么高兴，使劲蹿房越脊往那儿跑，黑梦都跟不上，呼哧带喘落在后面。居高临下站在房上看救火车，看得非常清楚，那是黑梦第一次看到了戴钢盔的人，过去只在《地道战》《地雷战》见过日本鬼子戴，印象太深了，以致脱口而出。

"日本鬼子！"

"胡说！"七姐说得还挺认真。

"你听说过吗？"黑梦又说，"急救车撞死人白撞。"

"救火车才撞死人白撞。"七姐同样认真地纠正。

"急救车也是吧？"黑梦试探地说。

"真废话，"七姐说，"撞死人白撞那还救哪门子急？救谁呀？你真该去动物园，懂什么呀，不懂别瞎说了。"

七姐习惯了，黑梦也习惯了，还有种快感，当然也只在七姐这里。不过刚果生前喝薄荷时，确实讲过急救车撞死人白撞的事，他们医院就发生过，结果两个都死了，都放在了他们医院太平间里。

"真的?"七姐瞪大眼，很高兴的样子，喜出望外似的。

我也同样喜悦地说："我们家以前用的好几个十五瓦灯泡，就是从黑雀儿他爹刚果的医院太平间拧来的，后来灯丝都断了，黑雀儿转了几转又搭上了接着用，瓦数比原来高一倍，贼亮贼亮的，比四十瓦灯泡都亮，电费按十五瓦交。"

"不也是你爹吗?"

"黑雀儿的爹。"

"刚果不是你爹?"

"我动物园的，哪儿有爹。"

黑梦没任何怪七姐的意思。

"你还挺认真!"

"没有!"救火车已经远去，火没着起来，但"嗡儿嗡儿"声儿还在，很远了没影儿了，还在嗡儿嗡儿。

秋雨绵绵，一九七四年的秋雨像雾一样，几乎不能算是雨，我们在蒙蒙的雾气中奔跑，似乎让猫和鸽子还有少许的麻雀都感到奇怪，或奔跑或惊飞，没人打破它们的世界，七姐才不管它们，也不管黑梦是否跟得上，某种意义上说，我倒觉得七姐更接近动物园，她那样喜欢奔跑，马、鹿一样奔跑，就好像我喜欢似的——我并不喜欢! 早已不是我带着她跑，而是她带着我，这委实不同。我们头发都湿了，身上也湿漉漉，不过只是表面湿。七姐盖住耳朵的头发"刷子"湿了后柔和了许多，那本就是她妩媚的地方，别的地方都像男的。麻雀打湿了翅膀会散着，对，七姐的湿发就有这股动人味道。

我们穿得很单薄，单衣单裤，七姐那件是浅色尖领外套，仍属国防绿色系，三个棕色馒头扣也属仿造，要是真的就好了，鸡腿儿裤一看就是自己改的，同样男性化。唯独秀气的片儿鞋是女性的，与麻雀般的耳边鬓发有种一致的东西。我无法不用街上流氓玩闹的眼光打量七姐，我并不反对她这样，但那时我希望七姐真的是个跳舞的女兵，她的肤色包括眼神都像《红色娘子军》中的吴清华，特别是那劲头太像，我觉得要是七姐演吴清华没治了，可惜的是，校文艺宣传队绝不会让"圈子"演吴清华。谁适合演洪常青？黑雀儿不行，但要做七姐的男的还真只有黑雀儿，谁有那份儿降住七姐？可惜王殿卿是黑雀儿的师父。打火机根本不适合七姐，外交部哪儿和哪儿呀，八竿子打不着。我的头发很长，跑起来跟刮大风似的，在七姐身后都横起来，与我的身体不成比例。七姐喜欢我的头发，自从主要待在房上之后我就再没剃过头，我觉得没必要。七姐喜欢我的长发，有时还给我梳一梳，让我很是不好意思、浑身发热、激动、羞愧、神奇、乱七八糟地无法言喻，从来没人像我进化得这样艰难，痛苦、混乱，哪儿是进化，正相反。

讨厌的雨，忧伤的雨，不，事实是雾。

房上很滑，没路，我们经常相互拉一下。七姐拉我时居多，甚至有时干脆将我抱起来再放下。她的眼睛、颧骨的线条，大气直接，与身体一致，将我抱起那一刻让我是多么地忧伤。有的宽夹道或胡同迈不过，必须得先下到地面再搂着电线杆子上去。下来没问题，上去爬电线杆我身体上很吃力，七姐总是将我抄抱起放到下半截方形水泥柱上，不管不顾地让饱满的胸脯碰到我，简直像地狱。我不想抒情，不想说醉人，这不属于我，但我发誓……七姐有时直接把我举到夹道墙上，再一托托上湿漉漉的房檐。雨天松木电线杆子会跑电，我们都被电得麻酥酥的，七姐不觉得，我觉得。

"你别抱我了，我能上，真的。"

我不好意思下面有反应，七姐放开我，没表情。

"你别看着我。"我说。

七姐转过身去。

"好了。"我站房檐上说。

我们常去那个阁楼——每当我们茫然没有方向，那个阁楼总成为我们的无意识的方向——或者不该叫阁楼，是个房上的小房子。那时视野"碧波万顷"，有稍高出地平线一点的东西就打眼。广袤田野上的机井房也类似。阁楼不朝院子，在两个连体房脊之间的一侧斜面上凸出来，同样有个小屋顶。屋顶为三角形，下面是两扇窗或门，被两道"X"字形的宽木条封死。里面全是书，各式各样的书，简直是图书馆的局部。但外面完全看不到里面，我们对里面一无所知，只是常靠着凸出来的小房看天、鸽子、猫，事实上我们在它们的地盘，像它们一样享受隐秘的不被人看到的时光。要是别的地方，院里无论做饭、跳皮筋儿、晾被子或刚进院的人一抬头，就能看见房上的人，常有人喊："有人上房了！"我们就得赶快躲。如果阁楼有天不被我们无聊地打开，或者没有阁楼，我不知道后来七姐是否会去美国，包括现在人还在美国。可以肯定，不会。当然，估计七姐早把我忘得一干二净，但这事对我没有任何意义，即使有意义，也不在未来而在当时。在绵绵的秋雨中，在雾中，在我撬开的木条中。不知道七姐是否愿跟我一同回忆当时撬开的情景——如果七姐回来的话。这当然只是一种想象，但我认为是一种有价值的想象。七姐也老了，至少一个人时，可以回忆当时的情景：木条撬下，两扇小窗也轻易打开，我们看到了从未看到的、想都不敢想的世界：书。我们都没有"书房"的概念，看呆了。别说书房，若不是与黑雀儿的合约，连一本书都少见。之前我们院似乎仅有张占楼一家有书房，但直到那些藏书被付之一炬我们才见到书，也没见到那书房。黑雀儿拿来的绝大多数是新书，书就该旧，这似乎是骨子里的印象。这里全是旧书，这里的旧书多得让我们震惊。没有阳光，只有雾，雾一般的细雨，而里面一切都蒙着尘。

但一切都仍清清楚楚，只是像一个水底世界，一条沉船。如果我没见过这样的世界，七姐就更应该没有见过，因此七姐比我还要惊异，不解，不可思议，甚至没发出惊叹。我也没有。她不会，我怎么会发出？而对于不理解的事物，又怎么可能发出惊叹？正如在这个窗口发现了不理解的外太空，也不会发出惊叹。没想到我要跳下去，七姐却拦住了我，无法解释这一动作，我只能说无论如何，七姐还是比我进化得彻底，更接近人。这让我很惭愧、绝望，毕竟无论什么书，我是在看书的。别看七姐不读书，但或许七姐是有前世的。我没有，黑雀儿没有，但是刚果应该有呀？怎么会有了"没有"的我们？这当然只是后话。当时只是费解、无明，只是被什么击了一下。我完全认同了七姐，不能造次，甚至没和七姐争论一下，这阁楼显然没人怎么能下去？一声儿没吱。

是的，我是饥饿者。太饿了，我只想迅速占有、掠夺。但我爱看书，倒也是真的——这方面我们院没人比我更接近人。或者非人。

七姐问我："这是什么地方？"我倒是没想过这问题。

"这是……"

我说不出来"书房"二字。

我无法命名。

房上偶尔也有破铁皮、三合板和碎砖头搭建的居所，通常是捡破烂儿的临时居所，我的凉棚就已改造成了这样的破烂儿居所，远看也很打眼，但它们就像癣一样，绝对称不上费解的阁楼。阁楼生来和房子一体，青砖棕窗，三角造型，四合院本无阁楼，至少到清末民初才有，显然有了舶来品的味道。就是说，四合院并不完全传统，细看有变异，有现代感，当然，"X"形封条不知算什么变异，甚至都不能算是变异。反正像黑梦这样捡破烂儿总是捡到什么就能拆卸什么的人，对付这种封条颇为吃力，撬三次才在这个雾天撬开。一旦撬下"X"形封条，对付锁或窗闩这类事，就小菜一碟了。对开的门窗原为棕色，但油漆已老，几成黑色，上面三角形玻璃结着岁月深深的尘垢，一个角裂了一道缝儿，里面是遮挡物，要不怎么从外边看是死膛的呢。拨开里边窗闩，使劲一推，两团比雾浓得多的烟尘迎面扑来，幸亏没风，外面也只是黏稠的雾，不然浓尘会将我们一下吞没。外面涌动的灰尘落定之后，可见里面静静的灰尘：书架、书、一张书桌、一把藤椅都是灰尘的轮廓。桌上茶几和藤椅上也都是书，都蒙着尘，可以看见尘埃中的楼梯，如果桌前坐着一个满是灰尘的人，我也不奇怪，感觉这里不像人间，像墓室。

我太渴望"墓"中的书了，特别是那些书架上的书，只挂了不多的灰尘，大大小小五颜六色的书脊都清晰可见，书名长长短短，别处都凌乱，唯有书架上的书整整齐齐，有的很厚很硬，完全是洋文。七姐不仅不让我跳进去，反而让我把窗户关上。七姐的话就是命令，超过了那些书的诱惑。我从外面关上了窗，又把木条原样放上。

"别钉死，轻点，轻点，挂上就行。"

一切照办，七姐说什么我做什么，心里不同意也不吐一字。我们要看看阁楼到底属于下面哪个院子，有什么机关，是不是还住着人。我觉得七姐是对的，心智还是比我健全，尽管有些不可思议。我们踩过了几个夹道短墙——院子的连接线，来到另一边，看到一个独立的院中院，带阁楼的房子显然就是这里的，下面三间带廊子的大北房有两间贴着封条，虽不是"X"形木条却更警人，因为有字并且有红章。尽西头一间显然住着人，门前堆着煤、杂物。阁楼应在东头房顶外斜面上，或者中间这间的正上方，一时说不好。院间有海棠、花池、闲置的鱼缸，有的鱼缸只剩一半。花池也没有了花，里面放着碎砖头。东西厢房也有人住，放置几乎同样，但至少有两家长期上着锁，因为锁都锈了。南墙有个月亮门，门没了，只有洞，通往前院。其实我们过去就走过这里，甚至见过封条，但就像见任何事物一样熟视无睹。

　　七姐对房间本身的兴趣远超过书，看得非常仔细，按理应该倒过来。至少一个正常人，应首先对书感兴趣，反正我想男孩是这样。而七姐看那有封条的显然无人的房间的目光，那种痴迷超过了任何一个男孩。我想偷书，七姐的眼里却并没有这些念头，很长时间，甚至时至今日，我也还不完全明白是怎么回事。我后来当然知道伍尔芙说过的女人和房间的话，但伍尔芙的话也并不能解释七姐当年的行为。反正，至少开始时，七姐完全是男孩子的巨大好奇心理，和女孩子无关。

　　时间已晚，我们决定明天再进阁楼。这当然是七姐的决定。七姐能忍住如此强烈的好奇心，只能说明太寂寞了、太珍惜这里，想得比我多。而且按照七姐锐利的性格会第二天一早就来找我，但是没有，她还是上午去学校了。不过这天中午，一吃过饭就来了，比往常都早，我还没上房，上去一看，发现七姐已在破烂儿棚子里等我，多少有点后来我们看的童话味道。那时阳光直射，昨天夜间雨就停了，又曝晒了一上午，现在阳光像瀑布一样，照着京城屋顶黛色的海浪，如果正午有鸽子就像是海鸥，很多时候，鸽子让那时的北京像个海滨城市。七姐今天换了模样，居然穿了一件劳动布工作服，左上兜儿印着"抓革命　促生产"，发型没变，只是与"工作服"搭配着，怪模怪样的。我们到了阁楼前，一切如常，"X"形木条轻轻就取下来了。但是推开窗，浓浓的灰尘再次涌出，甚至比昨天还浓，因有阳光照射。

窗下是一个小茶几，上面也放着几本书，其中一本打开扣在几上。虽然蒙着尘，也像是主人刚刚离开时放下的。有些很小的空间却提示着具体的时间，比如一只茶杯里面还有茶，茶盖就在一旁，如同墓室也有类似现象。当然这是现在回想起来，当时哪会想这么多。但当时七姐的确比我多些东西，七姐俯身将茶几上扣着的书拿到一边书架上——一动就有一股灰尘升起——我跳到茶几上，然后再跳到地上，瞬间腾起了更大的灰尘。七姐拿完书可以先下去，但当然是我打头，无论怎样我是男的。我下去后，七姐弯着腰头顶到屋顶站在茶几上，七姐下了茶几仍不能完全站直，始终哈着腰，幸亏戴了头巾，不然会满头灰。看到七姐不能完全直腰的样子，忽然觉得这儿真是我的地方，天造地设好像就是为我准备的。在外面还不觉得，得身临其境并且对比七姐。我也实在有点迟钝，其实一打开这里，就该认为这里是我度身定制的天堂，怎么就光想着书？确切地说，光想着偷几本书？没有七姐，大概我就是个贼。

我在藤椅后的书架前瞪大眼睛，看一排排书脊、书名，急迫地寻找着我们能看的书，一定是我们，包含着七姐，我和书和七姐都已无法分开。七姐则不然，她动作大，一下来灰尘明显增多，暴土扬烟，并且没有停留，直接从我身后挤过，几乎将我贴在书架上。七姐直奔一望而知的楼梯口，如果是第一次见这里，她或许会先在阁楼转一下，但此前已看够这里，她更想到阁楼下面看看。她下去了，但很快又伸出头来喊我，让我过去。腾起了太多的灰尘，我只能模糊地看到她，听觉倒丝毫不受影响。

"黑梦，黑梦，"她命令，"你过来，看看这是怎么回事？"

城与年

我说不出怎么那么喜欢她的声音，包括命令的声音——类似喊猫或鸽子的声音，或者像她的肤色：亮却有着黝黑的质感，她的一切都不如她的声音。事实上不是她说的话让我无法拒绝，而是她的声音。我立刻奔了过去，原来阁楼无法通到最下面，最下面也就是出口，有一道类似门但显然不是门的东西挡住。

"我推了推，很软的，好像是纸。"七姐说。

是纸，黑梦也看出来，还有点透亮，透出无比"熟悉"的天安门招手的背影轮廓，一只巨手。

"撕开不就行了。"黑梦说。

"你撕。"七姐说。

我怕什么？黑梦最初什么也不怕，又不属于人类。当然转念一想，怎么可能不怕？谁不怕？天打五雷轰的事都怕。但七姐又是截然不同的力量，黑梦"嗵"的一拳透出去，那劲头的确是一种非人的力量。光线立刻透出，但不是阳光，只是朦胧光线，因为所有的窗、门都糊着报纸，外面阳光强烈，从缝隙激光一样射出来。我们从撕开的口子到了下面，七姐体积大，穿过时又将口子扩大了许多，完全将门或者说门神破坏了，以致四分五裂。我们都回头看了一眼，但谁都没说话。

毕竟屋里很暗只他们两人，没人知道他们做了什么，封条与"X"形木条已暗示了多年没人。没有真正的恐惧，只有眼前展现的事物。他们对"劫"后的房间有所准备，"X"形木条有着强烈的暗示，因此倒也没特别意外。我们平静地接受了凌乱的一切，包括另一个房间同样灰尘很厚的废墟。当然，平静也有身后被我们刚刚洞穿的巨幅"画像"的原因。而撕开之前我们也还有些侥幸心理，阁楼那么完整、丰富，那么厚的灰尘都难掩高雅、辉煌，下面是否更是一个神奇世界？但就像更大的墓室挖开，东西所剩不多，并且杂乱，横七竖八，只是一切又都有着一层时间的灰尘覆盖，一切也有着一种梦的宁静。现在回想起来，我和七姐当时就像在古墓考古发掘现场，无法不想到兵马俑壮观的尘。

尘对过去总是起着重大作用，我是说，如果没有灰尘即使凌乱即使所剩东西不多，也足以让我们无限惊奇。同样灰尘也吓住了我们，让"凌乱"有种阴魂不散，令人置身水底的感觉。比如被灰尘包裹着的"钢琴"我们就从来没见过，我们不知道那家伙叫"钢琴"。当初它显然被从墙边拽到了当屋，但是没被拉走，而斜横在了那儿。它原来的位置，墙边上有一道白印。比如多宝槅架上个别的青花瓷瓶，更多地破碎一地，比如铜炮钉皮沙发，沙发中间有一个大口子，露出海绵、弹簧，比如一张红木床……我们都完全不认识，感觉无限神奇，破损了，也一样神奇：我们完全不了解这是一个什么样人的家，就像家里后代全不了解这是一个什么样祖先的墓。没有任何比较、参照，一切都如此原始的陌生。

更陌生的是，七姐竟然拿出了一块抹布擦拭那张红木大床，大床也一样像在"水底"世界。不能打扫，稍碰哪儿都会荡起一股灰尘，但是七姐擦。床帮，被破坏的雕花床头，空空的床板，被褥都没了，却神奇地有个枕头。枕上还铺有一条蓝布边凉席枕巾，七姐没擦几下便躺在床板上，枕着蓝边凉席枕头，让黑梦看她的样子。灰尘还在蒸腾，像一层蚊帐包围着她，她躺的地方正好就是她刚胡乱擦过的一块地方，恰好被她身体遮住，因灰尘四周仍静若月华。我不能说像躺在棺椁中，因为她也太活生生了。我觉得这里有种魔法般的东西，它在改变着什么，我几乎不认识七姐了，与黑雀儿完全没有了关系。

她点燃了一支烟，躺着吸，但仍不是以前的七姐。

当然，也不是现在的。

她让我也上来，给我腾出一点地，划开旁边的灰尘。我不知道什么意思没有接受，首先我不接受"陌生"的她，不"真实"的她；其次不接受灰尘；最后也是最重要的她一向随意，顺口一说，听不听都像风一样。果然我转身离开，她也没再叫我，又想别的了，一般都是这样。我看着尘埃中倒在地上的空空书架，有的书架还斜在墙上，我搜寻着可能遗留下的书。我不理解七姐的行为，下面也没什么书，基本都抄没了。蹚着炊烟一样缕缕升起的灰尘，我准备回到阁楼，不再管七姐，结果一眼看到梯口上四分五裂的"破洞"，依然震惊……轰然……一半脸撕开，手是断的……这事与七姐无关，还是我来处理，先别想书了。我将"破洞"全部撕下，像猩猩那样撕，没有镜子，要是有，我当时的表情、动作，绝对像黑猩猩。撕成了碎片粉末，不可能有任何人能再拼起来，特别是鼻子、眼、嘴以及字。我的确首先想到的不是我自己，是七姐。

她本来就是圈子。

阁楼是另一世界，另一重天，且非常完整，好像时间从没流逝过。当然就时间而言，似乎亦是水底的一部分。书架琳琅满目，书间有许多小摆设，一只银耳红身小闹钟，时针早已停住，不知停了多少年，仿佛当初和时间一起停住。如果没有下面被"盗"一般的狼藉对比，还不觉得什么，现在黑梦更觉得自己有双重的罪恶，虽是一纸之隔保护了这里，但那可不是一般的纸，撕了"它"，从哪儿说都是罪大恶极。它把这里保护得多好，多完整，你却一头撞开了它，还又撕成粉末。这些都不用刻意去想，脑子里自动呈现。黑梦拿起闹钟，拭去灰，拧了两下，居然秒针嘀嗒嘀嗒又走了起来，就仿佛时间隔了许多年一下续上了。闹钟声音依然清脆，与灰尘无关。古代要是有闹钟多好，要是也能一拧，汉代时间又走起来多好，我后来经常做类似的梦，每当哪儿又出土一座汉墓都会做关于时间的梦，而汉代的墓又好像格外多。黑梦抽出一本本很厚很厚的硬皮书，有的是外文，不但外文看不懂，就是里面的中国字也看不懂，这些书太陌生了，过去无法想象，更别说见过。自然也没有任何相关知识或概念，以致黑梦都想找找《反杜林论》《国家与革命》《资本论》《哥达纲领批判》那类书。但是突然找到了《包法利夫人》！然后又看到了《一千零一夜》《上尉的女儿》《复活》《罪与罚》《战争与和平》《山海经》《史记》《红楼梦》《意大利文艺复兴时期的文化》《安徒生童话》《海底两万里》《西厢记》《牡丹亭》……不知不觉地，天都快黑了。突然想起七姐，好像过了一个世纪，做了一个世纪的梦，七姐呢？

七姐完全是个土人，脸上、眉毛上全是土，只能看见眼白和牙，如果下面还是保持我离开时样子的话，我一定会认为七姐在尘土里生活了许多年，如果不是活死人也是幽灵。现在正相反，七姐变成幽灵，灰尘少了许多，包括地面，许多东西露出了本色。我在上面着迷于各种书，下面是她在打扫灰尘——我们各干各的，互不相扰——这也成为日后我们的区划，我们有了各自的空间。

堂屋竟然有水管子、水池子，一拧开就有水，七姐这样说时，我真是难以置信，禁不住大声问："在哪儿？"七姐一下捂住我的嘴，"嘘……"七姐抹了一脸的灰，提醒我外面有人，停了好一会儿，才将手松开。

"刚才有人。"

七姐弯腰小声说，我也像孩子点点头，有点夸张。

但室内有水管子实在太意外，简直不可思议，不知道水管子从哪儿来的，怎么进的屋，哪儿来的水？从小印象，自来水在当院，通常是一进门，全院人共用一个自来水管，常常许多人同时在这儿打水、洗衣、洗菜、刷牙、倒脏水，早晨甚至都得排着队倒尿盆，冲，通常是个小白盆，黄澄澄的尿泛着泡沫。只有极个别人家用痰桶，比如张占楼家那种带盖儿和把手的痰桶……黑梦盯着堂屋的水管子发了好一阵呆，好像待在最黑的黑暗中，凡不理解的事总是这样。黑梦在想自己怎么这么长时间忘了七姐？怎么不到处看看？（没有水）什么也干不了……直觉中七姐一会儿就得上来看书，结果他自己完全忘了。

结果有水……有了自来水，一切都不一样，红木床、枕头、沙发，甚至书橱、钢琴都擦亮了，包括部分地面。一面拱形的红木镜子擦得最亮，尽管有放射状与枪眼状的裂纹，黑梦与七姐同框，仍认真地看着自己。天色已晚，彼时透过又干又脆的报纸的缝隙，还能看见外面一点点光线，很快夜晚就要来临。

七姐竟然找到一条绿锦被子，不知从哪儿找的。

"你要住在这儿?"

"那怎么不行?"

"晚上不能开灯，一开灯，别人就知道屋里有人。"

"白天住这儿。对了，有手电，用手电呀。"

"走吧，小心点别出声，要不就都完了。"

黑暗中，他们小心翼翼上阁楼，阁楼还有点亮，但已可以看见满天星斗。下面整个城市万家灯火，少许炊烟不是袅袅升起而是直直上升，谁家火灭了生火，正如每天早晨总有火灭了生火。可以看见我们院火炉上的水壶开了，蒸锅掀开，都有热气，也是一种炊烟，自行车进院，有人在跳皮筋儿，黑黢黢的头发和后脚跟甩起，没任何同伴。七姐已经不从我们院下来上去，而是从若干个夹道的电线杆子下去，上来下去，已经可以与我无关。

当然，最初几天七姐还是先来找我，若我不在，才去阁楼。我们用了一个星期，将阁楼上上下下打扫干净。我们神不知鬼不觉，轻手轻脚，轻拿轻放，像跳一种无声的舞，像踩在梦中，或潜水、游泳，比鱼慢得多，简直就是慢镜头，没发出哪怕一点响动。除了我们俩，谁都不知道这个世界，也是任何别处没有的地方，我们俩都发誓不告诉任何人，自然也不能让任何人发现。我们全身心地珍惜这个世界，但与其说这个世界改变了我，不如说更多地改变了七姐。房间改变男人的可能性一般说来不大，但却可以彻底改变一个女人，某种意义上说，房间对女人的唤醒甚至超过书籍对男人的唤醒。至少两者具有同等价值。我不能说七姐已不再是七姐，但她好像被梦包裹着：以前哪是那种轻手轻脚的人？可她现在是，以前哪是那种用气声说话的人，可她现在是，以前哪是甚至用手比画的人？可她现在是。

我打扫阁楼，她打扫下面，她不用我帮忙，既然如此，我对废墟或墓室般的凌乱也不感兴趣。同样七姐对阁楼拂去灰尘慢慢展现出的完整、恢宏——书永远大于自身的空间，一本就是宇宙——以及细节秩序也不感兴趣，反正至少看上去如此。对此我倒是也很钦佩，那时我坐在棕色有蓝格子坐垫的藤椅上（就像坐在摇篮里）大模大样翻看抽出来的书，七姐从我身后走过，对我的劳动成果以及所看的书没有任何说道，对擦亮的筒形台灯、布面墨盒、竹子笔筒、钢笔、玻璃板、墨水瓶、砚台、镇尺、笔架、银闹钟，书架上的紫砂壶、烟斗、挨在一起的金字塔与凯旋门照片都看见了，但像没看见一样，特别是斑斓辉煌的书就好像不是书，总之对一切都不多看几眼。我不知道是因为我不多看，还是因为东西本身，或者是因为别的？一切都不在话下？我也不过是她的一部分？房间的一部分？当然另一种情况也不是不可能，毕竟她是个圈子，什么也不在乎。

她还是每天下午来，她几乎擦亮了凌乱的一切，却没改变凌乱，大多数东西原来什么样还是什么样，原封不动，只是露出本色。钢琴、沙发、书橱、大床都擦得水洗过似的，但都或斜或歪，横在花砖地上。地面、碎玻璃、碎瓷、银光闪闪的碎暖瓶，干干净净，虽不能说一尘不染，却足够耐心。一切都在寂静中完成，她没发出一点声音。小件不算，可以轻拿轻放，如茶碗、发卡、笔、烟缸，摆上了斜着的几案。大件的穿衣镜那么干净，依然躺在地上。

我有时会下来看看，不是看东西而是看她，过去我们在房上无遮无拦顶多有个破棚子躺在一起，坐在一起，靠在一起，到有了这里，反而分开了。我并没有过多打扰她，只是出于最基本的关心，类似礼貌地看看她，需不需要帮忙？有几次我都快走到她跟前了，她才停下来淡淡地看我一眼，抽出一支烟，依然给我一支。我有时抽，有时只是拿着，然后收起来。我已收着她不少支烟，她没烟了会反过来跟我要的，而且自然而然、理直气壮："给我支烟。"带着命令的口吻。我为这个拿着烟，事实上她也为了这个给我。有时我过来，她既不给我烟也不停下来，抬头看我一眼继续擦拭，好像我不在她眼前。我站一会儿离开，有时说："要烟吗？"她点点头，笑，瞬间难以形容，有什么在融化，让人想到早春二月。有时她很轻佻地亲我一下，让我大惊失色。她大笑，很坏，很善良。亲的还是我的嘴，亲得我汗流浃背。

当然不是爱，这个不用说，非常清楚，哪有"爱"。不过我是有的……我说不出那个词，或者那时不适合这个词，应该有那时特定的词。至少我不认为自己有情感的权利，从哪方面说都是这样，正因为如此，对我来说不存在任何诱惑，不存在哪怕稍长一点时间的思念或想入非非，汗流浃背也不会。

她擦完了一切。一切都凌乱、干净，我有时要适应一会儿干净和凌乱，仿佛某种现场动过了，又好像没动，让人眩晕。这天她上来，叫我下去帮一个忙，是唯一的一次叫我。她让我帮她扶起地上的拱形红木雕花穿衣镜，擦得太干净了，两条主线的裂痕加上小的放射性的细纹，跟冬天窗上的冰花一样，十分刺眼。我和她一高一矮，很不平衡，试了几次都有声响。七姐看着我叹息，我很不舒服。一二三，我们弄出了响动，但是立起来了。严格地说，只发出一声响，没第二声，我们再没挪动一下，歪不歪、斜不斜，是不是地方，无所谓，能照就行了。

　　七姐站在穿衣镜前立刻动手理头发，抻衣服，转身，侧身，尽管在镜中分成几排人几排脑袋许多眼睛，却看得津津有味，一点也不受影响。不知道趴着看了多少回了，完全习惯了。七姐看着镜中人，完全忘了我，好像我不在镜中。我也的确不在镜中，穿衣镜下面还有半截柜子，我踮起脚才能看见一点自己的头发，一放下便消失了。但这是从我的角度，七姐应是可以看见我的。要是全身的落地镜子该多好，那样镜中的七姐是不是也会变得完整？但是裂纹会不会也更分裂——放射性的分裂？无论如何，七姐从没见过这么大的镜子，无疑一个女孩子比一个男孩子更潜在地盼望镜子。王殿卿虽武艺高强，但家徒四壁，和大多数人一样，甚至更穷困。多数人家里只有巴掌大的或圆或方的小镜子，可支可挂，通常挂墙上或放窗台上，只能照见后脑勺，没人能看到完整的自己。不知道遥远的七姐是否回忆过当年完整而又破碎的穿衣镜？你一转身，所有的分割的你都整个跟着转，你慢镜子就慢，你快镜子就快，就像一种舞蹈？芭蕾？千手观音？只是没观众。但事实上是有的，我看不见自己但可以看见你。而且你后来一把拽起了黑梦，让我看到了自己，让你有了一个货真价实的观众。你也不抱好了黑梦，就是那么临时拽着，让我的两臂扬起，头缩着。你还慢慢地转了两圈，好像双人舞，但你只注意自己。我从没看到过那么难看的自己，而且是被分割的无数个自己。我从不照镜子，不知自己长什么样，我看到自己原来长这样，我多少理解了黑雀儿甚至同意了黑雀儿。也理解了更多人，反而不理解七姐。我要求下来，太难受了，七姐总算注意到我难受的样子，干脆一下把我抱了起来，就像抱孩子一样，或者像现在的女孩抱哈士奇、金毛，不，京巴或柯基。但是认真说这都不像，非要类比，应该说比较接近沙皮，特别是现在老了，是一只货真价实的花脸沙皮。是的，我非常混乱，像镜子一样混乱，但七姐却还腾出一只手轻轻理头发。还好，这次没有亲我，否则我一定会将头埋在她胸前。

"你上去吧，"七姐放下我，"帮我找几本书。"

黑雀儿被扎死了，尽管可能性一直存在，但对黑雀儿来说，几乎不应该存在这种可能，因此才特别让人震惊，是我们那片儿乃至北京民间的大事件。虽然远远比不上一九六八年挑战红卫兵的著名流氓"小浑蛋"被红卫兵扎死事件广为流传，但他某些方面比如一身武功，师父是大名鼎鼎的天桥王殿卿，因此使他的被扎死更富传奇色彩——那时口头传统武侠文学十分盛行，甚至传说到中央首长谁谁身上，比如许世友原是少林出家武僧，因此黑雀儿之死让人大惑不解。传说满天飞，说什么黑雀儿遇上不世出的少年高手，自古英雄出少年，也有人贬低摔跤，说摔跤不算武术，跟太极八卦十八般武艺没法比，统统胡说八道。在我看来，整个武侠小说都是鸦片，老实说，摔跤还算是技击、格斗，其他全是胡扯，也就对付什么都不会的还行。但也正因为如此，从闻所未闻的沙河验尸所到八宝山直送到火化炉口，我都不明白我哥哥黑雀儿怎么会被一个无名鼠辈一叉子扎死？但据说事情非常清楚，没有任何疑点，验尸报告称锐器扎到肺上，两人在冰上，对方冲来，冲力很大，锐器从后背露出。黑雀儿没有任何亲人，我的那些姐姐都像鸟飞走了，疯娘不算，其实我也不算。运尸车没来接我，我觉得应该接我，但没有。我从14路倒345路，从来没坐过这么漫长的车，见到了抽屉中的黑雀儿。我平生第一次承认了黑雀儿是我哥哥，我签了字，就算是承认了吧？我没看到任何伤痕，以为会面目全非，非常害怕，但掀开布的瞬间，他非常平静、干净，我叫了声哥，他眨眨眼，我们相认了。刚果死时，像这样撩开布我都没承认他、叫他一声；烧时，工作人员问我要不要保留骨灰，当然不保留，我说，脱口而出。我一点要留作念想的愿望也没有，刚果的也没留。反正当时是黑雀儿一手办的，我没听他说留。黑雀儿这事发生在一九七五年底，气温骤降至零下十二摄氏度，这时七姐已在平谷插队快一年。

康熙四十二年癸未，即一七〇三年，《绣像西厢时艺》尽管是那个时候的《西厢记》改本，但其中二十篇制艺文章连贯起来，就是一部完整的《西厢记》。虽然是繁体文言刻本，但就凭本内几十幅精美古雅的插图，我就毫不犹豫把它挑出来，我觉得光是看画也挺好的。毫无疑问是"四旧"，越旧越好，现在谁不喜欢"四旧"？别说"四旧"，就连"黄书""黄歌"都在流行，七姐吐着烟圈儿，没事就一个人哼唱《四季歌》"望穿秋水"，春季流浪的人归来，黄花满地开，可怜我的小妹呀，你呀在哪里，或日出花园，路静人又稀，和这情客相逢，相逢又别离，或深深的海洋，你为何不平静，不平静就像我爱人那一颗动荡的心……当然要和"下定决心，不怕牺牲，排除万难，去争取胜利，东风吹，战鼓擂"这些比，自然是靡靡之音，说是"黄歌"也都认，就是黄，就喜欢黄。我不懂"黄书"，但凭着嗅觉与插图，给七姐找到了绣像"三言二拍"（《喻世明言》《警世通言》《醒世恒言》《初刻拍案惊奇》《二刻拍案惊奇》），以及《红楼梦》《镜花缘》。我的天，有一天竟然找到了一套《金瓶梅》。隐约听说过，谁没听说过，再怎么"东风吹，战鼓擂"，有些东西也会顽强流传……也会让人一惊：我翻遍了阁楼的书，它被放置在了书架靠楼梯的角落，在一个满是尘垢的桃木盒里。盒子竟然上着古色古香的生了锈的铜锁，这当然难不倒我，打开一看，是一套光绪年间印刻的《第一奇书钟情传》，又题《绣像金瓶梅》。蓝色金字布面套封，内有二十七幅插图。插图看得我面红耳赤，血液如沸，浑身汗湿，尤其"后位"百思不得其解，完全颠覆了从七姐那几页"手抄"上得来的"朦胧"印象，一直死死记着的：表哥的××进入了我的××，现在怎么是从后面？但也更加血脉偾张，七姐，这样的书，怎么给你？我第一次觉得脸红，心虚……无以言表。

阁楼已成我的家，大部分书都是七姐一进阁楼我交给她，偶尔我不在时她来了，以致我养成了只要离开再回来就先到下面看一眼的习惯，她要是在的话，我就会返回楼上拿着挑好的书到下面整洁的"废墟"中交给她。但这次的《绣像金瓶梅》我是趁她不在，一清早就放在斜着的大床上，快到中午觉得不妥，转而将书放在了炮钉沙发的宽扶手上。开始没放在盒子里，六册摞在一起，继而又扇形分开，还是觉得不妥，最后拿来了原装的桃木盒，全部放到盒子里。我觉得仅仅古色古香的盒子就会让七姐格外喜欢，而打开的、发现的过程同样美妙。彼时近午的阳光透过昏黄的干脆的报纸缝隙，恰好有一线打在桃木盒上，如同打在美人身上，不一会儿阳光就移走了，房间重新进入"水底"般的寂静与清晰。七姐是水底中的一部分？有时我觉得她是，有时又觉得不是，特别是在抽着烟看书的时候。以前我给她书时总要交代几句，写的什么，怎么好，最后七姐总要问一句我看了没有。有时我只看了内容提要、序跋之类，因为我给七姐挑的都是爱情方面的书，而的确爱情方面的书我不是特别爱看。看也是为了七姐，常常看得简单，专挑刺激性描写，然后折上页。比起爱情，更吸引我的是《水浒传》《三国演义》《东周列国志》《钢铁是怎样炼成的》《战争与和平》《带星星的火车票》……当然有些也推荐给了七姐，像《巴黎圣母院》《德伯家的苔丝》《家》《红与黑》，都是我着迷地看过，又交给七姐的。七姐有的爱看，有的看了一部分，有的只翻了翻，像"苔丝"和"冬妮亚"是我们俩都喜欢的，七姐还为苔丝流了泪。

像往常一样，七姐下午来了，因为没给她荐书，七姐甚至没跟我说句话就下楼去了，这都没什么，在我们之间很自然。结果《绣像金瓶梅》并没像我预料的那样——哪样我具体也说不上来——反正她很平静，就像那个下午后来一场薄薄的雪花一样，简直就是冷静。当然，七姐一直有一种冷静，只是《金瓶梅》并没打破这种冷静。那是入冬以来的第二场雪，从上午就开始了，一望无际的房檐屋瓦上一直只有一层霜，地上黑色的脚印、车辙满满的，几乎让这场降雪算不上一场雪。下午忽然一下，雪大了，甚至把整个世界盖住。七姐穿了一件部队的黄棉袄，没有通常的外套，立领和棕色扣子看上去很新。没再梳盖耳的刷子，就是普通的短发，有点志愿军女兵的意思，让人想起电影《奇袭》或《打击侵略者》。但七姐本身却没有一点电影里的感觉。棉袄哪儿来的？干吗这么裸着穿着？当然绝非为我而穿。不然怎么就那么过去了？不知道是黑雀儿给她的，还是外交部那孩子给的。前些时听说出了点事，大烟儿说那家伙又被打了。应该不会是那家伙给的吧，还敢？

那就是黑雀儿给她的，黑雀儿喜欢把自己打扮成部队大院的样子，海司空司装司总后大院之类的，我第一次听说"装甲兵大院"觉得特新鲜，感觉黑雀儿的大氅就是从那儿弄来的。外交部也有大院？部队衣服？没听说过。她的短发和黄棉袄的肩上都有雪，我异样的目光一定是让她意识到自己的新棉袄，冲我惨淡一笑就从我身后过去了。平时她在下面看书，她不上来找我的话，我没事也绝不找她，我非常能克制，她只要每天在我就知足，何况有时她也挺开心的。对了，我现在想来，她到了楼梯口，我忍不住说了一句："好看"，她没理我。

我从家里带来一暖壶热水，本想她一来就让她带下去，临了打消念头，想着我过会儿给她送下去。这是个很好的理由。她应当看到斜着的沙发扶手上的线装书了，应该知道《金瓶梅》，可她一点动静没有。烟都没抽。我已经闻惯了她来了以后冉冉上升的香烟味，不知怎么今天烟都没抽，看书顾不上了？

但事实是：她没烟了。没等我下去，她上来跟我要烟。她的眼睛里什么都没写着，脸上也什么都没写着，以致我实在忍不住问：看到书了没有？她说看到了。她用嘴舔烟，时间长烟干了。她问哪儿找到的，用那只银色打火机点烟，火光下的她有种只有她才有的那种反光，像自身的光。我介绍发现书的过程，打开角落下面的柜子，就这，我说，但她已经走了。

下楼没一点声音，像踩着梦。我们一贯是这样，这倒没什么稀奇。

我断定黄棉袄不是黑雀儿给七姐的。

黑雀儿证实了这点。

过了元旦，七姐带走了一些书插队去了。我们曾有约定不往外拿一本书，不告诉任何人有这么个地方，我们一直做得很好，但七姐要走了，并且去的是平谷。我以前听都没听说过平谷。我们是南城，最熟悉的是大兴、通县、顺义，我们那片儿插队，一般都是这几个地方。平谷据说在山里，不是平原，坐长途车要一天，事实上平谷对当时的我们而言，远得就像西伯利亚，送行的气氛也有点像。七姐是最后一批，这批人都有点问题，像七姐这样的名声甚至因为是黑雀儿"带着"就得去平谷。去就去，也没什么大不了的，那时就是那样。我送到了东直门长途汽车站，黑雀儿也去送了，还有王殿卿，还有一些人，我见到了传说中的七姐的几个姐姐，长得还真是相像。黑雀儿坐上了长途车，跟七姐一块走的，说送到公社。送到公社还是有必要的。七姐允许我送她，这点很了不起。除了黑雀儿，没人认识、知道我，事实上当我出现在公众场合，已经引起熙熙攘攘的公众的轰动、围观。七姐看见了我，向我走来。七姐从围观的人群中将我领出，领着我到了送她的人面前。

"这是我的朋友，黑雀儿的弟弟。"

黑雀儿没有否认。后来回想，我觉得那天黑雀儿就看见了自己的死亡。

我又给七姐带了一书包的书。

一九七五年元月非常冷，二月下了一场大雪，铺天盖地，春节前七姐回来了，七姐就是在大雪中回来的。那场大雪下了一天一夜，足足有半尺厚，覆盖了整个北京，更覆盖了屋顶世界。放眼望去一派雪原，白茫茫，如果大雪能够覆盖大海，那就是我和七姐的世界。就像在西伯利亚雪原，我觉得应该看到七姐了，果然接近黄昏时分，我看见七姐走来。我还是每天下午都去阁楼看书，这已成了习惯，大雪纷飞猫不上房，鸟也不飞，但我一定要摸索出一条路，为了七姐。果然七姐走的，就是我踏出的这条雪中路。我打开窗子奔了出去，摔倒了。阳光刺眼，但七姐的红围脖更刺眼，还是短发，围脖没缠在头上，连耳朵也没盖住，红通通的脸、耳朵，似乎有伤。我摔了一跤，没再跑，只站在刺目的雪中。

那是一九七五年二月九号，我记得很清楚，大年除夕的前一天，七姐在阔别之后再次来到我们共同的地方。虽然分别时间并不太长，但是我却觉得特别漫长。恍若隔世。七姐还是老习惯，没在阁楼停留，她不喜欢阁楼的逼仄，直接到了下面。一切如旧，但七姐好像已不认识似的看了半天，在放射裂纹的穿衣镜前照着，凝视，又将我抱起照着。七姐说她的脸不是刚刚冻的，是在山沟里冻的，这儿的雪跟山里的雪没法比，这儿的雪就是棉被。我每天都带一暖瓶水、一个暖水袋，不为自己为了七姐。七姐使劲亲我，顶我舌头，握我下面。不用暖水袋，也无须暖水瓶，七姐泪水滚滚，非常烫，简直像火。我等到了某种肉体，还是心？说不清，七姐，你现在能回答我吗？我曾经多想求解、求回答，我无尽地思考，得出结论：我认为我都得到了，永恒地得到了。

你来看我，和你来拿书。

两者没有关系。

这天下午，街上没人，上学的上学，上班的上班，除了少数的老人和孩子，街上一如既往整齐划一地安静。我从街道革委会的房顶下来，走进我隶属的革委会——除了隶属他们，我还能隶属哪儿？我轻车熟路，常在左近的房上看摔跤，革委会就在跤场旁边的大杂院。不像所有院一样乱七八糟，"革委会"是一间高高大大的大北房，鹤立鸡群，要上三级青石台阶、穿过朱红走廊才能进屋。房子气派，但工作人员却不过是一些大妈、大婶、老太太，只有胳膊上戴的大红箍才显出一点气派。大妈、大婶、老太太们正在读报，见了黑梦非常吃惊，好像他是外星人。黑梦带来了户口本，他来申请工作，这些戴红箍的街道积极分子当然都知道黑梦，以前在我们家"马戏团"般的三轮车上见过黑梦，只是最近几年，听说消失在了房上。但这不是她们吃惊的主要原因，从她们皱巴但贼亮的眼中，完全可以看出她们在互相说："这是黑雀儿的弟弟。"另外让她们吃惊的是黑梦满口马列，倒背如流。

"劳动，"黑梦目空一切，看着房顶，口若悬河，"是一切财富和一切文化的泉源，而因为有益的劳动只有在社会里和通过社会才是可能的，所以劳动所得应当不折不扣和按照平等的权利属于社会一切成员"。黑梦只有桌子高，大脑却已完全成熟，并说出刚才背诵的这段话的具体出处："这是马克思一八七五年四月五日，写给德国工人党纲领的几点意见，一九七二年五月人民出版社出版，第五十三页，第三自然段，第三至第六行。"黑梦的理论水平到了骇人听闻的地步，而且显然用力过猛，以致所有革委会的人眼睛都开始变形。革委会办公桌上就摆着黑梦刚背诵的《哥达纲领批判》以及全套马恩列斯毛。但摆在那里就像供品一样，因为她们大多不识字，有的进过几天扫盲班。读报的算正经有点文化，是个退休小学老师，慈眉善目，垂着的老花镜，眼睛还算清澈，有文化，眼睛就是不一样，那种一个老人从镜片上方那样凝视一个孩子的眼神还很少见。黑梦继续说，他信守对哥哥黑雀儿的诺言"不再捡破烂儿"，黑雀儿也一直信守"每周给我找一本书"，他现在已到了工作年龄，不想再靠黑雀儿养活，要"自力更生"，总而言之，马恩列斯都认为他有劳动的权利，"劳动创造了人，我之所以这副样子，就是因为没劳动"。退休老教师的目光里几乎出现了童话色彩，有种老年人的梦幻，《一千零一夜》里的味道，早年一定是喜欢童话的人，充满了某种回忆。黑梦说了一大套，最终提出到街道纸盒厂工作。街道办有一个纸盒厂、一个信封厂，都是外加工，糊纸盒、糊信封，黑梦常从房上看到下面有人推着一车像房子一样高的纸盒，推车人都被纸盒挡住，只见纸盒不见人。读报老太太建议糊信封，说还有个信封厂。黑梦冰雪聪明，一下体会到老教师的用意。

就这样，我成了信封加工厂的工人阶级，我所强调的劳动者。我领到了信封、糨糊、刷子，开始养活自己。这是七姐走了一个多月，初春发生的事情。我在房上的破棚子里生火、做饭、糊信封——劳动，的确劳动在创造我，使我彻底生活在了房上，完全孤独。疯娘过去就和我无关，现在更可以无关，我从来就没在疯娘注视我的眼里看到过自己，那是纯黑的东西，很深很深，偶尔有点光也是惊异不解。晚上，我有时睡到七姐睡过的斜斜的大床上，有时睡在破棚子里，后来更多是棚子。阁楼下面是圣地，后来我已轻易不下去，那儿有着我深刻的梦。事实上，那次发生关系后我们又见过一次，时间很短，第二天她又将回平谷。七姐告诉我，她这次走后不会再回北京了。按行政区划，平谷也算北京，但事实上存在着两个北京，二环以外和以里的北京，前者是庄稼地，那里的人们并不认为自己所在地是北京，进北京都叫"进城"、"去北京"或"回北京"，七姐说再不回北京了也不能说是错，是所有人的习惯。这是正月十五发生的事。我没想到她会再来，她在斜斜的大床上躺着，我给她准备书。她再不回来了，我想，我要多准备一点。我打了两捆。她掐掉烟起身，来到钢琴旁，打开盖子。我们从来没按过一下，没发出过一点声音，我都不知道是怎样的声音？我看看窗外又看看她，她最终没按下，没破坏这里。我们拥抱，一高一低。她不让我送，也没要那两捆书，我有点不明白。让我就站在阁楼下的茶几上，开着窗，她站在外面俯身吻我。她走了，但没走出我的视野又回来，带走了那两捆书。我在窗口向她招手。我们从此再没见过，后来知道她一些消息，都是好消息。我们可以再发生一次关系，但是没有意义。

我的房顶糊信封的小作坊非常简单，两个纸箱，一个多年弃置不用的矮炕桌特别适合我，我劳动，信奉自己所读。一摞信封铺在矮桌上，阶梯形摊开，一刷就是十几个。然后捋着一一粘上，粘好整体收起一戳。如是反复，如同时光。十个信封一分钱，一百个一毛钱，一千个就是一块钱。我不糊那么多，一天糊五百个挣五毛钱，一个月就是十五块钱，相当于一个学徒工的月工资，养活自己毫无问题。我还是爱看书，觉得唯有书能拯救自己，在七姐那儿已证明过，七姐给了我非常完整的东西。另外，我每周要抽出半天为革委会大妈、大婶读马列，这是退休老太太让我成为糊信封工的一个先决条件，我答应了。退休老太太读报、读不断下发的学习材料没问题，读翻译过来的原著长句子有困难，理解起来就更困难。老太太要求我边读边讲，这些都毫无问题。我是另一个黑雀儿，给了她们另一种极端的印象，她们甚至因黑雀儿也信服我，两次讲读下来已开始对我嘘寒问暖，她们目光骤亮，不像老人。的确，我觉得我已高出许多人，我买了手电筒（有钱了），晚上在阁楼阅读。窗帘封得很严，从外面不会见到一点亮光。偶尔还在跤场的房上看五一子、文庆、大烟儿、大鼻净、小农子、小永他们摔跤。他们越来越健壮，越来越接近史前的人类。当然这是一方面，另一方面越来越规矩、成系统，说到底也是武学，武学哪有不讲规矩的？只是原始性与武学两者十分费解，构不成可以分析的东西。我已在使用一些理论工具，马恩列斯给予我的自不必说。

城与年

黑雀儿还在源源不断给我拿无限重复的新书，他倒真是信守诺言，我知道这是他最内在的性格之一。如果把黑雀儿关上十年，给他一屋子书，我认为黑雀儿会成为一个了不起的人，或者给他一支军队，或者……他死于非命这点，虽然足够神秘，但也有非常简单的一面：他喜欢张晨书——张晨书却跟他没任何关系。他罩着张晨书，张晨书根本用不着被罩着。张晨书是他的死因，但张晨书却不承认黑雀儿为其而死，就这么神秘又简单。张晨书会武，从小跟她爹张占楼练通臂，三五个人近不了身，跟她起腻的人多了去了，她正眼瞧都不瞧，如在无人之境。她一身白衣在冰上飞，确实用不着保护，黑雀儿完全是多此一举。黑雀儿死于生人之手，就是浑不论爱谁谁谁那种，有点像他的当年，某种意义上比他还要疯，他当年是咬，而那家伙上来就用刀，不一样。加上是青年湖冰场，比较偏，不像什刹海陶然亭冰场，那儿的人都知道黑雀儿。再加上是冰不是地，速度很快，一叉子飞来既没准劲儿又不易防，未必是取命，却正插在心上。据说当时眼就直了，挺了。如果有弥留之际，以咬人异军突起的黑雀儿一定不理解，怎么一上来就插？可惜他连弥留之际都没有。不过这倒也像中弹，死在战场上，某种意义上黑雀儿也算死得其所，画上完美句号。只是夹杂了事实上毫无关系的张晨书，一下连表面价值都没有。我们那边人都知道青年湖是一个特别野的湖，在广安门外白纸坊靠近铁路的一个地方，据说在那儿犯了事儿，不少人直接就扒车跑了。张晨书去那儿滑冰没有任何道理，她绝对该去什刹海，或者陶然亭，去那个破冰场实在是没道理，可她偏去，只能解释为专为黑雀儿之死而去。

我也喜欢张晨书，张晨书是我们那片儿所有男孩儿的梦中之人，沉默、漂亮、会武，出淤泥而不染，是好学生却没一点点通常好学生的怯生、羞涩，往乌托邦上说——那时我已知道乌托邦——如果张晨书垂青于我，任何时候我都会忘掉七姐。像所有人一样，我也不是没做过关于张晨书的梦，不是没自渎过，没办法不处理蓬勃的下体时想到她的无法形容的眼睛。但想归想，谁不知道张晨书天生就不属于我们这片儿人？自张晨书因为防空洞的事，打过黑雀儿两记耳光，黑雀儿就像中邪了一样，非要搞上张晨书不可，我知道拜师学武都与此有关。其实说句公道话，如果没有宿命的那一击，因那两记响亮的耳光，黑雀儿事实上已走上正道，打架都少了。然而说起来，也正是这个正道，才有了张晨书一案。黑雀儿说，他不怕报应，他就是报应，说得好，我也是。我把黑雀儿烧了，没要骨灰。我的已经像雕像一样的疯娘，如果不说唱的时候，比如熟睡或愣神儿，已绝对如鬼斧神工的雕像，天然去雕饰，在黑雀儿死后很久的一天，她突然有点明白似的管我要黑雀儿。我毫不客气，直截了当告诉她，黑雀儿早就死了、被人宰了。我想让她更加明白一点，无疑就像神启一样，我做到了，疯娘那一刻直视我，就像在岩石中直视我，然后，一下向我扑来，掐住了我的喉咙。她岩石般的十个手指完全嵌进我的肉里，眼抵住我的眼。

　　"好啊，你这不祥之物！怎么挨千刀万剐的不是你！"

　　说话像作诗一样，疯娘自己就是诗，诗人。

　　我几乎窒息……但死的人不是我，是娘。

　　疯娘最终止住，让我泪流满面，得以存活至今。

我已经老了。不知是否还是不祥之物，就算是，也老了。小芹也老了，五一子也老了，张晨书也老了，故人都风流云散，连胡同都没了。

四儿、大鼻净、大烟儿、小永，你们都在哪儿？

七姐应该也老了。我保存的书都还在，不知你拿走的书是否还在？我是说在你的身边、手头、阳台、湖边，或者要么在海边？

有一天，如果我突然接到她的电话，我一点也不会惊讶，结果真的接到了越洋电话，她看了她的故事，黑雀儿的故事，她爸王殿卿的故事，以及我们之间房顶上的故事，她找到我的电话并不难，我是在南五环外二十六层几何水泥盒子里接到电话的，那时她说就在楼下，我醒了。

七姐，美国怎么样，还好吗？

张晨书在丹麦。

蓝牡丹

小永十岁一个人生活，还要照顾大黄。大黄本是哥哥姐姐养的，哥哥姐姐插队去了，猫就留给了小永。哥哥姐姐走时交代小永照顾大黄，也对大黄说让它照顾小勇。大黄年龄比小永大，一身斑纹，正值壮年，光是看那眼神儿就比小永大。哥哥姐姐响应号召，上山下乡前说的话都是白说了，大黄瞧不起小永，小永也不搭理大黄。

　　小永父母每两个星期也就是逢大礼拜才坐火车回来一次，以前都是哥哥姐姐照顾大黄、小永，作为照顾对象，小永从没喂过大黄。现在家里再没一个大人，别说，小永还真是挺有本事的，能自己做饭吃，只是做完了自己吃，不喂大黄。大黄从下往上盯着小永，脑袋抬上抬下，很是不解的样子。

　　"看什么看，没看我吃饭呢？"小永没好气地叨唠。

大黄就算头一天听不懂，第二天也懂了，一边去了，自己呼呼噜噜，饥肠辘辘。没三天，大黄就扛不住了，态度大变，完完全全是一只家猫了。小永一放学回来，大黄突然就很热情，像过去对哥哥姐姐一样，低眉顺眼蹭小永的裤腿，蹭过来蹭过去，有时蹭得很使劲，末了还用大粗尾巴使劲扫一下子小永。大黄虽是短毛，但尾巴的毛又粗又长，有时能扫到小永的碗里。蹭来蹭去没有结果，很没趣，最后干脆没德行地耍赖，一屁股卧在小永脚上呼噜噜，呼噜噜……睡着了。

小永是跳级生，有点骄傲，那年二年级上完一下跳到四年级。当然，我们院跳级的不止小永一个，所有人都跳了一级，大鼻净、大烟儿、二歪子、小农子都跳了一级，全北京都跳了一级。"轰轰烈烈"那年没招生，第二年才开始招，空了一年，怎么办呢？不能直接上二年级，于是上完两年到该上三年级就都跳了一级，"轰轰烈烈"那年留的缺口一下就给补上了，真是神奇。仿佛时间并非一成不变，完全可以拨快或拨慢，没什么不可能。尽管大家都跳了一级，小永仍很骄傲，一下四年级就是高年级了。小永没把大黄一脚踢开，已经很仁慈，大黄卧了一会儿，不管怎么呼噜都没戏，便很无聊地走了。

中午放学，要是没昨天的剩饭，小永就在胡同口小饭铺吃一盘炒面、炒饼或炒疙瘩，反正都五分钱一两。吃完正好回来听小说连播《金光大道》，更没大黄吃的。晚饭一般小永自己做，烙饼、蒸饭、擀面条样样都会。那年刚挖防空洞，各家还都在门前做饭，小永进进出出忙里忙外，大黄也跟着进进出出，瞎忙摆忙，一不当心便会被踩到尾巴，惨叫一声跑远了。因为踩了大黄，小永有点恻隐之心，随便撕下一块烙饼扔给了回来抬头看的大黄。

大黄竟然不吃，闻了闻又抬起头，眼巴巴看着小永。哥哥姐姐喂大黄都是嚼碎了吐手心里喂的，大黄再舔着吃，小永有点来气。

"干吗？还得嚼了？爱吃不吃。"

大黄的要求有点高，再说，小永不信大黄不吃。结果大黄真的就不吃，挺坚贞，卧在一边呼噜。也不卧小永脚面上了，就一边卧着。要给白米饭更不吃了，闻都不闻，呼噜一会儿就睡着了，第二天早晨起来，烙饼或米饭原封不动。

小永只给大黄嚼过一次，但是气坏了，因为大黄吃了几口就不吃了。吃那几口也是漫不经心，似吃似不吃，心不在焉。小永还就不信了，掐住大黄的脑袋硬往嘴里塞，大黄使劲晃头，把塞进的都吐了，气得小永一脚将大黄踢开。从此，小永吃饭大黄不再往跟前凑，要么睡大觉，要么不知去哪儿了。

院里的耗子、邻院的耗子、附近的耗子养育着大黄。经常在别的院的房上看见大黄，甚至别的胡同里看见大黄的身影，小永每每见了便喊大黄，告诉一块上学、放学的同学，这是他家的猫，叫大黄。"大黄，大黄，大黄"，大黄远处听见小永叫也高兴，有时停下来，甚至朝下面走几步。

"你们家猫怎么跑这么远？"同学问。

"不怕丢了吗？"有人问。

"不怕！"小永大声回答，骄傲地说，"我们家的猫从来不喂，它就是自己找吃的，好几天不回家也丢不了！"小永说，有一次大黄一个礼拜没回来，以为再也不回来了，可是有一天又回来了，"它走得太远了，迷路了！"

大黄几乎变成野猫，小永的房子不过是它最常落脚之处，只要没特别情况，大黄还是回到小永的家。但是大黄不再让小永抱，一抱就挣脱逃走。大黄作为野猫的重要标志，即是将小永和原来的"家"区分开来，小永自己没感觉。大黄唯一让小永开心的是它吃逮来的野物，有一点，大黄无论在哪儿逮了什么好吃的，比如耗子、麻雀、小鸡甚至鸽子之类，都会远远地叼回家来，像胜利者一样，钻到床铺底下吃。时间长了，铺底下净是一些大大小小的骨头，猪棒骨、羊骨、鸡架、鸽架以及乱七八糟的羽毛。特别是叼来耗子时最高兴，且在铺底下折腾呢：噼里扑噜，丁零当啷，蹿腾跳跃，且歌且舞，没完没了地耍，那么大块头，跟小猫似的。但是有一样，它自己玩得嗨却不让人看，有时小永听见铺底下那么热闹，忍不住掀开垂下的床单往里看，大黄立刻"呜呜"吓小永，两眼贼亮，几乎能看见它嘴里那只横着的老鼠。不让人看，偏看。不仅看，小永有时还朝里面挥舞拳头，大黄便叼着耗子钻到尽里面去了。饱餐一顿的大黄每次出来都会特别认真地看着小永，仿佛在说："我吃着好吃的了。"小永抱起大黄，大黄也让抱。

我们前青厂的武进会馆对面，有个"东方红"副食店，是个一九四九年前就有的副食店，旧门板上依然有"常发"两个很大的字，发是繁体的"發"，又大又复杂，盈满了一块棕色竖纹松木门板，看上去像一朵黑色的花。尽管字上打了黑叉子又划了许多道子，但并没改变日常习惯，平时没人叫"东方红"，还是"常发""常发"地叫。"东方红"好理解，"常发"不好理解，我们那片儿孩子都不懂这从小就叫的两个字，就像也不懂"妓女"。听说店里那个卖点心的、我们私下都叫她"蓝牡丹"的女人解放前是"妓女"。两者虽然同样让人费解，但又像有什么联系似的，深色的"发"就好像是卖点心不爱理人的"蓝牡丹"，更费解的当然还是"妓女"，正因为费解，也更神秘，肯定不是好词。

但再费解，一旦习以为常也就会很自然地视而不见。因此这个小礼拜天，小永像平时一样来到"常发"，看到门板上的"发"与点心柜台的"蓝牡丹"，就像看到任何事物一样，或者和平时一样，什么也没看见。副食店三大块：肉案、油盐酱醋、点心糖。副食店要么卖大肉要么卖牛羊肉，绝不混淆。"常发"只卖羊肉。小永没吃过羊肉，但对一进门左边卖肉的师傅一直印象很深。主要因为卖肉的脑袋上一根毛也没有，光可照人，下边上的瘊子却有毛，戴着蓝套袖，案上黑铁架子上挂着大大小小不同的剔刀，每天一开门不卖肉先剔肉，通常先磨刀，抬肉上案，每剔下一根骨头便扔进靠门口的筐内，动作永远娴熟，一会儿就剔出小半筐。人称"光头瘊子"。

"先卖一点吧，剔出这么多了。"

"卖一点吧。"

队伍从肉案排到了门外，众目睽睽之下，熟透的瘊子像聋子一样，牛眼甚至都不翻一下。喊声一直不断，不定哪声，才会让光头瘊子收起牛耳尖刀，换上一把稍宽的切肉刀开卖。这天心情不错，听了大伙的。更多时候是一声不响全剔完了，把骨头筐搬走才开始卖，这样小永就没机会了。

小永排在队中间，离骨头筐越来越近，到了只隔两三个人，眼看着一根根剔出的骨头扔进筐里。又向前移动了一个人，到了筐边了，位置正合适，不能再犹豫，不然就错过了。于是，手像往日一样抬上去随意搭在了筐边上。此时前面人正好也挡住了筐，小永动手了，拿起一根骨头……肯定有人看见……至少身后的人看得很清楚，但不管么多了，每逢这时，小永都紧张得不知道自己是怎么拿着骨头出的门，出了门便飞跑起来。

小永跑进我们院，朝房上喊：

"黄黄，大黄，大黄!"

小永不喂大黄，却愿为大黄冒险，一次次得手。这会儿大黄无论在哪儿，只要小永举着骨头朝天空喊，不一会儿就会很神奇地出现在房上，待看到小永手中的骨头一下就急了，连蹿带蹦，蹬翻了墙根下的脸盆、瓶子、花盆之类的杂物奔到小永跟前。如果没有骨头，怎么喊大黄都不会出现，假装说有骨头没用，大黄一听就听得出真假。大黄下来了，每次小永都要举着骨头不马上给，逗大黄，仿佛报复它平时怎么喊也不应声。大黄也认可这报复，完全放下身架，拉着长声儿地跟着小永转来转去，一跳一跳地往上够，直至叼到骨头。大黄叼到骨头，立刻回屋钻到铺底下像捉到耗子一样玩耍起来。可惜不是耗子，肉太少，剔得太干净，简直像光头瘌子的红头顶。不消一刻，大黄便从铺底钻出来，但还是很高兴，抬眼看着小永，舔嘴，好像在说："还有吗?"还不知足? 小永会打大黄一巴掌。

打归打，小永常想到羊腰。"常发"改成了"东方红"，也仍有一些白发苍苍老头、老太太到"常发"来买羊腰，仍过着一点旧时光。他们颤颤巍巍，掏出解放前圆形硬边的小钱包，不吝惜钱，买羊腰喂猫。小永没这份钱，但只要一想到大黄要是吃上一个羊腰那得什么样儿，心里就痒得难受。每次排在队伍中，小永都难过地注意到搪瓷方盘里的几个羊腰：紫檀色，覆着一层白膜。老头、老太太颤颤巍巍，其中有的挨过斗，还有钱买羊腰！小永排在他们身后，听他们讲他们家猫又如何了，看他们捧着羊腰就像捧着心一样，他们手上脸上的黑斑就像羊腰，有一次小永终于伸出了手。一溜烟跑回家，小马狂奔一样，太高兴了，撞到了迎面而来的自行车，爬起来接着跑，没进我们院就开始喊。

大黄吃到了羊腰。但是第二次，小永便被身后隔了好几个人的一个老太太抓到。小永没注意到这个老太太，老太太非常干净，单薄，手和脸的颜色差不多，尖叫声都像是枯白的手发出的。一般都说有小偷，老太太却说"有贼"，小永甚至都没太听明白什么是"有贼"就被一把抓住，将小永握着羊腰的手高高举起，喤喤啦啦像胶皮发出的声音，对前后人说："你们看看，你们看看，这么点儿的小孩子就学会了偷东西，这肉好贵的啦，这么小就做贼，长大还得了！"

羊腰掉在地上，老太太捡起来塞回小永的手里，继续举着小永的手："你不要扔掉的啦，让大家看看好不啦！"老太太有口音。

"那不是肉，是腰子。"有人纠正老太太。

小永不是野孩子，只要有点野也就跑掉了，就算出于本能也该跑，这干枯的胶皮老太太一甩也就跑了。甚至队中有人喊："还不跑！"但是小永没跑。羊腰不是肉，谁都知道是喂猫的，算不得什么事。但胶皮老太太揪住小永不放，将小永交给了光头瘊子："交给你了，你可不能让他跑掉，好好地教训教训他，不然的话，会毁了他一辈子。"

事情发生在下午，一场倒春寒使更多人下午才出来。下午的确暖和多了，阳光很好，副食店各柜台都排队，当然，永远都在排队。店里除了标语口号新，且常换常新，一切都如旧时光，甚至春光都是旧的。

"放开他吧，跑不了。"瘊子眼都不抬一下。

"你叫什么？"光头瘊子看着肉说，"你偷骨头本事就够大的，我都没发现过是不是？现在又偷腰子了，老实交代，一共偷过多少骨头、腰子？跟谁学的偷东西？自学还是有师傅，师傅是谁，男的女的？"瘊子抬了一下牛眼，几根黑毛在瘊子上抖了几下。让人心惊肉跳，就冲这几根毛，小永也不敢跑。

"问你呢。一个都不回答？"

"我就……"小永不知怎么回答。

"我见过你偷骨头，偷过几根？"

费解，小永哪记得住，这家伙小永理解起来非常困难。

"五根，六根……"

"啊，这么多了！我真小瞧你了，在我眼皮底下！你没说实话，肯定不止这些，告诉我一共偷了多少根，我说我搬筐时，怎么筐都轻了。还有腰子呢，腰子偷了多少个？！"光头瘊子冲动起来。

"就一个。"小永嗫嚅着说。

"胡说！"刀一下插案上。

三点钟光景是店里人最少的时候，但也有十几个，这时包括售货员全停下来，奇怪瘥子怎么突然发起火来。通常猫逮着耗子游戏一番，从没有突然冲动起来。光头瘥子师傅大概也意识到什么，突然也就静下来，拔出刀，仿佛没事人似的又开始剔下午肉。声音小了许多，甚至和蔼地对着案板说："说吧，你是叫民警来把你带走呢，还是我把你送到派出所？两样，你选一样吧。"两样没什么不同，完全是废话。话虽平静，但比发火还要命。

枯涩的胶皮般声音的老太太已回到队伍里，这时又出来，挥着枯手枯涩地说：

"那可不行，他还不至于上派出所！"

"您瞧，您抓住了他，"光头瘥子牛耳刀点着小永，"您交给了我，我交给谁？我有什么办法？您总不能让我把他放肉案上吧？"

"你把他弄到派出所，他一生就毁了。"老太太说，以前像是教师。

"弄什么派出所呀，你赶紧卖肉吧。"有人喊。

"教训他一顿，找找他的父母。"

"我们怎么教训？"瘥子抬起头瞪着牛眼，"你没瞧他是个惯犯，偷了多少次了，他自己都说偷了七八回了。您说派出所会毁了他？那可是人民派出所，人民警察，不是解放前，您老这思想有问题呀。"光头这么一说，所有人都不说话了，枯老太太脸色煞白，盖张纸哭得过了。

"您怎不说话了?"光头瘊子盯着老教师问。

老太太或者老教师不屑地把头扭向一旁。

"玄珍,"光头瘊子冲对面点心柜台喊,"我这儿忙,你过来下,把小偷带后面库房去,给派出所打电话,让他们派警察来。"

"警察才不来呢,送去还差不多。"玄珍即蓝牡丹。

小永虽然没被拉着,但也像被拉着或被绳子拽着一样,跟玄珍穿过复杂乌黑的油盐酱醋柜台,到了副食店里面,老太太最后喊了一句:

"别把他交给派出所。"

没过一会儿,玄珍就出来了。光头瘊子问:"打过电话没有?"

"打过了。"玄珍说。

库房昏暗,没有窗子,顶棚亮着一盏黄灯泡,所有物品都打上了一种黄色光线,纸箱高高低低,错错落落,有粉丝、碱、盐、酱油、黄酱、点心、肥皂、糖果、汽水、芝麻酱、酒、花椒、大料、咸菜,有的在麻袋里,有的在缸里,有的在筐里,纸箱、麻袋顶到了昏黄的顶棚,空间看上去螺旋上升,味道混合难辨。如果味觉即本能,那么本能是不受控的,因此就算被抓了,小永还是禁不住贪婪地呼吸着各种食物的芬芳,一边瑟瑟发抖。甚至,味道的刺激加重了发抖。

库房中央,螺旋上升空间包围着一个深褐色掉漆的办公桌,一把同样掉漆露出木色的椅子,房顶的灯正对着桌面,桌上有一部电话。玄珍进来后甚至没看一眼后面跟着的小永,来到桌前拿起电话就打,只是拨到半截才看了一眼身后影子般的小永。毫不担心——

任何人看见小永都会无比放心——更何况库房就像梦境一般，大概只有另一种图书馆的丰富性可以和这里相比。如果真的见过图书馆，小永大概会清醒一点，但小永就连过去的"少年之家"图书馆都没见过，它一直关着，只是一个传说。甚至，小永也是第一次见到电话，楼上楼下电灯电话，听说过没见过。玄珍举着电话：

"喂，喂，椿树派出所吗？……"

电话很旧，拨号盘的圆孔中，阿拉伯数字已经模糊，有的数字只剩一半，但无论如何，电话仍是这个房间最特别的东西，仿佛被放在了古代。然而第一次见到的新奇感被恐惧包围着，报案，抓到贼了。

"我是'常发'，哦，不，我是东方红副食店，我们这儿发现一个小偷……对，已经抓住了……他偷了一只羊腰，以前也偷过，还偷过骨头……不，不是排骨，不是卖的……多大了？你多大了？十一二岁……到底多大？你到底多大？"

"十一。"

小永本可说十岁，九岁，甚至八岁也可以，小永个子小，瘦弱，苍白，一个人生活怎可能不这样？如果说小一点会好些，但小永不会撒谎。

玄珍是店里唯一穿白色工作服的人，别的柜台工作服都是蓝的。白色使短发的玄珍像医生一样，眼睛显得更黑了，总禁不住让人想往里看。小永完全忘记她的绰号，除非有人再说一遍。

玄珍挂上了电话。

"你等警察吧。"

玄珍没好气地走了，使劲关上房门！从外面提了一下。小永有些困惑，无法不相信玄珍的话。就算库房没人，小永一时也不敢坐椅子上，这里太陌生了，也许会突然进来人，所以还是站在办公桌旁，显得态度好一些。派出所不远，就在前面的椿树胡同。自被抓那一刻，小永就在悔过。让人看到他的可怜，希望警察进来时他是站着的，能证明他一直在悔过。如果他是坐着的，或玩着什么东西，警察一定会更生气。他怕派出所，不知派出所什么样。

但是警察一直没来。没有阳光，灯泡也不提供时间，小永后来坐在椅子上。不过每当库房门响，他立刻站起，每次都不是警察，是有人提货。玄珍再没进来过，像卖肉的光头瘊子也没有。提货人进来，对他不意外，不搭话，没看见一样。不知过了多久，隐约听到外面的门板声，脚步杂沓声，收拾东西声——事实上，小永并不能辨别出具体声音，只听到了种种混杂的声音。

小永已站起来，一动不动。

库房门响，提了一下才开开。玄珍站在门口，换了一件旧风衣，米色，与她肤色接近。在门口站了一会儿才进来，两手插风衣兜儿里：

"警察不肯来，还得让我送你过去，走吧？"

小永一下子哭了，很愤怒，想不到也控制不住自己的愤怒。他站了那么久，等来的竟是这结果！玄珍换了奇怪的衣服，似乎更不讲道理。

"别人都下班了，我还要来伺候你。"她凝视着他。

她显然看到愤怒。他说：

"我不要你伺候。"他的泪水好像可以让他理直气壮。五个小时他没喝一口水，没吃一口东西，而汽水、点心、糖就在身边。泪水滚滚而下，如果是面对光头瘸子，他不会这样，他从没准备这样，但这是玄珍，穿着好看衣服的玄珍。

他甚至生这身衣服的气。

"我不去派出所！"

愤怒和泪水是一种奇怪的组合，玄珍笑了一下。

"你家住哪儿？你叫什么？"

小永的泪水收了一点，但是没回答。

"好吧，"玄珍完全缓和下来，"我们不去派出所，去你家。这事必须告诉你父母，不然你就毁了。你家住哪儿？"

"我们家没别人。"小永完全止住泪，他说的是实话，玄珍不信。

"你别蹬鼻子上脸，怨不得你偷东西，从小就撒谎。"

"我没有。"

"你还嘴硬，我看你是个天生的撒谎精，还会装，装得挺可怜的，可真会撒谎，跟你们家谁学的？你爸你妈？还是你哥哥，你姐姐？你有没有弟弟？你太危险了，可别让你弟弟跟你学！"小永听傻了，而且不知玄珍怎么突然这么生气，"你骗得了别人骗不了我，我最能听出人撒谎，你的眼泪都是谎言，你真会表演，走，去派出所。"

"我不，去我们家！"

他们走出"常发"，玄珍上了最后一半门板。门板上有半个布满划痕的花纹一样的繁体"發"字，与另一半花纹正好对齐。对太多年了，划也划不掉，虽然已是晚上，但字样仍清晰可见，当然白牌红字"东方红"更醒目。看小永无疑是现今时代，但玄珍却像旧时代，和门板一样。小永是解放鞋、黄上衣，玄珍的风衣走起来像波浪，像附近有电影院、戏院、铛铛车，两人年龄像母子，却不可能是母子，倒像两种时光走在街上。尽管倒春寒，但所有的树还是发芽了，从院墙伸到了胡同上空。路灯高高悬在电线杆上，黄灯泡——哪儿都一样，库房，各家各户。人不多，都在吃饭，他们左拐右拐，进了我们院。

"你不会跟我绕来绕去吧？别耍花招。"

"就到了。"小永快乐地说。家里甚至大黄都没准儿不在家。

小永没绕，只是因为我们院太大，院套院，曲里拐弯，没有路灯。院子里有小胡同。小永的手一直被玄珍抓着，一直并排走，进了院更是。直到最后进我们院确认没兜圈子，玄珍才放了小永的手。全院各屋都亮着昏黄的灯，唯一一户漆黑，就是小永的家。门都没挂上锁，一拉就开了。

"真没人？"玄珍进来了，站在门口没动。

"没有。"小永说，开了灯。

"这是你们家吗？你怎么也不锁门？"

"就我一人，我从不锁门。"

一间半的屋子，一个枣木黑柜，一面床铺，一张八仙桌子，几个方凳。屋当间是火炉子，还没撤火，烟筒横贯顶棚进到里屋，两扇小门通向里屋。

"真是自己？"玄珍插兜，坐炕沿上。

玄珍难以置信。一个十岁孩子自己生活。

"对了，你不是一个人，"玄珍突然站起来，四处寻找，"大黄呢？你的猫呢？你可是为了大黄。"

"出去了，"小永说，"它不着家，拿骨头喊才回来。"

结果大黄从铺底下钻出来，一脚朝前，一脚抬起，不沾地，看玄珍。

"啊，真是只大猫，比你都大。"玄珍一看就养过猫。

"是比我大。"小永说，"是我姐说的，她走时让我照顾它。"

"你就去偷。"

"不是，"小永认真地说，"它吃骨头特别高兴。"

"听着，"玄珍看着小永，"以后不要偷了，偷东西是不好的习惯。"

"我不会了。"小永眼泪又流出来。

玄珍擦小永的眼睛，将泪珠截住，放自己鼻尖闻了下。"听好了，以后去店里找我，我给你羊腰。"玄珍抱起大黄，"给你的，大黄。"

玄珍走后小永生火做饭，再晚也得把火生着。下午去店里偷羊腰之前炉子就灭了，经常的事，一点不新鲜。小永把黑煤球和烧了一半的煤球夹出来，炉灰清出，箅子再放好了，装上劈柴，浇上煤油，熊熊的柴火映红小永一直没吃东西也没喝水的脸。劈柴着了一会儿倒上煤球，盖上火盖等着就行了。每次一生火——事实上是一倒上煤油不等点燃，大黄便溜之大吉，一两天都不着家。大黄最不喜欢生火，屋内浓烟滚滚，有时走的时间更长。大黄干咳了两声，钻出猫道，不知去哪儿了。

小永第二天没有去店里找玄珍，第三天也没有。第四天，大黄风尘仆仆地回来了，尾巴的毛又好像长了许多，真是风尘仆仆，身上全是土。小永去了常发店里，却没得到羊腰。玄珍给了小永三块奶糖，没提羊腰的事，小永觉得是天经地义的事，肉案的盘子里就摆着羊腰。但是牛奶糖也非常珍贵，这么白白的肥肥的奶糖，小永不记得吃过，但玄珍脸上什么也没写着。第二个星期再去（也不能老去）玄珍给了小永一包更珍贵的江米条，油都透过了黄纸，但大黄还等着呢。小永不知道如何是好，却看见光头瘊子将牛耳刀使劲在铁棍上蹭了一下，打出了火花，且十分响亮。所有人都看见了，因为打了好几下。

"小子，过来。"

光头瘊子对着嚼江米条的小永说，瘊子上的毛直颤。

玄珍说："别过去。"

光头瘊子贪馋地笑，一边拿着紫色羊腰晃动，"过来，给你的。"

"别要。"玄珍一边称点心一边说。

事实上就算玄珍不说小永也不会要，主要光头瘊子的笑太恶心了。

"回家吃去，这块奶糖给大黄。"

奶糖，小永自己吃了，只嚼了一点点江米条给大黄。

大黄不吃，闻了一会儿便走了，上房去了。

后记 | 四人行
——写于海南

　　这儿是混乱的海，分不出白色的石头和白色的海，浪与石仿佛同时涌起，都是动感的高音的白。我见海还少，不然不会用"混乱"形容海。我正在一个四周都是白色的岛上，每个方向都潮起潮落，水落石出，薄如蝉翼的浪花落下是白色的石头。我惊讶于如此小的岛如此大的混乱，以致以为世界如此。我在这个小岛上写作，好像只有我是安静的，一动不动的，就像《帕洛马尔》中的帕洛马尔透过窗凝视动荡又静止的海一样。帕洛马尔或许就是卡尔维诺，那我得小心点。

　　几乎看不到一点蓝，海浪层层叠叠相互撞击毫无规律永不间歇，犬牙交错的白色岩岸毫不光滑，刚刚生成，甚至还在碎裂，分解，看上去是一体，是海岸，随时都可能一哄而散。而远处一线蓝的海有时也好像慢慢地整体地竖起，真是庞然大物，却连一瞬间也保持不住，又轰然瓦解。没任何秩序可言，主要还激情不减，没完没了，明明没有任何意义，却仿佛构成了脱离自身的意义。混乱就是它的意义。

　　我在海边收尾了本书第十个文本《黑梦》。《黑梦》几乎占了本书篇幅的一半，而仅这一篇就写了近两年，自然也就收尾了《城与年》。为了不过分失衡，它于目录中排在了第九，让整体变得均衡。如果驻岛写作——谢谢《天涯》杂志的邀请——是一种形式，岛上收尾也是一种形式。我对形式从来都有一种神秘的以至不可言说的敬畏，好像形式就是我所追求。当然事实不可能如此，只是形式的确也是内容的一部分。

写完本书的十个故事，我觉得可以非常从容了，从未有过的从容。不仅是写作从容了，整个人都可以从容了，未来再写多少，再写三部五部长篇，再长再宏大都是剩下的。

我写的是北京南城一条小胡同，读了本书的人应该可以知道那条小胡同叫前青厂，距琉璃厂很近，事实上两者是一条胡同，前青厂的东头就连着琉璃厂。我上的小学就叫琉璃厂小学。西琉璃厂那时并不像现在两侧是带回廊的二层小楼，当年就是普普通通的平房一条街，中间夹杂着商店、理发馆、银行、副食店、菜店。现在一水儿的古建琉璃厂文化街是八十年代改造的结果，中国第一批古建赝品，根本就不是当年鲁迅、蔡元培、胡适、沈从文逛的琉璃厂。八十年代那次改造把整条街都抹去了，"重建"之后事实上把本属清代的琉璃厂上推到了宋朝，仿佛宋江题诗浔阳楼，张都监血溅鸳鸯楼，石秀跳楼，堪堪的恍惚东京汴梁。琉璃厂变了之后，我的记忆似乎也被抹去了，后来我所居住的前青厂也被连片抹去，变成了什么不伦不类的国安府，面目全非。我写《城与年》就是想恢复一点记忆，别的主题包括奇葩年代，都并不重要。

感谢刘国越、老贺，他们和我一样也是北京人，读完他们与我的对话你会形成三个"北京人"的印象，一种难得的文化概念。他们和我居住的环境还有所不同，一直是楼房，不是四合院、小胡同，但同一时代北京也更互为镜像。他们都是诗人，多年的老友，老友谈论共同记忆、文化的底部、根部，如同品三杯唯此地才能出的酒，那种香怕是人们都能闻出来的。所以本书已不再仅仅是一部小说，而是一个文本：北京早已在离散，在消解，我们算是一次北京小小的聚拢，是一帧底片，一片旧时光。

当然还有一人，本书插图作者侠子。他是我大学中文系同学，北京人，此人琴画俱佳，一直深藏不露，大学时代对我颇有影响。北京这地方总是有一些深藏不露的人，如果没有就不是北京了——此次被我力邀出山，出手不凡，有出深山之势。我对他的插图说过一些话，不妨这里披露一二：

《铁道》这幅抽象力与装饰风高度统一，空间开阔，细部丰富，有让人进去的冲动。《三轮车》从另一个方向达到了这个效果，传统水墨与线的结合意境高远，颇有古城文化味道。这组近景人物强烈，张力十足，一种卓越的个人风格。激情无疑是你我共同的东西，没有激情我们无法动笔，你不可能"老朽"，只要画就不会。不完全写实，有超现实的东西。光有形而上不行，光有激情也不行，必是两者兼备。这组甚至超出了绘画，让人想到鲁迅倡导的珂勒惠支木刻，但又不同，一种戏谑的涂鸦式的不同，正是这种不同击中了文字黑色的东西，也让前两种风格互文，升华到一种高处，使整个系列有了独立性，构成了思想的对话性。

最后，该怎么命名这个文本呢？形式有时之所以迷人往往在于无法给其定位，在于它永远在生成中，"横看成岭侧成峰，远近高低各不同"，古人早就发现了测不准，不确定，拓扑，那就不命名或随便怎么命名。感谢孟繁华先生为本书写的序，感谢《收获》《十月》《天涯》《山花》曾发表过它们。

附录一 | 这世界幸好还有神秘不可复制
——宁肯、刘国越对话录

时间：2020年1月至5月

地点：疫情 / 隔空

技艺是一种深刻的辩证

刘国越：最近终于有空把《火车》读完，非常感兴趣。我因近年基本不读小说，偶尔翻看一下，兴味索然。所以对当代小说孤陋寡闻，看了你的《火车》我想问你，你这种写法（除了人物主线，没有故事主线，所谓主要人物关系的矛盾、纠葛）的小说，之前有过吗？有的话，推荐一二，我想看看，比较一下。之后有机会时，咱们再聊我对《火车》的思考感受。

宁肯：小说贴着人物写的，我印象中早有高晓声《陈奂生上城》等，后有汪曾祺的小说。汪说过小说贴着人物写这种话。汪说小说就是写语言，小说就是写人物，怎么写？贴着写，一个"贴"字道出真谛。中国的小说还是有不少成就的，大体两类：贴人物写的，一般都比较高级；二是贴故事写的，故事写好也出人物，两者就很难分了，因此也有不错的。具体的我现在一时也说不好。

刘：《受戒》《陈奂生上城》我曾经看过，都是经典。但近年没看到这方面的发展，我感觉到你的短篇中有很多需要深入探讨的东西。待我多看几篇，完后找机会与你探讨。

宁：好，最近又有两篇要发出来，《十二本书》《探照灯》，大体也是这路吧，最近又重写了《九月十三日》，也快出来，届时好好聊聊。

刘：看了你推荐的两个小说，感觉他们都是手艺高超的作者。他们的语言精微、深入。总体上，我认为他们虽然是贴着人物写，虽然摆脱故事的矛盾与纠葛，但还是在传统的塑造人物的"线"上。就作品而言，他们给我一种贴着人物"编"的整体印象，编得确实不错，但就是摆脱不了"编"的痕迹。作品完整、精致，富有欣赏价值，但缺乏作品本身的生命力。我个人认为《火车》是有生命的作品，这一点，需要慢慢与你探讨。

宁："编"，真是说到点上，你眼太毒了，像 X 光片。我过去就是怎么也不会"编"，特别是那种舒服精湛的手艺。之所以你说《火车》是有生命的作品这种感觉，是因为我的"编"与我的个性尚未真正结合起来。而个性又牵涉太多东西，文化、哲学、轴心性的东西，应该也是你说的生命性的东西。

刘：对！这不是人为可以通过学习思考得来的。这是作者表达生命的天赋。而"编"是可以学习的。

宁：在"编"上，我一直觉得自己太笨，搞不清笨的缘由，以致特别艳羡别人。后来发现实际骨子里敌视"编"这种东西，没法不笨！就是说那种根性要表达的东西不是通常技艺所能完成的，不兼容。但"笨"又需要技艺，只是这技艺只能在"窄门"中完成，在"笨"中完成。

刘：技艺是可学习、可逐渐掌握的，没有那道"窄门"的人就需要掌握"编"的技艺，但只能在大地上行走。而有那道"门"的人，是可以飞翔的。

宁：没错，一种深刻的辩证。

这世界幸好还有神秘不可复制

刘：读罢《火车》，让我看到了费里尼《阿玛柯德》的影子，充满生命的野性。在短篇里，能飞翔的作品不多，华语里我还没看到过。你看过《阿玛柯德》吗？

宁：是吗？还真没看过。但知道费里尼，法国是新浪潮，意大利就是费里尼。

刘：去找来看看，我二十世纪八十年代初在电影资料馆看的意大利电影周，印象极为深刻，真的是大师啊，打破一切叙事窠臼，充满生命感。当时翻译叫《我的童年》。太棒了，一定符合你的个性和节奏。

宁：野性、飞翔，都是非常重要的概念，是我们的文化缺少的。

刘：你的创作，恰恰具有野性和飞翔的元素。

宁：所以你一说这两个词，我就觉得特贴。一个人应更多接触异质的东西才能变异质，提供异质的东西。前面推荐的两个作品缺少异质的东西，也是"编"的感觉的原因。我们探讨的东西非常重要。

刘：我一直认为性格、心性、经验（主要是心理经验）和天赋是作者因缘和合、浑然天成的，是不可复制的，是"上天"的安排。至于技艺、技术，则是需要具备以上条件的人投入时间学习磨炼的。当然有很多人在技艺上的天赋也是值得赞叹的。

宁：技艺天赋与生命天赋又是两个重要概念。

刘：是，我在研究诗歌理论备课时，对这些有过深入思考和分析。

宁：有讲稿吗？现在太需要澄清与抵达了。对小说同样重要。

刘：只有零碎的提纲，我是在讲课过程中随意阐述了一些。以后有机会整理一下。

宁：现场应有录音吧？整理出来极有价值。

刘：嗯，要等视频平台剪辑整理后。我是在一九八五年和大春去北岛家拜访时，北岛当时纠结于"什么是伟大的诗？什么是好诗？"这个问题，他很真诚地问我和大春，但我们那时还是年轻小辈，更无从思考这个问题。此后，这个问题困扰我三十多年，一直在思考。

宁：就从那次写起，就非常有意义，几乎是个隐喻，伟大的隐喻，也是一种神秘性。这世界幸好还有神秘不可复制，这是世界存在的理由之一。

刘：嗯，我讲课就是从那件事讲起的。前面谈小说都是高大上方面的问题。现在谈谈《火车》。我之所以有《阿玛柯德》的念头，是因为《火车》的叙述给我造成的印象。作为短篇，我习惯于一个精彩的故事，或一个鲜明的人物塑造。但《火车》不是，虽然其中的小芹是主要人物，但有若隐若现的感觉。前半部基本是一群少年的群像，后半部是小芹若隐若现的身世之谜，而其中穿插的小芹姥姥父母姐姐弟弟，还有押车员等，还有"我"和那群少年，全都是若隐若现。还有房顶、猫、鸽子……加上所有细节描述，整个一个七十年代的少年风情画。我感觉到的是那个年代的烟火气。味道——这是小说难以言传的！但《火车》传达出来了！于是这部作品有了生命。而结局又赋予了这部不是"故事"的故事生命力！

宁：太棒了，颇感慨这段话功夫之厚，准，气场之浑然，高蹈，其本身让我在想一些东西，具体不知在想什么，但感觉真是到火候了。凝聚着一种东西，源远流长，千锤百炼，也是天作之能。我一直在想你说的，在回忆，我先告你一点，这个短篇写作实际用时也要超过六七个月。二〇一七年一月起笔，二〇一九年七月定稿，这中间一直在发生什么，其本身的时间感也给小说蒙上一种东西。生长的、萌生的、发育的东西，真是一言难尽。没人这样写短篇。我为什么这样？这又是独属于我的东西。世上大概再没有比两个神秘主义者相遇更像一种相遇了，这是我今天最大的感慨。其他再细说。

刘："迸发"和"泻"没有一般的时间意义，可以六七个月，也可以六七年甚至六七十年！很神秘！是生命中积累的难以言传的那部分的表达过程，非常折磨人，甚至难产、阵痛，甚至流产！但这才是真正的作品的创作！

宁：在漫长的缓慢过程中，一些节点却是快的、迸发的、泻的。一个泻点到一个泻点之间是缓慢的、艰难的、窄门的、无路可走的，然后惊鸿一瞥，迸发。《火车》的原始经验是早年到货场尾车上玩，火车动了，都跳下来。当时就在心里想过，要是有人没跳下怎么办？这是四十五六年前的事。那时十四五岁。打一开始写东西，二十四五岁，就想写这事，题目都想好了叫《童年火车》。那个经验印象太深了，也很独特，无数次想过要写，却始终找不到出口，一直有个神秘的障碍。那个"茬口"固然特好，但重心却总是自然地滑向孩子被拉走后经历了什么，有哪些奇遇、故事，这个一想开去，慢慢地就脱离了"茬口"，脱离了原始经验，兴趣慢慢反而不大了，每每便放弃。很多年就是这样，我也不明白怎么回事，卡在哪里，为什么对孩子拉走后的经历并没有真正兴趣。或者要么觉得自己笨，想不出一连串的好故事。现在我想，这个障碍对我大概是天生的，孩子拉走后变成了一个通俗故事，与原始经验发生断裂、脱节，而我真正在意的是那个经验本身：它应该触及什么？表现什么？盛装什么？但很多年我并不明白这个。直到二〇一七年，我下决心写它，也还并没想清。但开始写了，是写本身拯救了我，纠正了我，边写边纠正，边发现，边神秘地触及一些应有的东西，对孩子消失之后的故事躲得越来越远——至少开始是这样。因为"躲"，原始的经验变得越来越强大，越来越细致，越来越有肌理，越来越时代，越来越还原。呵呵，真是双重的艰难与神奇：现在的梳理与事物本身。

刘：一切优秀的小说、戏剧、电影的文本，都传达了难以言传的诗意，你的"躲"故事和锲而不舍地追寻原始经验，恰恰是不自觉地通往诗意之路，说不自觉，其实是你生命中对作品的"实相"的潜意识认知，你没有被现世"作品"的表象迷惑，你一直在顽强地挖掘那个实相。命定，神秘的命定！阿赖耶识，种子，熏习，这都不是一个手艺人或匠人能学来的，这是一个伟大作家自然积累的业报。

宁：在微博上我曾写过这样一段话：很多时候，故事不是构思出来的，而是生长出来的。你提供了氛围、土壤，在耕地时有些东西就长出来，这就是故事。所以，最先不是有一个故事，而是有一个氛围让你觉得可写。比之构思出的故事，生长出的故事更加自然，少人为痕迹，甚至也很容易结尾，自然就结束了。这段话大概说明了我的故事方式，也就是你所说的"难以言传的诗意"或"实相"，带着相当程度的潜意识。如果你说这是命定，还真是，我还真是不知怎么形成的这种故事方式！从"有个孩子没跳下车"的"原始经验"生长出的第一个重要的确立：失踪的是若干孩子中的一个女孩。这个确定非常重要，没有故事先有了人物，但人物具体怎么回事完全不清楚，也想不清楚，先写着看。就这样，写出了开头的几段：从安东尼奥尼的《中国》切入（这又使用了原始经验，这事当时印象太深了），整个几段都是原始经验，是土地，是在耕耘，是群像。群像中有个女孩无论如何是一种区别，一种"难以言传的诗意"。这样耕耘着，小芹也在另一层意识中生长：小芹和这群孩子最大的区别还不在于她是女孩，而在于她有钱，别人都穷得叮当响，到哪儿都是走着。小芹加入去看火车的行列，觉得走着太远了，她坐车到终点等大家——这是个"迸发"，节点，泻，这样一来故事有了，生长出来了。不仅如此，还连带了许多东西：小芹为什么会有钱？噢，家庭不一样，知识分子家庭，为时代冲击，跟着姥姥在我们院生活，与姥姥的矛盾，种种诸如此类就都有了，也为性格／命运埋下伏笔。再强调下，这些都不是事先构思出来的，必须有了土地，下了种子才"生长"出来。这个故事以及携带的一切都有了，躲开"火车拉走的奇遇故事模型"便成为可能，至少它不再是整个小说的重心，这个小说便成功了一半。

刘：生命必是生长出来的，产品一定是制造出来的。

宁：没错！既是生长，自然就缓慢，哪怕清楚了长什么样，也依然缓慢。因为还有语言，语言必须是慢的，因为语言也潜伏着大量生命的东西。原始的东西。意想不到的东西。

刘：我有我的很各色的判断，我读很多所谓大师的经典作品，心里仍然不认可，可能就是因此——咱们所谈的"有生命的作品与无生命的产品"。也是我这些年瞄了几眼中短篇就没兴趣的原因。

"语言情境"的"京味儿"

宁：一个人走得越远，就越严格，越绝对，越是自己，越有意义。而我们的文学就是极端的或者极致的东西太少，针对极端的人的作品也太少。生长的作品有一套生长的语言，制造的作品有一套制造的语言。生长的语言慢，故事模式的语言快，快得多！

刘：从《火车》里我看到了，语速、节奏、旋律，都是那个时代的烟火气，感觉密集，但你从作者的角度，却是历经了生长的"慢"。

宁：对，这是很辩证的，也是很吊诡的。为什么慢？因为要从感觉里提取，提取是很慢的，简直像科学。但提取出来之后，还要让它们变得读起来流畅，因为提取出来后是孤立的、散状的。这个过程同样艰难。任何一种深刻的东西都有着不连贯性！有起伏、节奏才称得上流畅，这些也要无数次感觉、调适。

刘：有个人的语言，自己的色彩，你的语言色彩里是"野"，野生、原生、野性，这是我的感受。

宁：也有点京味儿吧。

刘：必须有，这是"味道"的一部分。你的"一点"京味儿很讲究，看得出来是精心调配的，没有王朔的痞味儿。不过我个人的口味略重，《火车》对我来说京味儿略显清淡。

宁：嗯，一是我有意疏离一下传统京味儿，二是咱老北京觉得淡，外地人已觉很浓，曾有"满满的京味儿"形容。其他篇有的浓一些，像"探照灯"，快出来了。其实"京味儿"是一个大可探究的问题，我也在探索既有京味又不乏深度的双重路子。京味儿有大意义、有优势，是"非遗"，但也容易缺少现代性的深度模式，两者如何结合大有可究。以前我的写作有意远离京味儿，甚至讨厌京味儿把北京弄小了，这是偏颇。

刘：我觉得此篇京味儿主要是由"语言情境"而不是语词本身传达出来的，这也是我非常欣赏《火车》的不可思议的那个"味道"。

宁：这个说得好，精辟，具理论深度。

刘：这是你特别独有的东西，非常珍贵。

宁："语言情境"与词语本身，两个重要概念，发现你的谈论中已有许多类似有创意的概念，这可能是诗甚至诗之上给你的。有诗的人很多，但诗之上"烛照"极少，我们的谈论非同一般。

刘：我浸淫诗歌欣赏几十年，一直在琢磨文字表达尖顶上的东西。

宁：这太可贵了，到了"说出"的时候了。

刘：后来又涉猎了一点戏剧、电影、电视剧和短篇小说的创作，对文学理论的修行更有帮助。

宁：这样就打通了，对"存在"甚至"自在"有了一种个体的把握。我们慢慢谈，你激发了我，逼得我也将自己"烛照"——借着火光。

刘：绕了很大一圈（几十年）最终发现，俩字：诗意！难以言传的诗意是一切艺术的最高境界。

宁：诗意——大可究竟，阐释，带着你的发现与特点。

刘：不能说发现，其实是老生常谈，应该说是回到这俩字。所以没错，大可究竟。

宁：快"盲"（无字幕）看完了《阿玛柯德》，越到后面越棒，炉火纯青，不知为什么想到"区块链"一词。肯定不是百度上解释的"区块链"。

刘：明白，而且很准确。"盲看"得很准。

诗意就是生长

宁：语言与生长同等重要，两者常常很难分，常常在感觉中——如同在实验室——提取语言时，灵感生长出来，"迸发"出来，仿佛语言触到了某种根部，一下长出一枝，《火车》的扑克牌即是一例。这是个非常重要的神秘的灵感、生长。当然与原始经验相关，那年代扑克稀有，我就曾用纸片做过若干副，玩得那叫痴迷，而这就是根，潜意识。那么语言又是怎样触及的呢？此前他们在尾车干什么只是概述，具体小芹失踪那天他们在干什么，用语言生长出具体场景，一到具体就像到了最深的土壤中，原始经验出来：玩牌！并且是火车上突然发现押车员玩的扑克，OK，一切都OK了！这个太重要了，首先生动了，还原了。其次为"表面上"未及跳车做了铺垫，全神贯注嘛。再次，小芹在尾车上扔扑克生动又意味深长。最后，也是最重要的，事先完全没想到，由于扑克的出现，对时代的孩子而言，扑克在这一特定情境中与小芹同等重要！他们追小芹，实际更是追扑克，这就一定程度上消解了失踪的重大，至少怪诞地提供了消解的氛围。因此，"它"还在生长，而不仅是一个细节，一个情节，简直就是"未来"发动机：使他们撒谎成为可能。扑克并不导致撒谎，却成为撒谎重要的过渡，一块砖。而撒谎导致了什么呢？整个小说的重心实际在这个谎言上！谎言又带来一系列情节，包括非常重要的小芹归来时双方意味深长的紧张关系，紧张的核心是：冷漠。OK，谎言，冷漠，冷血是多么具有时代感啊，这是最大的原始经验。这都不是一个失踪"奇遇"

故事所能展现的，现在，老兄，到这儿，你知道"生长"的意义了吧？诗意就是生长，生长就是诗意。小芹归来后的冷漠如此完美，都有赖扑克牌的第一块砖，也让你感到了《阿玛柯德》的近乎"树状"的生长性，诗性，诗意。

写出这些非常有意义，而且你也触动了我巨大的潜意识，让它们浮出水面。通过对牌的议论，一下过渡到小芹的归来，技术上也成立。速度非常快，切得那叫一个狠。然后再找补。生长导致了技术，有了生长，技术简直不在话下。"小芹没有一次扔下，一张一张扔下，不然我们也不会追那么远。火车消失了，我们又追了好一阵。五十四张，一张不少。""牌与小芹都重要，这是真的。的确，在迷茫中，牌仍然是一种快乐，一种无法言状的东西。一年以后我们见了小芹，无论牌和小芹，都已被成长太快的我们忘记。当然，牌要早得多，很快那副本来就很烂的牌被我们彻底玩烂，变成了碎片。"（《火车》）看下这两段之间的关系，从细节到概述，像天堑一样，牌就像一块板。

刘：太棒了，我一直从理性角度研究诗意文字的产生，我认为是天赋，是神秘的力量，但从未与作者讨论过生长过程的细节。你的剖析，第一次让我看到了生长的具体过程！

宁：生长过程就是诗意！但它不在作品中呈现，呈现的是结果。也就是说，诗意的背后才是真正的诗意！一次回溯产卵的过程，像大马哈鱼一样。

刘：我跟老贺探讨龙龙的诗时，惊叹于他的飞翔，怎么就能飞成那样，不可思议，结论只能是——天赋！天才，上帝让他从他那里迸发出那样的诗句，上帝之手借一个天才！我不敢再进一步考察诗意产生的过程和细节，今天，从咱们的"深入"中，我感到了一种无限接近神秘的欣喜！就像修行人感到接近上帝的惊喜，法喜！禅乐！

宁：我们之间可以通灵。

宁：老兄，昨天完成了《他挂在墙上》，微博一直跟随着我的写作，我看到你点了赞，也感到你的一双眼睛一直在注视。过去老周与你有着同样的眼睛，我在两大高手又是非主流的目光注视下获益匪浅，这不是谦辞，是幸运，我得到别的作家所不能得到的：主流外的加持，也与我骨子里的非主流一拍即合，始终区别于主流作家，保持了独异性，没被同化。可惜老周这双眼睛还有一半是政客——他为此自鸣得意，超越了"文人"。他站在政客角度是蔑视文人的，他没建立起人的主体，或者建立了一半，这两半合在一起是多么的怪诞，天赋极高却又是双重的半成品，每一半都达到了出类拔萃的饱满，但又是残缺的、悲剧性的，如同我的时代。

其实《火车》的话题——"诗意"还没聊完，记得你说诗的诗意，龙龙的诗意的完成是神秘的，怎么就一下想到那儿，诗在天墅上跳来跳去，完成是不可解，是天赋，天定。的确，诗的诗意机制是这样。你觉得小说的诗意也有类似性，同时又不同，这是个大问题，非常美学。"小说是从语言中'长'出来的"构成小说的诗意，似乎我们的讨论得出这个结论。那么诗的诗意是从语言里"蹦"出来的？两种诗意最大的不同在于速度？这个恐怕还得由你阐释。打个不太恰当的比喻，比如一个闹钟，诗的诗意是秒针（语言）的平均颤动之后分针的"跨越"，两者关系极其神秘、诗意，而更神秘的是看不到机制，谁推动着这一切？好吧，那就打开诗歌的后盖：结果更让人吃惊，这么精准的机制根本看不懂。多少诗学也无法说清机械运动和分秒的关系。

小说不同，小说的诗意可以从后盖分解出来，或者后盖本身就是小说的诗意，哪个齿轮重要，哪个次要，怎么联动，存在而又"若隐若现"（《火车》里用的一个贯穿的词），我举了语言长出"扑克牌"的例子，一个非常重要的齿轮——然后又生出大大小小的齿轮。总之，小说的诗意是可分解的，而小说诗意的神秘性就在于它可以拆解，就像一把手枪，再个性化的枪也可以拆卸开来，然后装上，这是和诗的最大的不同。小说就是研究这种拆装——在生长中不断拆装，改进，以至有无穷的可能。

但这还不是小说诗意的全部，小说诗意的另一个来源是叙述者，即谁在讲述，也即谁眼中的世界？即视角。诗其实也讲视角，甚至更多灵活的视角，细分的视角，最明显如多多的"牛眼"视角，阿坚"诗人醉了／酒从眼里流出"。小说的视角相对简单，相对固定，常用的有童年视角，傻子视角，死者视角，未出生的视角，总之小说不是全能叙述，而是由一个被限定的特定的人叙述的，这点非常重要，因为某种无所不在的诗意正来源于此。我写《火车》用了侏儒视角，即让一个侏儒讲这个故事。侏儒对应那样一个时代是恰如其分的，因为你不可能用一个全能的理性视角讲述那非常的年代，凡这种讲述大体都是失败的，正如大量关于"文革"的小说。一个非理性时代怎么可以用理性讲述？只有用侏儒，那才叫王八看

　　　　　　　　　　　　　　　　　　　　城与年

绿豆。对，小说的叙述就是要王八看绿豆，这就是诗意。这是从小说的调性——反讽，以及大的方面说，具体技术上也带来方便，比如因为侏儒的特殊性，使他还有可能与归来的小芹对话、沟通，同时又是不完全，你讲话，若隐若现的。而小芹的经历只能是"若隐若现"的，不完的，这个只能由侏儒这一特殊身份完成。换任何人都不可能，要么根本不可能对话，小芹与其他人关系锁定了。要是有要好的，那你就得把小芹失踪这段经历的来龙去脉讲清楚——那就从哪方面说都完蛋了。你看，到此，小说的诗意得到进一步拆解。这些是在写作中，在无数次大小修改中反复琢磨的，一篇小说写至最后完成，你真像个匠人。

"编"与生长

刘：上次聊完后，我又读了一遍《火车》，这几天一直在琢磨，正想着怎么说，今天就看到你的自析。"这些是在写作中，在无数次大小修改中反复琢磨的，一篇小说写至最后完成，你真像个匠人。"你最后这句话，正是我这几天琢磨的内容！就理论而言，小说的虚构之"构"从定义上是属于"编"的，但我们的讨论是生长与编的不同，这里面看似无法自洽，我正是从这里下手探寻技艺的根部问题。这个话题太重大了，我感觉今天熬夜都说不完，真想我们能把酒深聊。有太多需要缕析的丝蔓，涉及文学创作的根部问题，延伸出哲学、认知科学、语言学、心理学、精神现象学等跨学科的课题。我们慢慢聊。你是上午来神，我是夜里来神，尴尬。积重难返，今天不敢展开，只提个头，有空再一点点细聊。先说我一个直觉的观点，创作者生长的"编"与能工巧匠的"编"有着根本的不同，生长的编有着生命的根部，而匠人的编有着技艺的根部。打个不一定恰当的比喻，就像表演理论中的体验派和表现派，一个是要求用角色的灵魂自然出演，另一个是要求在理解灵魂的基础上用演技表演。《火车》的故事也是"编"的，是贴着生命经验"编"，而没有让故事生长，是贴着生命体验摆脱了故事那种所谓"应该的样子"，是自然生长出来的。今天先聊这些，后面有很多内容，太晚了，一点点来。

宁：嗯，很有道理，同样是编，不同的生命成色不同。我正整理咱们的对话，很有意义。我们细水长流，随性、随便。"技艺的根部"有意思，带着生长性、设计性，让我想到西藏的"虫草"，冬虫夏草，由"虫"到"草"的过程，既是分开的，又无法分开，虫是生命，草是技艺、形式。

刘：我们的讨论已经达到必须界定概念和定义的程度了，我们先界定一下，始终贴着生命经验和感觉"编"的作品我们命名为"生长"出来的，而由一个灵感或一堆生活经验按照故事套路编的作品我们命名为"编"出来的。你看妥否？我认为技艺的根部是灵感和生活经验，而生长的根部是生命体验。生长出来的作品始终是贴着生命原始的体验，其"无数次大小修改中反复琢磨"的"技艺"是创造性的，"真像个匠人"却不同于普通匠人。普通匠人使用的技艺是套路，是学来的，天赋好的可成为能工巧匠甚至成为迷惑世人的巨匠。他们的作品可能赏心悦目，可能臻于完美，但，缺乏生命力。而生长出来的作品，是作者从生命里生发出来的，其创作中的一切"技艺"都是围绕生命体验的叙述，怎样的词语才能更准确地传达，怎样的人物设置才能有利于叙述那份感觉，怎样的情节才合乎那样的情境，怎样的氛围才能展现自己生命感觉中的意境。

从你对《火车》创作过程的描述里，我看到的就是生长的过程。扑克牌这个道具本来是贴着那个时代的一种怀旧呈现，当你不想按"故事法"的套路出牌而紧紧贴住自己感觉走的时候，扑克牌意外地给了你跳跃衔接故事情节的惊喜。为什么？因为它是活的，你贴着自己的生命体验创作，一切就都有了生命，一切将生长出来！包括技艺。技艺一旦有生命力的加持，自然而然就带有创造性，带有野性。这种创作，我称为"飞"，飞翔，飞起来了！没有套路和窠臼，没有限制。

宁："生长"出来和"编"出来，这两个概念清楚了！澄清这两个根本概念非常重要，它导致了下面的阐述非常清晰，穿透了许多东西，都在肌理上。特别是"生长出来的作品……'技艺'都是围绕生命体验的叙述，怎样的词语才能更准确地传达，怎样的人物设置才能有利于叙述那份感觉，怎样的情节才合乎那样的情境，怎样的氛围才能展现自己生命感觉中的意境""技艺一旦有生命力的加持，自然而然就带有创造性""扑克牌是活的！"我们都已六十开外，我惊叹这样的语言所构成的大脑的精密与力量，没有力量不可能有精密，没有精密也不可能体现出力量。智性牢牢精准地抓住了缥缈的感性，兑换成语言。这就是我们的生命，我们一次次在山顶，艰难但不累！对"扑克牌"的再诠释一下澄清了我，就好像有了刀，一下又拔出鞘！的确，"生活经验"与"生命体验"不同，将这两者区分，于创造有着理论意义。汉语在这里显示了不太容易有的细分性，我们语言的含混性常常导致了思维的含混性，以致理论的"生长"受阻。

刘：所以我说，我在短篇里看到的基本上是"故事会"，这里面有故事大王，有讲故事高手，但，我对这样的短篇小说是不屑一顾的。

不同：生活经验与生命体验

宁："生活经验"对应"高超技艺"可以造就一个不错的作家，甚至优异作家，但作品和作家本人没什么关系，作品是作家的演出，技艺是演技，作品并不完成对作家的塑造。换句话说，大多数作家都是"演员"型作家，有的演技很棒，但终归是演，中国这类优异的作家特别多。而"生命体验"对应着"生长"，每一部作品都证明着这类作家内在的东西，统一的东西，每一部作品都在写着他自己，这类作家国外也不多，但也不少，像卡夫卡、博尔赫斯、契诃夫、托尔斯泰、陀思妥耶夫斯基——还是非常多的。中国有个人气场的大概只有鲁迅。张承志、史铁生、张爱玲、沈从文、汪曾祺都有点意思，不完整。当代人最完整的是苇岸，苇岸的完整是世界级的，中国能产生苇岸是很奇怪的。

几年前在一次讲座中，我主讲的题目是"作家精神"，讲到三种力量：绝望的力量——卡夫卡；卑微的力量——赫拉巴尔；沉默的力量——孙犁。三种力量分别代表了三种作家精神。孙犁晚年极其自闭，不见任何人，不出席任何会议，极度沉默，自身与时代构成极大张力，成为一种屹立的"沉默作品"。我讲："没有作家精神，每一部具体作品都可能是'成功'的，但整体是失败的，因为没有完成作家自己，孙犁晚年面对自己文集出版时的幻灭感与卡夫卡要烧作品异曲同工，却也颇不相同。"现在看来，生活经验与生命体验两者划分太重要了，一下说清楚了，分野原来在这里！

刘：写生命体验的作家是在灵魂里写作，写生活经验的作家是在生活里写作。灵魂是有重量和温度的，冷而沉重的灵魂会使人感到窒息，却有警醒作用；热而厚重的灵魂使人觉醒，领教醍醐灌顶。灵魂的重量决定了作家的质量。就是我说的："阿赖耶识，种子，熏习，还有天赋的悟性，这都不是一个手艺人或匠人能学来的，这是一个伟大作家自然积累的业报。"其中的"熏习"也包括环境教养、阅读思考。

宁：在生活里写作与在灵魂里写作，的确，非常不一样。生活里包含着世俗规训、生存之道、成功学等。不否认这样写作的合理性，但都在这个合理性上扎堆，就是问题！而这的确是我们的问题。所以灵魂的重量就显得特别重要，阿赖耶识，种子，熏习就特别重要。同时文化土壤对于这些非常重要，好的文化土壤会让上述多生出一些。

刘：然！然！然！

宁：个人主义的文化传统比较容易产生特立独行的个性，灵魂人物，加上宗教。我们的文化传统这两方面都缺，所以特别不容易。出得特别少，整个国画上千年就出了一个人——八大山人，真是奇迹！

灵魂的故事

刘：现在进入小说理论的核心，硬核的核心！语言。我的语言概念不是指文字的语言表达，是从语言学和符号学发展出来的语言概念，比如电影语言、绘画语言、音乐语言，是指一套表达系统。是艺术分门别类的符号系统的概念。小说早期的表达系统的主体是故事，而故事也是戏剧影视表达系统里的主体，所以很多戏剧电影导演都在摆脱故事的传统叙述寻找戏剧或电影本身的表达系统。随着社会的发展，视听艺术表达故事更有优势，在影视泛滥的今天，小说正是到了反身思考自己的表达系统的时候了。（既然已被视听媒体边缘化，就应该寻找文学自身含金量最高的价值所在，提纯文学的本质性表达系统。）

文学的表达系统应该是什么？就小说体裁而言，其内容我认为应该升级为讲述"灵魂的故事"，把讲述生活故事的差事让给影视艺术吧！（艺术电影另当别论。）所以小说的表达系统的形式，就不能局限于讲述生活故事的套路，可以编生活故事（鲁迅的《孔乙己》、史铁生的《命若琴弦》等）隐喻灵魂故事，但更应该是跳出讲生活故事套路，讲述"灵魂的故事"。讲述灵魂的故事与生活中的故事有所不同，它不一定要用传统故事的架构和叙述方法，它的矛盾冲突或人物命运是顺着灵魂的走向发生的，其故事大多不是现实生活的样子，而是灵魂中的生命体验，应该有它自己的叙述形式（或说表达系统或称小说语言）。你的"贴着生命体验写"，就是这样一种摆脱短篇小说传统故事窠臼的写法。窠臼，就是起承转合、主线辅线、矛盾冲突等那一套。现在那些为了市场制作产品的编剧都快倒背如流了。我说的小说语言，就是要寻找小说自己的一套表达系统，不是传统讲故事那一套，也不是隐喻修辞那一套，可以包括但不能限于！一两句还真说不清楚，这是要做学问的节奏啊！总之，短篇小说的文学语言（或表达系统）围绕着两件事做文章："讲述灵魂的故事"和"传达生命体验中的诗意"！这就是我要强调的，建立小说语言，摆脱生活故事的套路。这是文学被社会发展逼上梁山之路，向纯文学登顶，没有回头路，你想回头也没用，大势所趋。这也使文学把主要的传统技艺（讲现实故事那一套）移交给视听艺术，为自己登顶纯文学轻装上阵。这一大套言论完全是咱们探讨《火车》引起的，我是从二十世纪八十年代研究电影语言开始，继而研究诗歌语言，《火车》使我延伸到了小说语言。不知对不对，你从小说创作的角度判断一下，这样的思路是否偏颇。

宁：你的这番梳理辨析洞见让我们持续高位的对话达到了高峰！灵魂的故事与生活的故事，这一界定就是一次升华，与生活经验、生命体验构成体系！灵魂故事自有一套方法，应是双驱，故事不能少，但是灵魂驱动的，或者是灵魂产生了故事，而不是故事产生灵魂，这很不一样。正如灵魂有故事与故事有灵魂不一样，前者是生长的，后者是编织的、不确定的、分离的，而且是可代替的，如影视。昆德拉说，发现那些唯小说才能发现的，但怎么做到没说，讲述灵魂的故事而非讲述生活的故事无疑是正途。

刘：精辟，双驱！技艺可以创造故事；而灵魂的故事（生命体验）可以创造技艺！

宁：灵魂的故事创造技艺，经典。

文言在源头上是错的

刘：《探照灯》看了，生命的碎片，语言流，这个印象很突出，是语感和生命独特质感的综合体，顺着语境流出来的一种语言。京味儿很浓，却又不是老舍那种自然主义的纯生活语言，但又那么地流畅、有节奏和力度，是生活流和意识流的合体，在你的语感中流出的语言流。

宁：京味儿本身就是口语，有着先天的语言流优势。京味儿与深度模式或者说现代意识结合，甚至意象结合，是我想要的京味儿。不是故事套路能出来的京味儿，是灵魂深处出京味儿。灵魂的生长正对应的是意识深处，语言也自然从那儿流出，因此具有原生性。

刘：原生性是"创造性"的发源地！

宁：只要是故事套路，语言自然就会套路。

刘：没找到发源地的故事，所以常常生编硬造，所以矫情，看着看着就是编的了，不是"活的"，没有生命之根，靠的是技艺编织。

宁：所谓生活故事自然偏重的是故事，只要偏重故事就不太容易找到语言的发源地，语言只能是工具，只能用成言、套语，反正语言是第二位的。没发源地深度就出不来，灵魂出不来就永远浅表。

刘：文学角度，你这段话非常深刻！故事——自然找不到语言的发源地，一语中的，进入了语言的深处，是非常烧脑的理论问题。

宁：西方连哲学都有一个语言转向，文学更不用说，反观我们对语言的认识还是有些工具化、外在，没当成人的主体看待，倒也和我们对人的认识一致。

刘：西方哲学由本体论进而研究认识论再进入方法论的语言学，我认为是追索本体的科学化必然。

宁：生命意识的源头是语言的个体。在这个意义上，与其贴着人物写不如说贴着人物"聊"，夹叙夹议夹描写，无时无空无头尾。这大概是最深厚的中国文学传统，外国文学鲜见，化好了很有效，很现代。

刘：没错，这点你指出得对。

宁：而汉语口语很适合"聊"，语言流、碎片，由于口语始终未到书面语言的"工具理性"份上，"流"起来有很大弹性空间，有许多虚线、跳跃、休止性的连接——对，连接。许多天然的蒙太奇，画面场景不一，但"语言流"是一致的，带着惯性把不同空间、时间连起来。汉语天然是艺术语言、电影语言，听听相声就明白，汉语口语是一个多么活跃的语言、活性的语言。语言的活性，这是可讨论的问题。那么相应地，汉语的书面语言至少比起自身的口语就要僵，与别的语种比不说劣势至少也没优势。

刘：非常成立！我一直认为现代汉语还急需建设性！"无时无空无头尾""虚线、跳跃、休止性的连接"——建设现代汉语，是文学人的大目标。诗人走在先锋的行列，小说更应该担起连接读者的责任。

宁：不知道其他语言口语与书面语差异有多大，反正汉语差异非常大。

刘：外语不清楚，汉语口语我们太熟悉了，就传神而言，有太多优势，如北京话"呵儿喽着"，译为"把孩子放在自己脖子上骑着"书面语就大煞风景！传神是诗意语言的基础要素，口语有很多难以言传的传神表述，是诗意的原生态语言。

宁：传神即诗意，是这样！事实上在用口语叙述之前是在用口语思考，于是就有了内心的口语落在字面上。换句话说，口语带上了心理色彩、内心色彩，这种内化过程本身就是对口语的提炼过程，精粹了口语。事实上也是用文化观照了口语，使原生态的活性的口语有了文化色彩。汉语，特别是京味儿这方面有天然优势——是官方的统一语言的基础。别的方言不具这种广谱性，再活性传神也囿于一域。因此"内心的京味儿"事实上兼顾了原生性与文化性。古代的典籍语言只能作为修养却不是现代汉语的方向，因为事实上并不是汉语的源头。汉语的源头一定是口语，文言文在源头上是错的，对生命而言。源头是不自然的，是受条件限制的结果，与直接的生命无关。当然，说的是仅就小说这种文体而言，对散文、诗另当别论。比如木心继承典籍语言，他的散文、诗，都极有特点，区别了多数现在使用汉语的人，但他的小说就一般，见不到活性，被文化控制了，一句话，隔。但读他的散文就觉得不隔，相反很棒，这是很奇妙的现象！换句话说，小说的生命是完整的，散文、诗的

城与年

生命是瞬间的、极致的。

刘："用口语思考"赞！相对应地，应该是用书面语思考吧？这里面可是大有文章可做！这是你作为笔耕几十年的人细微深入的发现。"对生命而言，源头是不自然的！"哲学上，生命是活的，是所有刹那生、刹那灭相续的生长过程，生命本身才是自然的，源头不过是"缘起"的因，是前提条件。"换句话说，小说的生命是完整的，散文、诗的生命是瞬间的、极致的。"创作美学！我看到的是星空中恒星与流星两种不同的美！

汉语是天然的电影语言

宁：口语有声音，实际是一种声音和图像的混合，是一种前电影，是跳动的、活性的，语言的活性就是生命的活性。书面语基本去掉了声音因素，即便有也是间接的、联想的，比起直接性差了一截。而且，书面语至少有四个来源：一是古汉语，二是古白话，三是五四以降的新白话，四是翻译体。这四种失去声音的书面语能诞生一种成熟的汉语吗？或者缩小一下范围，能诞生一种成熟的小说语言吗？我怀疑。许多外语即使书面语都是有声音性的，俄语肯定是，我学过。我的意思，汉语的书面语肯定是基础，但不是方向，如何将声音或特有的声音加进来是重要课题，而口语的声音性显然举足轻重。声音即生命，甚至生活，是活水。

刘：赞，赞，想到一起了，我在讲诗歌时，就强调现代汉语的建设。包含创造（探索创新）、继承（古典精华）、吸取（口语、方言、外语）。

宁：这是必然的。一是诗的语言处于最高；二是散文与理论语言，它们的书面性越纯粹越好；三是小说，直接对接活体、生活，尽量用口语，让人听到声音，声画天然在一起。也就是说应有三种汉语，相互影响。

刘：声音通过通感，营造出味道、画面、时间（记忆、怀旧）、情绪（音调、节奏、旋律），所以生命感强烈，活灵活现。口语又加上了人间烟火气和难以言传的传神优势。你的语言风格很有特色，不说炉火纯青也看出有相当的锤炼。我在这次诗歌讲座备课时读了大量诗，发现二十世纪八十年代诗人到了现在，几十年的锤炼，有不少人的语言都老到成熟了许多，是时候应该出一批人了。

宁：诗人黑陶写过一本书叫《烧制汉语》，我觉得说法挺好。意在汉语取自生命之火，汉字又是单个字，过去铅排不是烧熔吗？一个个再拣出来。汉语的简洁与单字有关，与单音有关，更与双音有关，单双构成原始节奏，甚至心跳。这些都要用感觉——心之火烧制。

刘：咱们不约而同地深入到汉语的根部。表意的汉语，单音词不够精确，但意韵传神，有利于传达难以言传的"感觉""感受""意思"；复音词更加细化精准地表达概念。在双音词已占绝对数量的现代，有相当部分的双音词可以起到古汉语当年单音词的传神作用。这是需要研究的。我在你的语言风格上，看到了这一点。

宁：对，现在的双音具有古汉语单音效果。我们的音始终受制于字，字紧紧抓住音不放，而音发展成字的不多，发展成思维就有障碍，可以说喜忧参半。喜的极喜，在世界语言上效果独一无二，同时字本身又是一种禁锢，十分吊诡。

刘：你的"语言流"里，常用双音词，单音的运用也时有出现，句式短促。从节奏、声音、速度上非常独特，"突突突"，给我一种冲击钻的感觉，但画面是人间烟火、景物山河。读的时候是一种阅读快感，读完后回味时，是碎片式的蒙太奇画面。短促和速度，使读后的回味造成碎片纷飞的后现代效果，《阿玛柯德》的效果。现在，我们在深入语言根部的过程中，自然而然地进入了创造性"技艺"的剖析。

宁：是，没错，口语不纯是声音，而是一种"视觉的声音"，视觉又是容不下声音的"零碎"的，所以口语落到纸面的同时实际本身就是一个简化过程，反而会更真实。就是说，"语言流"本身就去了很多杂质，就成为你说的，是一种声音又是画面，有点《阿玛柯德》的味道。这也是我说的汉语口语是前电影，是声画的结合。

刘：一些优秀的口语诗人一直致力于口语的"提纯"，确实很干净，甚至有些已达纯净，但他们不够干脆。他们显得理性、书生气、文绉绉。我觉得从你的《探照灯》的"过滤"系统里，不仅滤净了口语，还滤出了口语的干脆、响亮和光芒。这种源于生命的技艺创造带着生命的活力。

宁：因为小说和诗不同，小说一定是烟火的、整全的、芜杂的，即使去掉部分芜杂，事实上也留着根、留着原生的东西。而我童年的生活又的确原始，甚至于野蛮，是硬邦邦的生活底部，在残酷中都不觉残酷，还很好玩。就主体而言，它们更多不是文字的，是声音的，去掉声音，变成书面语就会大为失色，源头就没有了，就好像只有画面没有声音的泉水。

刘：所以你的泉水一直带着声音，你的语言气质里一直抹不掉野性、干脆、响亮和光芒！

附录二 | 重构时间的底片
——读小说《黑梦》有感

　　我写过一首诗，最后一句是：此刻，只要打开一扇窗户／我身体里就有一只鸟／飞向往生。宁肯发表在《收获》的中篇《黑梦》就是从他精气神儿里飞出的一只鸟，里面有一种久违鲜活的残酷。亲情总是美好的，尤其是在中国，家庭温情是最后的防线，但是事实也并非完全如此。在我小时候，也就是宁肯写的20世纪70年代我亲眼看到我们楼一层尽东头一家（我们是三层筒子楼），就产生过瞬间的暴力生物链。他家大儿子被老爸打得头破血流，出门后照着在楼前站着的老二头上就一板砖，二儿子躺在地上蹬着腿号哭，突然看见正在玩弹球的老四，瞬间跳起来追打，围着楼绕圈追。他家老三是女孩，好学生，是我们南三里屯她那一代为数不多考上大学的几个孩子之一。即使如此，据说他妈也经常抓着她头发往墙上撞。她妈虽然不疯，但我想起这个野蛮的动作时，眼前就出现了小说主人公黑梦的疯娘肮脏胆怯又疯狂的喜剧表情。

　　黑梦一家的组合本身就很奇葩，老爸刚果是蹬板车的临时工，哥哥黑雀儿是这一带的流氓头儿，娘是疯子，黑梦是个侏儒。这种组合是底层中的底层，荒诞中的荒诞。刚果骑着三轮车率领着一家人满世界捡破烂，像大篷车，像马戏团。小说这样写道："以致我时常怀念我们一家四口坐着刚果的三轮车满大街捡破烂儿的'马戏团'情景。"哥哥黑雀儿"一咬成名"后，家庭秩序打乱，黑雀儿拿着军刺制服了老爸刚果，用手掐疯娘的脖子，把黑梦吊起来三天三夜，而疯娘看着吊起来的黑梦像一只活物却又不敢给他喂食。宁肯管这种现象叫"史前"，就是无序、混乱、荒蛮。文明实际上就是建立一种秩序，一种规则，再粗暴的规则也会给人以安全感，有一种可预知的边界。比如爸爸打孩子，再野蛮，再不讲理也还维系着长幼有序一点卑微的血缘伦常。而孩子打爹骂娘，则是人伦颠倒，野兽食人，是一种近似疯狂的虚无。然而，仅仅在五十年前，北京底层的某些家庭中一不留神就打碎了文明的基本元素，显现出逼真的"返祖现象"。

很有意思的是，小说中这种无序，混乱，扭曲，荒诞是在一个侏儒的眼中映现的，既现实又超现实。小说中黑梦自己形容自己：大脑袋，四肢像藕一样，也像是从垃圾站捡到的粉色的胳膊腿可以转动的布娃娃。无疑在这个古老的城市中黑梦是生物链的最底层：家庭赤贫，侏儒。黑梦一直觉得自己不属于人类，常有这样的自嘲："我怕什么？黑梦什么也不怕，又不属人类。""从来没人像我进化得这样艰难，痛苦，混乱，哪儿是进化，正相反，是返祖。"但也正因为如此，侏儒黑梦获得了一种"非人"的视角，一种更为自由冷静的视角。在侏儒眼里"人类"是一群可笑、卑微、荒诞的物种，行文中常有这样目光："刚果的中山装像寿衣""疯娘也穿上了褐色新衣，脸还是不洗，新与旧映衬下同样有遗像的味道。""疯娘花白的长发挡住整个脸笑，不知多久没洗脸了脏得板结，以致很有质感，像金属一样迷人甚至恐怖，笑容一如街头很脏的雕塑。"虽然偏激，但某种意义上也更接近真实。

黑梦选择在房上生活，是远离"人类"的具体表现，小说的女一号七姐第一次见到黑梦就是在房上。北京平房的房顶独成一个世界，另一个北京，是同一个空间的两个维度。黑梦与七姐在房上奔跑着，从琉璃厂经过菜市口、虎坊桥、达智桥……我的阅读跟着他们的影子，想象这个奇特的"非人"的世界、猫的世界和鸽子的世界。"我们在蒙蒙的雾气中奔跑，似乎让猫和鸽子还有少许的麻雀都感到奇怪，或奔跑或惊飞，没人打破它们的世界，七姐才不管它们，也不管黑梦是否跟得上，某种意义上说，我倒觉得七姐更接近动物园，她那样喜欢奔跑，马、鹿一样奔跑。""我和七姐在黄昏的房上奔跑，在无垠的视野，在午后，在早晨，在雨中，在掠过一切使一切更接近海浪的风中奔跑。"

七姐是个"圈子"，这是北京六七十年代形容女流氓的名词，也可以形容"不正经"女中学生，很有年代感。"七姐那件是浅色尖领外套，仍属国防绿色系，三个棕色馒头扣也属仿造，要是真的就好了，鸡腿儿裤一看就是自己改的，同样男性化。唯独秀气的片儿鞋是女性的，与麻雀般的耳边鬓发有种一致的东西。""她停下来淡淡地看我一眼，抽出一支烟，给我一支。"七姐的语言、形象、动作、思维非常符合那个年代圈子的身份。其实也就是十六七岁的女孩，自然也具有普通适龄少女的一面。比如单纯、善良、叛逆、热爱自由。当七姐发现自己到被黑梦的顽主哥哥黑雀儿"带着"后，别的男生、街头的混混都不敢围着自己转了，自己成了无人敢理的孤家寡人，发现原来是黑雀儿作祟非常愤慨，回身就指着黑雀儿的鼻子大骂："瞧你丫那操性，你丫是人吗，边儿待着去！"为报复黑雀儿，无奈的七姐就去找黑梦玩，黑雀儿知道后把黑梦吊了三天三夜，七姐过来解救了黑梦，七姐走后黑雀儿又把黑梦吊起来，几次反复，最后七姐干脆每天上学前来解下黑梦，在七姐决绝的逼迫下，黑雀儿只得放弃。

　　房顶上的阁楼是小说的高潮，如果无垠的房顶是魔幻的海洋，那么阁楼就是一个梦，一个始终在文字里没有醒来的梦，只属于七十年代的"黑梦"。"那时视野'碧波万顷'，有稍高出地平线一点的东西就打眼。广袤田野上的机井房也类似。阁楼不朝院子，在两个连体房脊之间的一侧斜面上凸出来，同样有个小屋顶。屋顶为三角形，下面是两扇窗或门，被两道'X'字形的宽木条封死。里面全是书，各式各样的书，简直是图书馆的局部。"

　　其实这里就是一个被抄家的高级知识分子的住宅，带阁楼的独院。而这对于住在大杂院又没有见过世面的平民孩子来说相当于一座宫殿。另外，在那个文化荒蛮的年代里满屋子书几乎是一种奇迹，甚至一种幻觉。他们把奇遇的"宫殿"叫作墓穴，"墓穴"这个词很有镜头感。一是从房顶下沉进入的；二是屋里的一切布满了灰尘，光线灰暗，寂静无声，像是包了一层被岁月打磨的浆。将阁楼称作墓穴也是它隔绝尘世，甚至屏蔽尘世。在那样喧嚣的时代，有这样一个秘密的天地，不仅可以忘了世界，也被世界遗忘。所以七姐与黑梦像守护宝藏一样守护着这个"洞天福地"。此时，这部小说已从青春残酷进入梦的寓言。

宁肯形容阁楼是墓室，是下沉的船，是水底世界。准确而诗意。黑梦与七姐在墓穴里各得其所，黑梦喜欢书，七姐迷恋旧式家具。"我太渴望'墓'中的书了，特别是那些书架上的书，只挂了不多的灰尘，大大小小五颜六色的书脊都清晰可见……突然找到了《包法利夫人》！然后又看到了《一千零一夜》《上尉的女儿》《复活》《罪与罚》《战争与和平》《山海经》《史记》《红楼梦》……《西厢记》《牡丹亭》……"书对于黑梦而言是世界中的世界，梦中之梦，是孤独的进化与退化，是"非人"对人的隔绝。而七姐在阁楼的下一层痴迷一张老式雕花红木大床。自然，一个女孩喜欢房屋与好看的家具是很平常的事。七姐竟然拿出了一块抹布擦拭那张红木大床，大床也一样在"水底"世界。不能打扫，稍碰哪儿都会荡起一股灰尘，但是七姐擦。床帮，被破坏的雕花床……在这里我们可以想象一下，一个圈子，一个抽烟、骂街女流氓，一个北京底层家庭的丫头片子，在一个灰暗的，落满灰尘的"墓室"里安静地擦拭雕花老床与各种没有见过的家具。不是擦一次，是一遍一遍无声地擦，像旧时代的幽闭的女子孤独地做着女红。粗鄙没有了，暴力狰狞没有了，换来的是女性温柔与静雅的苏醒，对美的惊叹与臣服。

《黑梦》是宁肯中短篇小说集《城与年》中最后一部中篇。《城与年》里的十篇小说都是以作者原生态的少年经历为素材。所以这部小说集也可以合成一部长篇。《黑梦》是全书的高音部分。当宁肯以四十年的写作经验与四十年的内心酝酿，回到书写人生的底片时（童年综合体验），终于找到了侏儒的视角。（五十年前的北京，在胡同里、社区里经常可以看到这类悠闲的"非人"——弱智或身体残疾的群体。他们既熟悉又神秘，仿佛始终在自我的深渊里。）这个进入非常重要，作者通过这种特殊而开放的他者视角顺利地回到了"少年现场"。像"灵堂，遗像，中山装像寿衣，板结的脸像脏河开化，疯娘说唱如同永恒"等这样的词语就自然长出了魔幻的翅膀。同样的词语在不同的语境与目光下瞬间被激活。这是属于这部作品中独有的词语，这些词语既符合黑梦的身份又贴合时代的气质。一个时代有多种解读方式，有时候扭曲的姿势更让人感觉合理。

对于《黑梦》这部小说，每个读者都可以有自己的解读方式，比如说是时代隐喻小说，残酷青春回忆录，畸形爱情之梦，本土的魔幻现实主义，我无意于将这部作品归类与定性。我更想说它是一个开放而生长的文本，这里的生长有两层含义，第一，这部小说不是"写出来"的，而是从四十年的积淀中长出来的。第二，它可以进入任何时代的"当下"。甚至与你当下的阅读一起"生长"，它是活的，它在你的阅读中慢慢孵化出血肉，面目清晰。侏儒的目光，作者重新处理时代的方式，在新的叙事里，语言与结构相互撞击，能指超出了所指的边界。或者说，此时，能指即是所指，还原即是重构。

图书在版编目 (CIP) 数据

城与年 / 宁肯著. — 北京：北京十月文艺出版社，
2024.2
ISBN 978-7-5302-2331-4

Ⅰ. ①城… Ⅱ. ①宁… Ⅲ. ①长篇小说—中国—当代
Ⅳ. ① I247.5

中国国家版本馆 CIP 数据核字 (2023) 第 196016 号

城与年
CHENG YU NIAN
宁肯　著

出　　版　北 京 出 版 集 团
　　　　　北京十月文艺出版社
地　　址　北京北三环中路 6 号
邮　　编　100120
网　　址　www.bph.com.cn
发　　行　新经典发行有限公司
　　　　　电话 010-68423599
经　　销　新华书店
印　　刷　北京盛通印刷股份有限公司
版　　次　2024 年 2 月第 1 版
印　　次　2024 年 2 月第 1 次印刷
开　　本　850 毫米 ×1168 毫米 1/32
印　　张　10.75
字　　数　230 千字
书　　号　ISBN 978-7-5302-2331-4
定　　价　48.00 元
如有印装质量问题，由本社负责调换
质量监督电话 010-58572393